reinhardt

Anne Gold

VERGIB
uns unsere Schuld

Kommissär
FERRARI

Friedrich Reinhardt Verlag

Lektorat: Claudia Leuppi
Gestaltung: Bernadette Leus
Illustration: Tarek Moussalli
ISBN 978-3-7245-2364-2

Der Friedrich Reinhardt Verlag wird
vom Bundesamt für Kultur mit
einem Strukturbeitrag für die Jahre
2016–2020 unterstützt.

www.reinhardt.ch
www.annegold.ch

Es gibt nur einen Weg, um Kritik zu vermeiden:
nichts tun, nichts sagen und nichts sein.
Aristoteles

1. Kapitel

Das darf doch nicht wahr sein! Francesco Ferrari rechnete im Excel-Programm nochmals alles genau durch. Zweitausendfünfhundert! Unmöglich. Ich muss mich verrechnet haben. Also, nochmals von vorne. Minutiös begann er, in einer zweiten Spalte die aus dem Internet zusammengesuchten Daten erneut zu erfassen. Jetzt sind es sogar zweitausendachthundert! Irgendwo ist ein Fehler drin, bloss wo?

«Erwischt! Der Kommissär tüftelt ein neues todsicheres Lottosystem aus.»

«Wie? Guten Morgen, Nadine. Überhaupt nicht.»

Nadine rannte so schnell um den Schreibtisch herum, dass Ferrari nur noch die Internetseite schliessen konnte.

«Was sind das für komische Zahlen? 170, 240, 340. Die gibts beim Lotto gar nicht.»

«Sag ich doch. Du irrst dich.»

Ferraris Assistentin setzte sich auf die Schreibtischkante und drehte den Bildschirm zu sich.

«Was bedeuten die Zahlen?»

«Mein Geheimnis.»

«Gut, wie du willst. Ich komme dir schon noch auf die Schliche. Sicher irgendein neuer Wettfimmel. Du bist vom Spielteufel befallen, Francesco … Wie siehst du überhaupt aus? Gehst du auf einen Ball oder wirst du für dein Lebenswerk ausgezeichnet?»

«In einer Stunde ist die Abdankungsfeier für Irina von Tomai. Monika kennt ihren Sohn und ich darf sie begleiten», murrte Ferrari.

«Yvo muss auch hin, sozusagen geschäftlich. Von Tomai plant nämlich ein neues Gebäude und vermutlich erhält Yvo den Zuschlag. Mich wundert, dass du die Fitnesstante nicht kennst.»

«Wir sind uns einige Male über den Weg gelaufen. Ich erinnere mich an zwei Begegnungen, einmal bei Olivia und dann bei einem Anlass von Ines.»

«Und warum magst du sie nicht?»

«Das würde mich auch brennend interessieren. Schliesslich ist beziehungsweise war sie eine wichtige Persönlichkeit unserer Stadt.»

Wie gewohnt betrat Staatsanwalt Jakob Borer das Büro ohne anzuklopfen.

«Guten Morgen, Herr Staatsanwalt.»

«Guten Tag, Frau Kupfer. Nun, Ferrari, was gibt es an Irina von Tomai auszusetzen?»

«Ich mag Leute nicht, die sich in der Öffentlichkeit lächerlich machen. Die Alte hatte doch einen Vollknall.»

«Sprechen Sie gefälligst nicht so despektierlich über eine berühmte Frau.»

«Irina von Tomai hat mit ihren hundertfünfzig leider den Abgang verpasst. Irgendjemand hätte der

Fitnesskönigin sagen sollen, dass sich ein ausgemergeltes Wrack nicht mehr als Vorturnerin der Nation eignet.»

«Mässigen Sie sich, Ferrari.»

«Kaufen Sie eine DVD. Ich kann Ihnen auch eine leihen, die liegen bei uns zu Hause tonnenweise herum. Ganz vorne im Bild gibt die geliftete Hüpfdrossel mit knapp vierzig Kilo Anweisungen, wie man bis ins hohe Alter in Form bleiben kann.»

«Sie war der lebendige Beweis dafür.»

«Ich möchte nicht wissen unter welchen Entbehrungen. Wahrscheinlich musste die DVD nachsynchronisiert werden, damit niemand merkt, wie sie während dem Hin-und-her-Hüpfen keucht. Im Hintergrund vier Frauen und vier Männer zwischen fünfundzwanzig und dreissig. Und immer, wenn die von Tomai kurz unters Sauerstoffzelt huschte, schwenkte die Kamera auf die Achterdekoration. Die waren zumindest durchtrainiert.»

«Und was stört dich dabei?»

«Dass sie nicht alt werden konnte. Bestimmt hat sie sich x-mal liften lassen. Die konnte ja nicht mal mehr lachen, weil ihr Gesicht von Botox dermassen entstellt war.»

«Unsinn. Ich weiss ganz genau, was Ihnen an Irina von Tomai missfiel.»

«Ach ja? Und was, bitte?»

«Schauen Sie sich doch an. Sie sehen bald aus wie das Pirelli-Männchen.»

«Also, ich muss schon bitten.»

«Und deshalb verkraften Sie es natürlich nicht, dass eine Frau, die zwanzig Jahre älter ist als Sie, blendend aussieht und noch voll im Saft ist.»

«Nicht zwanzig, mindestens dreissig!»

«Ihr Partner ist heute aber besonders witzig, Frau Kupfer. Er möchte nochmals Mitte vierzig sein.»

Ferrari sah den Staatsanwalt überrascht an.

«Die Aerobicqueen war erst fünfundsiebzig?»

«Siebenundsiebzig, um genau zu sein.»

«Da muss ich Francesco aber recht geben, die sah bedeutend älter aus.»

«Das hängt vermutlich damit zusammen, dass Irina von Tomai sechzig Jahre im Rampenlicht stand. Eine einmalige Karriere von der kleinen Ballett-Tänzerin zum weltberühmten Ernährungs- und Fitnessguru. Sie war eine bedeutende Frau ... Oh, es ist schon spät. Gehen wir, Ferrari?»

«Wohin?»

«Zur Abdankung. Ihre Frau rief an und bat mich, Sie rechtzeitig daran zu erinnern. Sie sind ja in solchen Dingen manchmal etwas vergesslich.»

«Ich schliesse mich euch an.»

«So?», antwortete der zweistimmige Männerchor.

«Was passt euch denn jetzt wieder nicht?! Zwischen euch zwei grauen Mäusen komme ich so richtig zur Geltung oder schämt ihr euch mit mir?»

«Naja, dein Kleid dürfte für eine Beerdigung schon weniger sommerlich sein.»

«Dafür passt mein Outfit dann umso besser zum fröhlichen Leichenmal.»

Monika Wenger, die Lebenspartnerin von Ferrari, wartete mit Olivia Vischer, Ines Weller und Yvo Liechti auf dem Münsterplatz. Erleichtert winkte sie ihnen zu.

«Wow! Ein Who's who von Basel», keuchte der Kommissär.

«Nicht nur Basler, VIPs aus der ganzen Schweiz werden erwartet.»

Monika nestelte an Ferraris Krawatte herum.

«Das Münster ist bestimmt schon bis auf den letzten Platz gefüllt.»

«Keine Sorge, mein Schatz», Olivia Vischer lächelte dem Kommissär verschmitzt zu. «Für uns ist reserviert, wir sitzen in der zweiten Reihe. Es gibt kein Entweichen.»

«Hm.»

«Wieso ist die Abdankungsfeier erst jetzt? Sie starb doch schon vor zwei Wochen.»

«Weil es seine Zeit braucht, die Promis aufzubieten. Ihr habt ja alle einen randvollen Kalender.»

«Tja, wir sind eben mit wichtigen Dingen beschäftigt. Sie schliessen sich uns doch an, Herr Borer? Da meine Schwestern verhindert sind, können wir Ihnen einen freien Platz anbieten.»

«Es ist mir eine Ehre, Frau Vischer.»

Ferrari rollte die Augen, was ihm einen missbilligenden Blick vom Staatsanwalt eintrug. Schweigend betraten sie das Münster und setzten sich in die zweite Reihe hinter die Familienangehörigen. Ferraris Schulfreund Yvo Liechti hing wie eine Klette an Nadine, echt peinlich, während Olivia und Ines von vielen wichtigen Persönlichkeiten und solchen, die es werden wollten, begrüsst wurden.

«Schleim, schleim!», kommentierte der Kommissär.

Monika und Nadine stiessen ihn gleichzeitig in die Rippen.

«Autsch! Ist doch wahr. Schaut euch unseren glatzköpfigen Regierungsrat an. Er blickt die ganze Zeit zu uns hinüber. Traut er sich oder traut er sich nicht? Et voilà, er nimmt seinen ganzen Mut zusammen, atmet tief durch und erweist Olivia und Ines seine Reverenz.»

Regierungsrat Rupf katzbuckelte vor den beiden Frauen und lispelte etwas wie, «es wäre doch schön, wenn man die beiden führenden Wirtschaftsfrauen von Basel einmal zu einem Gedankenaustausch einladen dürfte».

Mir wird schlecht, dachte Ferrari. Aber ich lasse mir nichts anmerken und schweige wie ein Grab. Irgendwie passend zum aktuellen Anlass. Plötzlich erhob sich Staatsanwalt Borer und suchte umständlich nach dem Gesangbuch. Du altes Schlitzohr! Ganz klar, die High Society von Basel soll sehen, dass du zwischen Olivia Vischer und Ines Weller sitzt. Jetzt mussten sogar Monika und Nadine lachen. In der ersten Reihe sassen Audrey von Tomai, Irinas Tochter, sowie einige Personen, die Ferrari nicht kannte. Wahrscheinlich Familienangehörige oder ganz enge Freunde. Die eine könnte die Schwester von Irina sein.

«Wo ist der Sohn von Irina von Tomai?», flüsterte der Kommissär und lockerte seinen Krawattenknopf.

«Leonardo?» Monika sah sich diskret um. «Keine Ahnung, ich sehe ihn nirgends.»

«Vielleicht hat er sich mit seiner Mutter überworfen, weil sie ihm peinlich gewesen ist.»

«Sei still!», zischte Nadine und fuhr den Ellenbogen aus.

Yvo findet die Bemerkung lustig und ihm passiert nichts … Ich korrigiere mich, Yvo erhielt ebenfalls einen Schlag in die Rippen. Es gibt doch noch Gerechtigkeit. Endlich! Ich dachte schon, die Kirchenorgel sei kaputt. Pfarrer Roman Minder setzte sich langsam in Szene und begann mit seiner Predigt. Vor dem ersten gemeinsamen Lied fiel dem Kommissär das Gesangbuch auf den Boden. In die Stille hinein klang es wie ein Schuss. Noch bevor er sich bücken konnte, reichte ihm Nadine das Buch.

«Hier, Schwabbelbauch! Lied 326, Strophen eins und drei.»

Bis Ferrari die richtige Seite aufgeschlagen hatte, waren die beiden Strophen bereits durch. Nun gedachte der Pfarrer mit einfühlsamen Worten der Verstorbenen und stimmte das nächste Lied an, bei dem der Kommissär inbrünstig mitsang. Aus irgendeinem Grund musste Yvo lachen, was ihm einen bösen Blick der beiden Damen eintrug. Die Würdigung von Irina von Tomai hielt Alexander von Hohenstein, ein in Basel lebender deutscher Adliger. Man munkelte, dass er seit Urzeiten ihr Lover gewesen sei. Er schilderte eindrücklich den Aufstieg der Tänzerin zur bedeutendsten Aerobicfrau der Schweiz und verglich sie sogar mit Nancy Sinatra. Ferrari nahm seine im Kommissariat geäusserten zynischen Bemerkungen zurück. Offenbar hatte er sie falsch eingeschätzt, Irina von Tomai hinterliess ein eindrückliches Lebenswerk. Wieso trat sie dann nicht auf dem Höhepunkt ab? Nach etwas mehr als einer Stunde war die Abdankungsfeier zu Ende. Ferrari erhob sich mit schmerzendem Rücken. Diese Bänke sind alles andere als bequem, zum Glück ist es vorbei.

«Hier!», Olivia steckte ihm diskret fünfzig Franken in die Tasche.

«Was soll ich damit?»

«In den Opferstock beim Ausgang werfen. Damit alle sehen, was du für ein grosszügiger Mensch bist.»

«Das ist viel zu viel. Zehn Franken genügen.»

«Nicht diskutieren, einfach rein in den Opferstock.»

Ja, schon gut. Ich habs begriffen. Dieser Borer! Er geniesst es sichtlich, direkt hinter der Trauerfamilie und zwischen Olivia und Ines an allen anderen vorbeizugehen und die Kirche zu verlassen. Warum war dieser …, ich muss mir immer eine Eselsbrücke bauen, dieser DiCaprio, dieser Leonardo nicht an der

Trauerfeier? Audrey schien der Tod ihrer Mutter sehr nahezugehen, eine Frau um die fünfzig stützte sie. Beim Ausgang kondolierte der Kommissär den Angehörigen und atmete auf dem Münsterplatz befreit durch. Überstanden!

«Es ist immer ein Erlebnis, mit dir zusammen einen Anlass zu besuchen, Francesco. Ob Theater, Musical oder Beerdigung.»

«Immerhin ist er nicht eingeschlafen, Olivia.»

«Und nüchtern ist er ausnahmsweise auch.»

«Stimmt. Seine Gesangseinlage war extrem gut, Nadine.»

«Laut und so falsch, dass er alle anderen aus dem Takt geworfen hat.»

«Nicht zu vergessen, wie er beim ersten Lied das Gesangbuch auf den Steinboden klatschen liess, sodass die ganze Kirche erzitterte.»

«Ja, ja, nur immer schön draufhauen. Alle gegen einen.»

Audrey von Tomai trat mit verweinten Augen auf sie zu.

«Olivia, Ines, herzlichen Dank für euer Kommen. Das bedeutet mir viel.»

«Das ist doch selbstverständlich, Audrey. Darf ich dir einige sehr gute Freunde vorstellen?»

Sie reichte allen die Hand.

«Sie sind mir natürlich ein Begriff, Herr Kommissär.»

Ferrari errötete.

«Ich bedaure es, dass wir uns unter diesen Umständen kennenlernen.»

«Es ist für uns alle ein grosser Schock. Mutter hatte noch so viele Pläne. Richard … Richard Stein, das ist unser Hausarzt, sagt, sie sei einfach eingeschlafen und nicht mehr aufgewacht. Herzversagen aus heiterem Himmel …» Tränen liefen über ihre Wangen. «Sie fehlt mir so. Sie hielt immer die Familie zusammen.»

«Irina war eine wunderbare Frau und eine liebevolle Mutter. Wo ist Leonardo?», fragte Ines.

«Irgendwo in Kanada. Er taucht immer wieder mal für einige Wochen ab und ist dann jeweils offline. Ich hoffte so sehr, dass er es aus den Medien erfährt und rechtzeitig zurückkommt. Wir liessen ihn auch über die Botschaft suchen, ohne Erfolg. So, wie ich meinen Bruder kenne, wird er sich ein Leben lang Vorwürfe machen, dass er unsere Mutter auf ihrem letzten Weg nicht begleiten konnte. Das ist alles so schlimm.» Sie hielt sich an Olivia fest und schloss die Augen. «Kommt ihr noch mit ins Binninger Schloss? Ich würde mich sehr freuen.»

«Wir können dich doch jetzt nicht alleine lassen.»

«Danke, Olivia. Es wäre schön, wenn auch eure Freunde uns begleiten würden», sie blickte fragend in die Runde.

«Selbstverständlich», antwortete Ferrari stellvertretend für alle.

Audrey ging mit ihrer Bekannten zu einer schwarzen Limousine.

«Worauf warten wir noch? Brauchst du eine schriftliche Einladung, Francesco?»

«Wie? Nein.» Mit den Händen in den Hosentaschen stapfte der Kommissär hinter den anderen her. Plötzlich hielt er inne. «Oh, Mist!»

«Was ist denn jetzt wieder?»

«Ich muss nochmals zurück ins Münster. Ich habe vergessen, den Fünfziger in den Opferstock zu stecken.»

«Ich wüsste nicht, was wir ohne dich machen würden», kicherte Olivia. «Die Kirche ist zu. Du kannst dem Pfarrer das Geld persönlich am Leichenmahl geben. Wie hältst du das mit Francesco nur den ganzen Tag aus, Monika? Bewundernswert.»

«Man gewöhnt sich mit der Zeit an alles.»

«Hm! … Nur, falls ihr Lästermäuler es nicht bemerkt, ihr geht in die falsche Richtung. Binningen liegt nicht in der Augustinergasse.»

«Ein wahres Wort, aber eines von Ines' Häusern und wir haben die Autos dort parkiert. Selbstverständlich kannst du auch mit dem Tram fahren, wenn dir mein Bentley oder Ines' Jaguar zu unbequem sind … Worauf warten Sie, Herr Borer?»

Der Staatsanwalt hätte mühelos den Hundert-Meter-Weltrekord gebrochen, um dabei sein zu können. Ganz im Sinne des olympischen Gedankens.

Das Essen im Schloss Binningen zog sich in die Länge. Kurz nach fünfzehn Uhr wurden Nadine und Ferrari von Olivias Chauffeur im Waaghof abgeladen.

«Mit Stil. Daran könnte ich mich gewöhnen. Wir werden nicht nur vor den Waaghof gefahren, er hält uns sogar noch die Tür auf. Meinst du, er würde uns auch noch nach oben bringen und uns Kaffee servieren?»

«Das ist peinlich. Schau dir die Kollegen an.»

«Purer Neid, Francesco. So, jetzt wird gearbeitet. Borer erwartet den Abschlussbericht unseres letzten Falls.»

«Den wird er heute nicht mehr anschauen. Er ist bestimmt der letzte Gast im Schloss.»

«Gönnen wirs ihm. Ich hol rasch die Akten in meinem Büro.»

Ferrari setzte sich an den Computer. Irgendeine Formel in der Excel-Datei ist falsch, bloss ändern kann ich sie nicht. Ich darf nur die schwarzen Spalten verändern, nicht aber die eingefärbten. Das hat mir Nikki ausdrücklich verboten. Schon toll, wie sich unsere Tochter in Software-Programmen auskennt.

«Lässt man dich auch nur eine Minute aus den Augen, hockst du schon wieder am Computer und simulierst deinen nächsten Lottogewinn.»

«Es sind keine Lottozahlen.»

«Soll ich Monika erzählen, wie du mit der teuren Krawatte umgehst?»

Nadine strich das Häufchen Elend glatt und hängte sie über einen Stuhl.

«Nur zu. Du warst am Leichenmal nicht sehr gesprächig.»

«Ich bin nur wegen euch mitgekommen. Zuerst mimen die Leute die Trauernden und wenig später artet das Ganze zum feuchtfröhlichen Saufgelage aus. Das macht mir echt Mühe.»

«Ich weiss, was du meinst. Früher erging es mir genauso. Inzwischen schätze ich dieses Zusammensein, es ist der zaghafte Versuch, weiterzuleben. Ich finde es super von Olivia, dass Audrey einige Tage bei ihr wohnen kann.»

«Ist sie verheiratet oder hat sie einen Freund?»

«Keine Ahnung.»

«Aber du unterhieltest dich doch mit ihr.»

«Nur Smalltalk. Sie ist Modedesignerin.»

«Arbeitet sie nicht im Konzern ihrer Mutter?»

«Das überlässt sie Alexander von Hohenstein und ihrem Bruder. Sie sitzt im Verwaltungsrat, ist aber nicht operativ tätig.»

«Von Hohenstein ist doch weit über siebzig.»

«Und nach wie vor der bestimmende Mann. Ende Jahr soll Leonardo die Geschäftsführung allein übernehmen, von Hohenstein wird Verwaltungsratspräsident. Dann hat er bestimmt auch Zeit, hin und wieder Golf zu spielen.»

«Kann der das überhaupt?»

«Golf spielen? Er sieht so aus.»

«Ich meine Leonardo. Wenn er die Geschäftsleitung übernimmt, kann er nicht mehr einfach für einige Wochen im Nirwana verschwinden.»

«Stimmt. Er wird sich umstellen müssen.»

«Was gehört alles zur Firma von Tomai?»

«Vor ein paar Wochen las ich einen Zeitungsbericht über den Konzern. Es ging um eine geplante Fusion, von Tomai will sich offenbar mit einem Konkurrenten zusammenschliessen. Der Journalist stellte die beiden Firmen kurz vor. Von Tomai ist vor allem im Fitnessbereich tätig und betreibt in der Schweiz, in Deutschland und in Österreich eine Reihe von Fitnesszentren. Zudem produzieren sie Fitness-Sendungen, wie jene mit Irina, die Kultstatus hatte. Irgendeine Wellness- und Kosmetikschiene rundet das Ganze ab, den Namen habe ich vergessen.»

«Also alles im Fitness-, Wellness- und Beautybereich. Beeindruckend.»

«Sie sind mega erfolgreich. Gemäss von Hohenstein entstehe durch die Fusion einer der grössten europäischen Konzerne in diesem Sektor.»

«Das wird vermutlich vorerst auf Eis gelegt. Irina war die Galionsfigur.»

«Nicht unbedingt. Jetzt kann Leonardo beweisen, was in ihm steckt.»

«Das war eine grossartige Trauerfeier, Herrschaften.»

Ein gut gelaunter Staatsanwalt stand in der Tür.

«Wenn Sie meinen.»

«Sie sind schon ein komischer Kauz, Ferrari. Immer mürrisch. Wie halten Sie das überhaupt mit dem Mann aus?»

«Wie Monika sagt, man gewöhnt sich an vieles.»

«Aber nicht an die Launen dieses Menschen da … Frau Vischer und Frau Weller sind aussergewöhnliche Persönlichkeiten.»

«Übersetzt heisst das, superreich.»

«Sehen Sie, Frau Kupfer, Ihr Chef ist eine einzige Beleidigung. Weshalb die zwei intelligenten, kultivierten und einflussreichen Frauen an Ihnen den Narren gefressen haben, ist mir schleierhaft.»

«Sie wiederholen sich.»

«Mit den beiden Damen an meiner Seite wäre es ein Leichtes, eine politische Karriere zu machen. Nicht so wie jetzt. Ich verstehe nicht, dass Sie nicht längst in die Politik eingestiegen sind … Doch, eigentlich verstehe ich es sehr wohl. Sie sind träge und das kann man sich in der Politik nicht erlauben. Engagement und ein scharfer Verstand sind da gefragt.»

«Taktik und Verschlagenheit benötigen Politiker ebenso. Davon besitzen Sie eine ausreichende Portion.»

«Ich lass mich nicht provozieren. Nicht von Ihnen! Heute ist mein Glückstag.»

«Den Sie auch im Münster zur Genüge auskosteten.»

«Wie meinen Sie das nun wieder?»

«Der Herr Staatsanwalt steht zufälligerweise kurz vor der Predigt auf und sucht nach dem Gesangbuch, das genau vor seinen Augen liegt. Selbstverständlich ohne Berechnung. Durch diese kleine Aktion bemerkt die ganze High Society, dass der Herr Staatsanwalt zwischen Ines und Olivia sitzt. Kleine Ursache, grosse Wirkung.»

«Klappern gehört zum Handwerk. Haben Sie die verdutzten Blicke meiner Parteifreunde hinten in den Bänken gesehen? Einige sind nicht einmal ins Münster hineingekommen. Geschweige denn, dass sie am Leichenmahl teilnehmen durften. Ja, ich gebs zu, das war ein hervorragender Schachzug. Vor einer Viertelstunde rief mich unser Parteipräsident an. Einfach so. Er lud meine Frau und mich zum Essen ein.» Borer rieb sich die Hände. «Jetzt gehts vorwärts.»

Ferrari runzelte die Stirn.

«Und Sie!» Borer tippte dem Kommissär mit dem Zeigefinger heftig auf die Brust, «Sie vermasseln es mir dieses Mal nicht. Wagen Sie es ja nicht, Frau Vischer oder Frau Weller irgendwelche Flausen in den Kopf zu setzen. Sonst lernen Sie mich kennen.»

Ferrari wich mit seinem Stuhl zurück.

«Ich erinnere mich noch gut an das letzte Mal bei den Vischer-Schwestern oder an das vorletzte Mal in der Fondation Beyeler.»

«Daran kann ich mich gar nicht mehr erinnern.»

«Ha! Das glauben Sie doch selbst nicht. Ich war ganz nah dran, einen Sponsor für meinen Wahlkampf aufzutreiben. Dann sind Sie wie der Teufel eingefahren und haben mit Ihren Bemerkungen ‹Politik ist ein Drecksgeschäft, da engagieren sich nur Loser› alles versaut.»

«Bei Olivias Vater!»

«Exakt. Und dann sind Sie mit ihm einfach verschwunden. Ich stand da wie der Idiot in Person.

Nochmals, Ferrari, versauen Sie es mir nicht. Ist das klar?»

Borer packte den Kommissär am Revers.

«Schon gut, schon gut. Beruhigen Sie sich. Ich versprechs hoch und heilig. Wenn Ines und Olivia Ihren Wahlkampf unterstützen, halte ich mich zurück.»

Erleichtert strich der Staatsanwalt Ferraris Revers glatt.

«Entschuldigen Sie, Ferrari … Sehen Sie, Frau Kupfer, er provoziert mich laufend und dann brennen bei mir die Sicherungen durch.»

«Na ja, jetzt muss ich Francesco schon ein wenig in Schutz nehmen. Sie steigern sich da in etwas hinein, reissen ihm praktisch seinen Anzug vom Leib und jetzt behaupten Sie, er habe Sie provoziert.»

«Es ist seine Art … so wie er dasitzt … ich sehe es Ihnen an, Ferrari. Sie denken schon darüber nach, wie Sie es anstellen können, meine Wahl zu torpedieren.»

«Francesco könnte gegen Sie antreten.»

«Ha! Dazu ist er zu faul.»

«Kannten Sie Irina von Tomai persönlich?», wechselte Nadine abrupt das Thema.

«Nicht wirklich. Nur von den Fernsehauftritten und einem Vortrag bei den Rotariern. Aber ich kenne Leonardo ziemlich gut, er ist auch ein Rotarier. Ein richtiger Lebemann.»

«Was auch immer darunter zu verstehen ist.»

«Immer braun gebrannt und immer hinter attraktiven Frauen her.»

«Mit Erfolg?»

«Ich glaube schon. Er verfügt über einen siebten Sinn für Frauen, die, nun sagen wir, Probleme haben.»

«Finanzielle oder psychische?»

«Er sagte einmal in lockerer Runde, es seien alles Loserinnen; Fotomodels und Sängerinnen, die alles auf die Karriere gesetzt haben und nun mit vierzig langsam realisieren, dass sie den Durchbruch nie schaffen. Die gabelt er auf, zieht mit ihnen durch die Gegend und, wenn er die Lust verliert, ersetzt er sie durch eine andere.»

«Scheint ein angenehmer Mensch zu sein.»

«Nicht mein Fall, Frau Kupfer, doch die Frauen rennen ihm nach.»

«Wohl eher seinem Geld und seinem Erfolg.»

«Dem Erfolg seiner Mutter, Ferrari.»

«Die Würdigung durch Alexander von Hohenstein war sehr eindrücklich.»

«Ein hervorragender Mann. Vergessen Sie die Predigt von Roman Minder nicht, die war aussergewöhnlich. Ich kenne ihn seit über zwanzig Jahren. Ursprünglich wollte er Medizin studieren, ist dann aber Theologe geworden.»

Der Fünfziger! Ich muss Minder die fünfzig Franken vorbeibringen, schoss es dem Kommissär durch den Kopf. In der nächsten Sekunde klingelte sein Telefon.

«Ja? … Okay, Stephan. Wir sind in einer halben Stunde da. Ist Peter informiert? … Gut, bis später …

Es gibt Arbeit, Nadine. In einer Liegenschaft am Münsterplatz ist ein Toter gefunden worden.»

«Nun, dann will ich nicht weiter stören.… Wir verstehen uns, Ferrari?»

Der Kommissär sah Nadine fragend an.

«Das erste Gebot: Lass die potenziellen Geldgeberinnen von Staatsanwalt Borer in Ruhe, sonst kriegst du eins auf die Finger.»

«Hm!»

Ferrari trottete den Münsterberg hoch und blieb vor einem Laden stehen.

«Was ist? Musst du eine kleine Pause einlegen?»

«Hier war früher eine Buchhandlung, im Schaufenster lief immer eine Modelleisenbahn.»

«Höchst interessant! Und beim Münsterplatz liegt eine Leiche.»

«Die rennt uns nicht weg, nur weil ich kurz hier in die Auslage schaue.»

«Reine Ablenkung. Du wirst fett und kannst nicht einmal mehr den Münsterberg hinaufwatscheln, ohne Luft holen zu müssen.»

«Blödsinn. Ihr jungen Leute habt keinerlei Verständnis fürs Nostalgische.»

Nadine hörte die letzte Bemerkung schon nicht mehr. Zum zweiten Mal am gleichen Tag blickte der Kommissär aufs Münster. Für einmal sind der Martins- und der Georgsturm nicht verschalt. Die Renovationsarbeiten der Münsterbauhütte scheinen beendet zu sein, zumindest im Bereich der Türme. Wenn ich jetzt allein wäre, würde ich kurz von der Pfalz zum Rhein hinunterschauen. Doch Nadines stechender Blick hielt ihn davon ab. Vor einem der Gebäude auf dem Münsterplatz drängten die Polizisten eine Gruppe Neugieriger zurück. Als sie Nadine und den Kommissär erkannten, bildeten sie eine Gasse.

«Der Tote liegt in der Dachwohnung, Nadine.»

«Danke, Stephan. Kannst du noch oder sollen wir dich die Treppe hochtragen?»

«Ja, ja. Schon gut.»

Peter Strub, der Polizeiarzt, winkte ihnen vom Treppenabsatz zu.

«Hier oben liegt er.»

«Hallo, Peter. Wo?»

«Hinter dem Schreibtisch. Bist du allein?»

«Francesco steht hinter dir. Er ist im Augenblick etwas ausser Form.»

Strub drehte sich um.

«Mann, was hast du für eine rote Birne? Voll durchgeschwitzt von den paar Stufen, echt krass. In deinem Alter solltest du wirklich mehr für deine Fitness tun.»

Vorsichtshalber ging Strub etwas auf Distanz, als er den mürrischen Ausdruck in Ferraris Gesicht sah.

«Wer ist der Tote?», keuchte der Kommissär.

«Keine Ahnung. Vielleicht der Hausherr.»

Nadine ging um den Schreibtisch herum und sah den Kommissär entsetzt an.

«Und?»

«Minder!»

«Was?! Der Pfarrer?»

«Mit absoluter Sicherheit. Schau selbst.»

Ferrari bückte sich zu ihm hinunter, Entsetzen lag in seinem Blick.

«Wahrscheinlich wurde sein Kopf gegen das Metallregal dort gestossen», mutmasste Strub.

Ferrari wollte über die Kante des Regals fahren.

«Fass ja nichts an!», schrie Peter. «Wir sind mit der Spurensuche noch nicht fertig. Das ist ein Pfarrer? Der sieht gar nicht so aus.»

«Wir waren heute bei der Trauerfeier von Irina von Tomai. Er hielt die Abdankungsrede. Danach ist er mit uns im Binninger Schloss gewesen.»

«Lange ist er noch nicht tot, ich vermute etwa zwei Stunden, Nadine. Genau kann ich es euch natürlich erst nach der Obduktion sagen.»

«Jetzt ist es kurz vor sechs. Vom Binninger Schloss bis hierher brauchte er höchstens eine halbe Stunde. Sagen wir, um halb vier ist er hier gewesen.»

«Sofern er direkt vom Leichenmahl nach Hause gefahren ist.»

«Könnte es ein Unfall gewesen sein, Peter?»

«Nein, das glaube ich nicht. Schau dir die Verletzungen in seinem Gesicht an.»

Ferrari sah sich im Dachstock um.

«Sieht aus wie sein Büro. Wer wohnt noch im Haus?»

«Nur der Pfarrer, ziemlicher Luxus für einen Geistlichen. Nehmen ist seliger als Geben. Die Hütte kostet bestimmt achttausend im Monat, aber den Seinen gibts der Herr ja bekanntlich im Schlaf.»

«Höre ich da eine Spur Neid aus deiner Stimme?»

«Allerdings», antwortete der Polizeiarzt. «Ich will gar nicht wissen, was ein Pfarrer verdient. Und überhaupt, mit Religion kann ich nichts anfangen, im Gegensatz zu meiner Frau. Das ist doch alles nur Hokuspokus. Woche für Woche wird irgendwelcher Stuss gepredigt, nur selbst halten sie sich nicht daran. Der müsste doch eigentlich in einer bescheidenen Zweizimmerwohnung leben, aber schaut euch dieses Haus an. Womöglich durch die Kirchensteuern finanziert.»

Ferrari drehte sich ab und ging langsam die Treppe hinunter.

«Das willst du natürlich nicht hören. Für euch Italiener ist meine Rede Blasphemie. Bete nur täglich tausend Ave Marias, um ja ins Paradies zu kommen.»

«In den Himmel, Peter, nicht ins Paradies.»

«Was ist denn da der Unterschied?»

«Adam und Eva waren im Paradies. Der Himmel ist etwas anderes.»

«Himmel, Hölle, Paradies – alles Ammenmärchen. Wenns die Religionen nicht gäbe, wäre es um die Welt einiges besser bestellt. Die meisten Kriege werden im Namen des Glaubens geführt. Christen gegen Muslime, Schiiten gegen Sunniten, Juden gegen Araber. Die Religion ist schuld am Elend der Welt.»

«Und wenn es keine gäbe, würde man sich aus anderen Gründen bekriegen. Das liegt leider in der menschlichen Natur begründet.»

«Nadine, kommst du?», rief der Kommissär aus dem unteren Stockwerk.

«Das hörst du nicht gern, wenn jemand deine Pfaffen beleidigt. Du Rosenkranzbeter!», schrie Peter Strub nach unten.

«Ich gehe jetzt runter, bevor Francesco nochmals raufkommt», entschied Nadine.

«Er soll nur kommen. Ich habe noch ganz andere Argumente auf Lager», polterte der Polizeiarzt und ballte seine rechte Hand zur Faust.

«Scheint nicht gut gelaunt zu sein, unser Kollege.»

«Im Gegensatz zu dir.»

«Ich lasse mich nicht mehr von ihm provozieren.»

«Einer deiner guten Vorsätze?»

«Das bringt doch nichts.»

«Stimmt. Ich befürchte nur, dass die Welt morgen wieder anders aussieht.»

«Roman Minder scheint hier allein zu wohnen. Wer fand den Toten?»

«Fragen wir Stephan.»

Kollege Moser diskutierte vor dem Haus mit einigen Journalisten. Verzweifelt winkte er Nadine und Ferrari herbei.

«Könnt ihr mir bitte helfen? Ich will nichts Falsches sagen.»

«Soll ich oder willst du?»

«Mach du», antwortete Ferrari. «Sonst gibts wieder eine Katastrophe, wenn sie mir das Wort im Mund herumdrehen… Wer fand den Toten, Stephan?»

«Sophie Beltramelli, eine Nachbarin. Sie wartet in ihrer Wohnung auf euch.»

«Die Schauspielerin?»

«Jetzt, wo du es sagst… Sie kam mir bekannt vor.»

Nadine beantwortete locker die Fragen der anwesenden Journalisten, während sich der Kommissär auf eine Bank setzte und das Treiben auf dem Münsterplatz beobachtete. Ich könnte stundenlang hier sitzen, dieser Platz ist einfach wunderschön. Ruhig und elegant zugleich. In einem Punkt muss ich Peter allerdings recht geben – auf dem Münsterplatz wohnen keine armen Menschen. Vor genau tausend Jahren, im Jahr 1019, wurde das von Heinrich II. und seiner Frau, Kaiserin Kunigunde von Luxemburg, gestiftete Münster eingeweiht.

«Kleines Nickerchen in der Sonne gehalten?»

«Mitnichten. Nur über Peters Worte und über unsere geschichtsträchtige Stadt nachgedacht. Unser Wahrzeichen feiert ja das Tausend-Jahr-Jubiläum.»

«Du hättest Historiker werden sollen.»

«Stimmt, das würde meiner Mutter gefallen. Als gewöhnlicher Kommissär bin ich eine Schande, aber das ist eine andere Geschichte. Und, alles klar mit den Journalisten?»

«Die fressen mir aus der Hand. Konntest du inzwischen herausfinden, wer Minder fand?»

«Sophie Beltramelli.»

«Der Serienstar? Wow. Die wollte ich schon immer kennenlernen.»

«Dann sollten wir das jetzt nachholen. Sie wohnt nebenan und wartet auf uns.»

Angespannt setzte sich Ferrari an den Tisch im Wohnzimmer.

«Von hier aus können Sie den halben Münsterplatz beobachten, Herr Kommissär. Etwas zu trinken?»

«Ein Mineralwasser bitte.»

«Und für mich gern einen Kaffee», antwortete Nadine.

Der Kommissär schielte auf einen grossen, langhaarigen Hund, der ihn unentwegt fixierte.

«Fürchten Sie sich vor Hunden?»

«Nein, nein.»

«Tosca ist ein afghanischer Windhund, eine der ältesten Windhunderassen überhaupt, die bereits viertausend Jahre vor Christus von Nomaden in Afghanistan gezüchtet und als Jagd- und Bewachungshunde ausgebildet wurden. So viel ich weiss, brachten englische Besatzungstruppen sie mit nach Europa … Bitte sehr, ein Mineralwasser für Sie und Kaffee für Frau Kupfer und mich.»

Das afghanische Ungeheuer entschloss sich, Ferrari etwas näher kennenzulernen.

«Wie herzig! Das macht sie sonst nicht. Sie scheint Sie zu mögen, Herr Kommissär.»

Wenn die Liebe daraus besteht, dass Tosca mir ihr ganzes Fell in die Hose reibt, dann kann ich gut darauf verzichten.

«Sie haart ein wenig. Soll ich sie wegnehmen?»

«Nein, nein. Lassen Sie sie nur.»

«Der Kommissär ist ein ausgesprochener Tiernarr. Seine Katze Puma liebt er über alles, Frau Beltramelli.»

«Wollen wir uns nicht duzen? Ich heisse Sophie.»

«Sehr gern», antwortete Nadine.

«Es gibt nur wenige Menschen, die Katzen und Hunde lieben. Nun schau dir das an, Nadine. Tosca kuschelt sich richtig an den Kommissär.»

Und der Kommissär wird sich grausam an der lieben Nadine rächen, wenn sie nicht endlich mit diesem blöden Grinsen aufhört. Vorsichtig streichelte Ferrari dem Hund über den Kopf. Vielleicht kann ich sie so etwas beruhigen und sie ruiniert mir nicht vollkommen meinen Anzug.

«Wir ermitteln im Todesfall Roman Minder», kam Nadine auf den Punkt. «Du hast Pfarrer Minder gefunden …»

«Ja, eine schreckliche Sache. Als Schauspielerin wird man immer wieder mit Todesdarstellungen konfrontiert. Oft wirken die Fernsehleichen wie echte Tote, aber die Wirklichkeit sieht definitiv anders aus. Das weiss ich jetzt.»

«Warst du zufälligerweise bei Herrn Minder?»

«Wir hatten um halb fünf einen Termin. Roman und ich sind im Vorstand des Vereins Erwachsene gegen die Jugendarbeitslosigkeit. Am kommenden Wochenende findet eine Benefizveranstaltung des Vereins statt und wir wollten nochmals die Abläufe durchgehen.»

«Was genau macht dieser Verein?»

«Wir helfen Jugendlichen, eine Arbeitsstelle zu finden, was im heutigen wirtschaftlichen Umfeld nicht immer ganz einfach ist. Der Verein existiert seit fünfzehn Jahren und wir können einige Erfolge vorweisen.»

«Dann sind Sie um halb fünf zu ihm hinübergegangen?»

«Nein, um fünf Uhr. Roman rief mich nämlich um halb drei an und sagte, es werde etwas später, weil er Audrey noch zu Olivia Vischer begleiten möchte. Um fünf sei er bestimmt zu Hause. Es ist gut, dass Frau Vischer sich um Audrey kümmert. Die Mutter zu verlieren ist schwer. Sehr schwer. Punkt fünf klingelte ich dann bei ihm, aber niemand öffnete. Als ich bemerkte, dass die Tür nicht abgeschlossen war, betrat ich das Haus und rief nach Roman. Keine Antwort. Also ging ich nach oben. Fragen Sie mich bitte nicht, weshalb ich um den Schreibtisch herum ging. Ich weiss es wirklich nicht, vielleicht reine Intuition. Roman lag tot auf dem Boden, dieses Bild … Das werde ich nie vergessen. Ich rief sofort die Polizei an, die auch nach wenigen Minuten eintraf.»

«Ist Ihnen irgendetwas aufgefallen? Stand jemand vor dem Haus oder rannte eine Person weg?»

«Leider nein. Auf dem Münsterplatz ist bei schönem Wetter ziemlich viel los. Unter den Bäumen findet zurzeit eine Plakatausstellung statt, zum Thema «Schützt die natürlichen Ressourcen». Das zieht zusätzliche Leute an. Es tut mir leid, ich bin Ihnen keine grosse Hilfe.»

«Wie wirkte Herr Minder am Telefon?»

«Nervös, fast schon gestresst. Das war bei Roman aber nicht aussergewöhnlich. Wenn er mehrere Dinge miteinander erledigen musste, kam er ins Straucheln. Roman ist… war ein hervorragender Seelsorger, ein sehr lieber und guter Mensch, stets auf einen Kompromiss bedacht.»

«Du kanntest ihn gut.»

«Sehr gut. Er war einer meiner besten Freunde und mein Vertrauter», Tränen liefen über ihre Wangen. «Die Schauspielerei ist kein Schleck. Ich will mich nicht beklagen, immerhin gehöre ich zu den Stars im Business. Doch der Weg war hart und nun komme ich so langsam in die Jahre und das macht es nicht einfacher.»

«Also bitte, Sie sehen grossartig aus.»

«Danke für das Kompliment, Herr Kommissär. Bloss, die Konkurrenz schläft nicht und es ist schwer, mit den Jungen mitzuhalten. In ein oder zwei Jahren wird meine Rolle in der Fernsehserie von einer jüngeren, attraktiveren Frau gespielt. Da mach ich mir nichts vor. Deshalb bin ich auf der Suche nach neuen Angeboten, was gar nicht so einfach ist. Einmal als Männer vernichtender Vamp abgestempelt, nimmt mir das Publikum die Rolle einer liebenden Mutter nicht ab. Es gibt nur wenige Schauspieler, die mit mehreren Serien erfolgreich sind... Mit Roman konnte ich gut über meine Ängste reden.»

«Ist Herr Minder verheiratet?»

«Nein. Er... Er war wohl in mich verliebt.»

«Eine einseitige Liebe?»

«Das würde ich nicht sagen. Ich fühlte mich bei niemandem so wohl wie bei ihm. Richtiggehend geborgen. Aber ich wollte abwarten, wie es bei mir weitergeht. Der Pfarrer und die Männer mordende Schauspielerin wollte ich ihm nicht zumuten.»

«Können Sie uns etwas über ihn erzählen?»

«Roman ist in Graubünden als Einzelkind aufgewachsen. Sein Vater war Pfarrer und seine Mutter kümmerte sich um den Haushalt und um die Familie. Sie lebten ziemlich bescheiden. Roman war blitzgescheit, besuchte das Gymnasium in Chur und zog als junger Mann nach Basel. Zuerst wollte er Medizin studieren, wechselte jedoch nach zwei Semestern zur Theologie. Es lag ihm wohl einfach im Blut. Wir... Uns verband etwas ganz Besonderes. Er sagte immer, er sei der grösste Langweiler auf der Welt und verstehe nicht, was ich überhaupt an ihm finde. Doch das stimmt nicht, mit Roman war es nie langweilig. Wir konnten stundenlang diskutieren – über Kunst, Musik, Theater und über den Glauben. In letzter Zeit haderte er mit Gott. Er verstand nicht, wieso Gott die vielen Kriege, Terroranschläge und weltweiten Krisen zulassen konnte. Daher rührt wahrscheinlich auch sein, man kann schon sagen, besessener Einsatz für die Jugendlichen. Er wollte seinen Beitrag für eine gerechtere Welt leisten.»

«Besessen?»

«Ab und zu musste ich ihn in die Wirklichkeit zurückholen. Bei allem Verständnis für junge Menschen, nicht jeder lässt sich vermitteln. Sei es aufgrund fehlender Ausbildung oder mangelndem Interesse. Nur das wollte Roman nicht einsehen. Sogar bei den Unverbesserlichen gab er den Arbeitgebern die Schuld für das Scheitern.»

Wenn unser Gespräch noch eine halbe Stunde länger dauert, steht Tosca nackt vor mir und ich laufe wie ein afghanischer Berghund durch die Gegend.

«Sagen Sie es einfach, wenn Tosca Sie nervt, Herr Kommissär.»

«Kein Problem. Sie ist ein herziger Hund.»

«Wer ermordete Herrn Minder?»

«Keine Ahnung.»

«Gibt es jemanden, der den Pfarrer hasst?»

«Hassen ist zu viel gesagt. Aber es gibt einige, die ihn nicht mochten.»

«Können Sie uns Namen nennen?»

«Markus Stolz vom Weissen Schwan zum Beispiel.»

«Der Betreiber des Nobelrestaurants?»

«Ja, genau. Da ging es um einen seiner Lehrlinge, den wir ihm vermittelt hatten. Sie sind vor Kurzem ziemlich aneinandergeraten.»

«Wer sonst noch?»

«Lucie Gerster.»

Nadine schaute fragend zu Ferrari.

«Kenne ich nicht.»

«Sie führt einen Blumenladen im St. Alban-Tal. Auch in diesem Fall ging es um einen Lehrling.»

«Wissen Sie, was genau vorgefallen ist?»

«Im Ansatz schon, wir wollten die beiden Vorfälle an unserer nächsten Vereinssitzung aufarbeiten. Ich weiss, dass der Chefkoch mit unserem Lehrling unzufrieden ist. Er sei unfähig und faul. Und die Lehrtochter von Frau Gerster sei frech zu den Kunden und unzuverlässig. Sie würde tagelang ohne Arztzeugnis fehlen und, das ist das Schlimmste, würde klauen ... Jetzt müssen wir zuerst besprechen, wie es ohne Roman weitergehen soll. Er ist unersetzlich ... Tosca! Es reicht. Lass den Kommissär in Ruhe. Platz!» Die afghanische Hundedame stolzierte, ohne ihre Herrin eines Blickes zu würdigen, zum Cheminée und liess sich mit einem Grummeln nieder. «Noch etwas zu trinken?»

«Vielen Dank. Wir müssen zurück ins Kommissariat. Falls Ihnen noch etwas einfällt, rufen Sie uns bitte an.»

«Selbstverständlich.»

«Puccini in Hundeform!», brummte Ferrari im Garten des Restaurants Zum Isaak und versuchte, die hellen Haarbüschel von seiner Hose zu wischen.

«Ein herziges Hundilein. Nein, nein, lassen Sie Tosca nur. Sie stört überhaupt nicht», äffte Nadine den Kommissär nach.

«Sie sabberte mir meinen besten Anzug voll.»

«Deinen einzigen Anzug und der erlebte auch schon bessere Tage.»

«Ich brauche den sowieso nur ein oder zwei Mal pro Jahr. Also muss ich keinen zweiten kaufen.»

«Aber vielleicht wieder einmal einen, der nicht so abgewetzt ist und total speckig glänzt.»

«Das sagt Monika auch immer. Ich liebe ihn.»

«Tosca liebt ihn auch.»

«Schau dir das an. Sie hat mir das halbe Fell in die Hose gerieben. Was gibts da zu lachen?»

«Hoffentlich fängt es nicht an zu winden, sonst sind die Haare bald überall. Die anderen Gäste wirds freuen.»

«Was sagt du zu unserem neusten Fall?», wechselte Ferrari das Thema und stellte diskret einen Fuss auf das Haarbüschel.

«Der ist wie für unseren Schickimicki-Kommissär gemacht.»

«He?»

«Der Pfarrer ist eine bedeutende Basler Persönlichkeit.»

«Blödsinn. Das war früher vielleicht einmal, als der Pfarrer und der Lehrer noch eine andere Bedeutung hatten. Heute sind sie ganz normale Menschen.»

«Aha. Und warum wird so ein normaler Mensch ermordet?»

«Wie jeder andere auch – aus Eifersucht, Hass, Habgier, Liebe. Der ganz normale Wahnsinn. Vielleicht hatte er mit irgendjemandem Streit und die Situation eskalierte.»

«Heute Morgen machte er mir im Münster einen gefestigten, ruhigen Eindruck. Die Predigt war gut vorbereitet. Hätte er am Abend mit einer heftigen Auseinandersetzung gerechnet, wäre er nervös gewesen.»

«Das denke ich auch.»

«Somit können wir davon ausgehen, dass der Besuch unerwartet auftauchte.»

«Ein Mord im Affekt. Die Tötungsart spricht auch klar dafür. Sein Kopf wurde mehrmals gegen ein Metallregal geschlagen.»

«Und was unternehmen wir, sagen wir in ein oder zwei Stunden, wenn du Toscas Haare losgeworden bist?»

«Also ich fahre dann vom Bankenplatz mit dem Dreier nach Birsfelden und geniesse zu Hause den wohlverdienten Feierabend, weil es heute keinen Sinn mehr macht, mit den Ermittlungen zu beginnen. Für morgen schlage ich vor, wir treffen uns zuerst einmal mit Olivia. Sie kann uns sagen, ob er Audrey wirklich begleitet hat oder, falls dies nicht zutrifft, weiss sie vielleicht, wann Minder das Binninger Schloss verlassen hat und was er noch unternehmen wollte. Und danach …»

«… nehmen wir uns Lucie Gerster und Markus Stolz vor.»

Puma, die kleine schwarze Katze, schnupperte argwöhnisch an Ferraris Hosenbein.

«Wie siehst du denn aus?», begrüsste ihn Monika.

«Die Haare stammen von Sophie Beltramellis Hund, einem afghanischen Windhund.»

«Puma gefällt es gar nicht, wenn du fremdgehst.»

«Liebe auf den ersten Blick, allerdings eine einseitige.»

«Hängt es mit dem Mord auf dem Münsterplatz zusammen? Es kam im Radio.»

«Ja, genau. Der Tote ist Roman Minder.»

«Was?! Um Himmels willen, der Pfarrer?»

«Sein Kopf wurde mehrmals an die Kante eines Regals geschlagen.»

«Mein Gott! Wer macht denn so etwas, und was hat Sophie damit zu tun?»

«Sie fand ihn, nachdem er nicht auf ihr Klingeln reagiert hatte. Haben wir Besuch?»

«Ja, die Mutter einer Freundin von Nicole.»

Ferrari sah seine Lebenspartnerin misstrauisch an.

«Keine Angst. Ich bringe dich in keine verfängliche Situation», lachte sie.

Ja, ja. So beginnt es immer und am Ende muss ich für irgendjemanden die Kastanien aus dem Feuer holen.

«Kirstin hat Probleme mit ihrer Tochter. Sie kommt nicht an sie heran und auch bei Nikki blockt sie ab. Irgendetwas stimmt mit ihr nicht.»

Da ziehe ich mich wohl am besten in die obere Etage zurück.

«Sie bleibt zum Essen.»

Aus der Traum. Aber keine Sorge, Puma, wir essen, hören uns höflich die Sorgen von Kirstin an und zischen uns dann diskret ins Arbeitszimmer zurück, um zu fernsehen.

Kirstin Mettler, etwas älter als Monika und das, was man im Allgemeinen unter einem Hausmütterchen versteht, sezierte in Gedanken versunken die Lasagne.

«Es stimmt etwas nicht mit Sinia, leider weicht sie mir aus», kam sie auf das eigentliche Thema zurück.

«Mir auch.»

«Bist du auch der Meinung, dass etwas nicht in Ordnung ist?»

«Ja, und zwar seit zwei oder drei Monaten, Paps.»

«Wie gut kennst du sie?»

«Sie ist eine meiner besten Freundinnen.»

«Und die anderen kommen auch nicht an sie ran?»

«Keine von uns. Sie kommt mit ins Kino, auf Partys. Aber jedes Mal, wenn wir sie fragen, was los ist, zieht sie sich zurück.»

«Wie bei mir… Es… vielleicht hängt es mit der Trennung zusammen. Du weisst ja, dass sich Christoph vor einem halben Jahr von mir trennte, Monika. Das war nicht nur für mich ein Schock.»

«Möglich», murmelte der Kommissär kaum verständlich und schob sich ein weiteres Stück Lasagne in den Mund, was ihm einen strafenden Blick seiner Partnerin eintrug.

«Vor zwei Monaten wollte sie deswegen das Studium schmeissen. Zum Glück konnte ich sie überzeugen, weiterzumachen.»

«Was studiert sie?»

«Psychologie. Ich weiss nicht mehr, was ich tun soll. Ich habe alles probiert. Vielleicht ... kannst du nicht einmal mit ihr sprechen, Monika? Sie hält sehr viel von dir. Und ...»

Ferrari spähte in die Küche hinaus. Hoffentlich hat es noch mehr Lasagne? Es schmeckt einfach köstlich.

«Oder wenn Sie, Herr Ferrari, mit ihr reden könnten?»

Der Kommissär verschluckte sich am letzten Stück Lasagne und bekam einen Hustenanfall.

«Ich ... ich ... ich soll ...».

«Sinia ist ein grosser Fan von Ihnen. Sie liest alle News über Sie.»

Monika klopfte Ferrari energisch auf den Rücken. Etwas sanfter, bitte!

«Danke, Monika, es geht schon wieder ... Es reicht.»

«Ich glaube nicht. Du hustest noch immer.»

Sie schlug noch einmal kräftig zu.

«Danke, jetzt gehts mir wieder besser.» Davon abgesehen, dass du mir beinahe das Schulterblatt gebrochen hast. «Ich weiss nicht ... Ein Vorschlag zur Güte – Monika soll mit Ihrer Tochter sprechen und falls das nichts bringt, rede ich mit ihr.»

«Danke vielmals. Ich weiss eure Hilfe sehr zu schätzen.» Mit einem traurigen Lächeln erhob sich Kirstin.

«Eigentlich möchte ich niemanden in solche privaten Dinge hineinziehen, aber ich weiss einfach keinen Ausweg. Also, nochmals vielen Dank und auf Wiedersehen.»

Wunderbar, jetzt kommt der gemütliche Teil des Abends. Zufrieden sass der Kommissär mit Puma auf der Couch und schaute sich eine Folge der Sitcom «The Big Bang Theory» an.

«Was gefällt dir an diesem Mist?»

«Die Serie.»

«Und was genau?»

«Ich finde sie gut.»

«Was bitte kann daran gut sein?»

«Die verschiedenen Charaktere und die Storys.»

«Rutsch ein wenig zur Seite.»

Umständlich hob Ferrari die Katze hoch, legte sie einen halben Meter weiter nach links, was diese mit einem Gähnen quittierte, und machte Monika Platz.

«Und jetzt?»

«Ich verstehe nicht?»

«Was unternimmst du?»

«Morgen unterhalten wir uns zuerst mit Olivia, dann …»

«Nicht wegen dem Pfarrer, wegen Kirstins Tochter.»

«Moment mal. Das ist nicht mein Problem. Du drängst dich doch immer wieder auf, irgendwelchen Leuten zu helfen.»

«Ich dränge mich auf?»

«Das ist dein Mutter-Teresa-Tick. Diese Sinia wird nicht damit fertig, dass ihr Vater ausgezogen ist. Wieso überhaupt?»

«Weil er sich in seine Sekretärin verliebt hat.»

«Kann vorkommen. Besonders attraktiv ist diese Kirstin ja nicht.»

«Wie gewisse Männer, die ich näher kenne.»

«Was soll denn das nun wieder heissen? Die ein oder zwei Kilo Winterspeck kriege ich schon wieder weg.»

«Winterspeck im September! Ha! Den schleppst du bereits seit der vorletzten Weihnacht mit dir herum. Und ich gehe jede Wette ein, bis Ende Jahr legst du weiter zu. Du kommst bald in kein Hemd mehr hinein.»

«Aber in jede Hose.»

«Auch nur, wenn du deinen Schwabbelbauch darüber hängen lässt wie ein Hängebauchschweinchen.»

«So, mir reichts. Nirgends hat man seine wohlverdiente Ruhe. Ich gehe mit Puma hinauf ins Arbeitszimmer.»

«Du bleibst. Ich will wissen, was du unternimmst.»

«Nichts, nichts und nochmals nichts! Wenn du dich einmischen willst, bitte. Aber lass mich gefälligst aussen vor.»

«Sinia bewundert dich.»

«Ist mir vollkommen egal.»

«Du bist ihr Gott.»

«Ja und?»

«Nicole sagt, es sei nicht zum Aushalten, wie sie überall von dir schwärmt.»

«Ist das wahr?»

«Sie möchte nach ihrem Studium Polizeipsychologin werden und dir zuarbeiten.»

«Wirklich? Es ist immer gut, einem Vorbild nachzueifern, vor allem für junge Menschen.»

«Schönes Vorbild, das nichts von einem wissen will.»

«So ist es ja auch wieder nicht. Wenn du keinen Erfolg hast, rede ich mit Sinia.»

«Versprochen?»

«Ehrenwort. Wo ist eigentlich Nikki?»

«Sie übernachtet bei Sinia.»

Monika kuschelte sich an Ferrari. Was kann ich schon dabei verlieren? Ich rede mit der jungen Frau. Und sollte sie mich auch abblocken, habe ich es wenigstens versucht. Ich bin eben ein Vorbild für die jungen Menschen. Nur, stimmt es auch, was Monika sagt? Er blickte in ihr schmunzelndes Gesicht. Wenn ich es mir richtig überlege … Augenblick! Bin ich ihr wieder einmal ins Netz gegangen? Bevor er weiter darüber nachdenken konnte, wurde er bereits von der Spinne vernascht.

2. Kapitel

Das Wetter spielte wieder einmal verrückt. Was heisst wieder einmal? Die Verrücktheit wird bald zur Normalität. Es ist Mitte September und bereits beginnen die Blätter an den Bäumen zu verwelken, so als wäre es bereits Ende Oktober. Und vor einigen Monaten hiess es in halb Europa Land unter. Vor allem Deutschland wurde arg gebeutelt, ganze Landstriche versanken im Wasser. Ferrari fuhr mit dem Dreier zum Barfüsserplatz und ging langsam durch die Steinenvorstadt zum Kommissariat.

«Guten Morgen, Francesco. Auch schon da? Ich habe mir schon langsam Sorgen gemacht.»

«Entschuldige, es ist erst kurz vor acht. Irgendwann muss auch ich ein wenig schlafen.»

«Und, bist du ausgeruht?»

«Danke, bestens.»

«Olivia ist ein Morgenmuffel.»

«Aha.»

«Sie war noch im Bett.»

«Du hast sie schon angerufen?»

«Um halb acht. Wir sollen ja nicht vor neun bei ihr auftauchen.»

«Wo wollen Sie auftauchen?», platzte Jakob Borer herein.

«Bei Olivia Vischer, Herr Staatsanwalt.»

«Und wozu?»

«Zu Kaffee und Croissants.»

«Werden Sie gefälligst nicht frech, Frau Kupfer. Ich fragte anständig, da darf ich doch wohl auch um eine seriöse Antwort bitten.»

«Und Sie können Ihre schlechte Laune gefälligst an jemand anderem auslassen.»

«Ihre Stimmung wäre auch im Eimer, wenn um sieben schon der erste Regierungsrat anruft und nach Ergebnissen japst.»

«Schneider?»

«Nein, dieses Mal Ambühl.»

«Warum interessiert sich unser Erziehungsdirektor für den Fall?»

«Offenbar war Roman Minder ein sehr guter Freund von ihm. Ich riet ihm, den Dienstweg einzuhalten. Kurz darauf rief dann prompt Schneider an … Was wollen Sie von Frau Vischer?»

«Wir möchten uns mit ihr über Roman Minder unterhalten.»

«Kommt nicht infrage!»

«Wie bitte?»

«Sie sind imstande und verdächtigen noch Olivia Vischer.»

«Quatsch. Wir wollen nur wissen, ob der Pfarrer gemeinsam mit Audrey zu ihr gefahren ist.»

«Und wozu das?»

«Wir ermitteln in einem Mordfall und wollen herausfinden, wo Roman Minder zwischen vierzehn und siebzehn Uhr war.»

«Ja, natürlich. Und ganz nebenbei fragen Sie Frau Vischer nach ihrem Alibi.»

«Sicher nicht.»

«Sicher doch. Ihnen traue ich alles zu, Ferrari. Sie sind ein Fanatiker und Fanatiker kennen keine Grenzen. Sie würden Ihre eigene Familie opfern, damit die Gerechtigkeit siegt.»

«Sie spinnen doch!»

«Ah! Sehen Sie, Frau Kupfer. Ich habe seine Schwachstelle erwischt. Getroffene Hunde bellen. Sie gehen unter keinen Umständen zu Frau Vischer.»

«Ich lasse mir von Ihnen nicht vorschreiben, wie wir die Ermittlungen führen. Ende der Diskussion.»

«Schon wieder Schneider», Borer blickte auf sein Handy. «Was will denn der jetzt schon wieder? ... So, einfach wegdrücken und das Telefon ausschalten ... Und jetzt zurück zu Ihnen.»

«Francesco ist kein Fanatiker.»

«Dass Sie das behaupten, wundert mich keineswegs, Frau Kupfer. Ihr Francesco könnte jemanden kaltblütig abknallen und Sie würden ihn noch decken.»

«Stimmt. Ich würde ihm sogar dabei helfen.»

«Sie würden ... Oh ja, ich sehe es Ihnen an, das würden Sie. Unglaublich ... Was soll ich Schneider sagen?»

«Dass wir mit den Ermittlungen heute Morgen angefangen haben.»

«Sind Sie vollkommen übergeschnappt?», Borer stützte sich auf Ferraris Schreibtisch. «Die Regierung reisst mir den Allerwertesten auf, wenn ich so etwas sage.»

«Wie wäre es mit: Wir sind auf einer heissen Spur?»

«Schon viel besser.»

«Oder stehen kurz vor der Lösung des Falls?»

«Das ist zu dick aufgetragen.»

«Immerhin wissen wir von Sophie Beltramelli, dass Minder in seinen Methoden nicht zimperlich war und nicht nur Freunde hatte. Markus Stolz …»

«Der Sternegastronom?»

«Ja. Die beiden sind wegen eines Lehrlings aneinandergeraten. Und Lucie Gerster …»

«Die Floristin? Bei ihr kaufe ich immer meine Blumen. Sie macht fantastische Sträusse, ich kann sie wärmstens empfehlen.»

«Offenbar klaut ihre Lehrtochter, die ihr von Minder vermittelt wurde.»

«Wir sollten langsam gehen, Francesco.»

«Heisse Spur … Ist das wirklich gut?» Borer schaute aus dem Fenster hinunter in den Hof. «Ein konkreter Anhaltspunkt vielleicht oder doch die heisse Spur? … Was finden Sie besser, Ferrari?»

Der Staatsanwalt drehte sich um und fand nur noch den leicht wippenden Bürostuhl des Kommissärs vor.

Nadine wird langsam alt! Jetzt lässt sie sogar einem BMW die Vorfahrt.

«Nur keine falschen Hoffnungen. Siehst du das L? In solch einem Fall bin ich nachsichtig», sprach Nadine, hupte heftig, schloss die Lücke zwischen ihr und dem BWM und zeigte einem Smart-Fahrer, der noch schnell versuchte, nach links einzuscheren, den Stinkefinger.

«Arschloch!»

«Das macht eine Lady nicht.»

«Was glaubt denn der Volltrottel? Dass ich ihn einfach so reinlasse?»

«Sturheit um jeden Preis. Auf die Gefahr hin, dass er dich rammt.»

«Soll er doch mit seiner Schuhschachtel. Der wäre zwischen dem BMW und meinem Porsche zerquetscht worden.»

Jetzt stimmt mein Weltbild wieder. Ferrari seufzte und klammerte sich am Armaturenbrett fest, während Nadine in den zweiten Gang zurückschaltete und an der Kunsteisbahn St. Margarethen vorbei das Bruderholz hochraste. Bei Olivia Vischer fuhr sie mit quietschenden Reifen in die Auffahrt.

«Endstation! Alle aussteigen, auch die mit den weichen Knien.»

Ferrari kroch aus seinem Recarositz. Wenn nur die Verbindung mit dem Tram besser wäre, würde ich mich diesen Autofahrten nicht ausliefern. Wow! Das Anwesen von Olivia ist einfach sensationell. Ich staune immer wieder von Neuem. Wahrscheinlich kostet die Eingangspartie zur Villa mehr, als ich im ganzen Leben verdiene. Tochter eines Pharmamagnaten müsste man sein. Olivias persönlicher Assistent führte sie ins Wohnzimmer, wo die Hausherrin und Audrey frühstückten.

«Frühstück oder nur Kaffee?», begrüsste Olivia ihre Gäste.

«Nur Kaffee.»

«Ich frühstücke gerne mit.»

«Für Nadine einen Kaffee, für Francesco das ganze Programm, Gilbert.»

«Aber kein Ei bitte, wegen dem Cholesterin. Danke. Konnten Sie Ihren Bruder erreichen, Audrey?»

«Leider noch nicht. Wir wissen nicht einmal, wo er sich genau aufhält. Alexander meint in Südafrika, unser Hausarzt Richard schwört, er sei in Australien, und ich bin überzeugt davon, dass er Kanada bereist. Es… es ist so traurig… Leonardo hing beinahe noch mehr an Mutter als ich. Sie war das Herz der Familie, unser Zentrum. In jeder Beziehung. Ich mache mir Vorwürfe, wir hätten die Beerdigung verschieben müssen, wir hätten auf Leonardo warten müssen.»

«Auf unbestimmte Zeit wäre wohl nicht möglich gewesen, Audrey. Oder weisst du, wann Leonardo zurückkommt?»

«Leider nicht, Nadine. Vielleicht ist er bald mal online und sieht meine SMS.»

«Stimmt das mit dem schwulen Pfaffen?», schaltete sich Olivia ins Gespräch ein.

Ferrari verschluckte sich am Croissant und erlitt wie am Vorabend einen Hustenanfall.

«Das … das ist … pietätlos.»

«Schluck besser das Croissant runter, bevor du daran erstickst. Mann, bist du zimperlich.»

«Ich … ich finde es nicht in Ordnung, dass du so von ihm redest. Er … er hielt gestern schliesslich eine sehr gute Andacht.»

«Soso. Und deshalb war er also ein guter Mensch. Kanntest du ihn überhaupt?»

«Ich … es ist mir ein [illegible] Stück im Hals stecken geblieben.»

«Dann hältst du am besten die Klappe, bis es dir wieder besser geht.»

«Kanntest du ihn gut?», erkundigte sich Nadine.

«Nicht persönlich, nur über einige meiner Freunde.»

Nadine schaute besorgt zu Audrey.

«Du musst mich nicht schonen. Die Abdankung im Münster fand auf Wunsch der Regierung statt. Wir sind alle in der Familie Atheisten.»

Merkt denn hier niemand, dass ich ersticke? Die unterhalten sich, als ob ich nicht existiere, dabei stehe ich kurz vor dem Abserbeln.

«Jetzt ists dann aber gut, Francesco. Du musst keine Mitleidsshow abziehen, du bist auch so der Grösste.»

Ferrari lief rot an, griff sich an die Kehle und hustete wie wahnsinnig.

«Gilbert, bringen Sie dem Kommissär bitte ein Glas Wasser. Und, falls das nichts hilft, rufen Sie die 144 an.»

«Danke», keuchte der arg Gebeutelte, als ihm Olivias persönlicher Assistent das Wasser reichte.

«Der Mann hatte definitiv einen an der Waffel, Nadine. Sein Lebensinhalt bestand darin, Arbeitgebern ein schlechtes Gewissen einzuimpfen, weil sie zu wenig Jugendliche einstellten. Und jenen, die sich breitschlagen liessen, warf er vor, sie würden die Lehrlinge ausbeuten. Frag Ines, sie ist einige Male an ihn geraten. Roman Minder war kein demütiger Pfarrer, sondern ein Querulant und ein Erpresser.»

«Hast du dich auch mit ihm angelegt?»

«Nicht ich, aber meine Leute. Es lief immer nach dem gleichen Schema ab. Zuerst bettelte er, wir sollen den jungen Menschen eine Chance geben, und dann spielte er sich als Beschützer auf.»

«Weil du sie wahrscheinlich auch ausbeutest.»

«Nun seht her, Francesco lebt noch. Noch ein Croissant?»

«Nein, danke. Die bleiben mir im Hals stecken, aber einen Kaffee nehme ich gern noch. Der Mann versuchte doch nur, Jugendliche zu vermitteln, und schaute dann zum Rechten.»

«Ein Obergewerkschafter! Ich kann solche Schleimer nicht ausstehen. Der kümmerte sich doch mehr um die Jugendlichen, als denen lieb war.»

«Quatsch! Das ist wieder so ein Vorurteil von dir. Pfarrer müssen schwul sein, Schauspielerinnen hüpfen mit dem Regisseur ins Bett und Künstler schlafen mit ihren Modellen.»

«Vorsicht, du bewegst dich auf dünnem Eis.»

«Können wir bitte sachlich bleiben.»

«Sie fing damit an, Nadine.»

«Und du bist darauf eingestiegen.»

«Du weisst genau, wie du mich treffen kannst.»

«Das war nicht beabsichtigt, Olivia. Es ist mir einfach so rausgerutscht.»

«Die Zunge war wieder einmal schneller als das Gehirn.»

«Siehst du, Nadine, jetzt beleidigt sie mich wieder.»

«Hört sofort auf, euch wie Kinder zu streiten.»

Die beiden sassen mürrisch vor ihren Kaffeetassen, bis Audrey lachen musste.

«Ihr zwei keift ja wie ein altes Ehepaar. Darf ich auch etwas dazu sagen?»

«Ein objektives Wort kann nicht schaden, Audrey.»

«Bei uns arbeiten auch zwei Lehrlinge, die Roman Minder vermittelte. Normalerweise bilden wir keine Lehrlinge aus, aber Alexander liess sich von ihm überzeugen. Einer der beiden war leider nicht coachbar. Zuerst ermahnten ihn die Gewerbeschullehrer und dann wollten sie ihn vom Unterricht ausschliessen. Wir beendeten das Arbeitsverhältnis, doch das war noch lange nicht das Ende. Minder und Alex gerieten aneinander. Der Pfarrer verschloss sich jeder Argumentation. Erst, als der Rektor der Gewerbeschule Minder den Tarif erklärte, gab er Ruhe.»

«Sag ich doch. Ein Sektierer.»

«Immerhin entschuldigte sich Minder später bei Alex, was er ihm hoch anrechnete. Deshalb war er auch einverstanden, dass er die Abdankungspredigt hält.»

«Ich kann mir gut vorstellen, dass der Mann sich sehr für seine Schützlinge einsetzte und ab und zu übers Ziel hinausschoss.»

«Was hat der Tod von Minder eigentlich mit uns zu tun?»

«Gute Frage, Olivia. Wir wollten nur wissen, wann ihr ihn zum letzten Mal gesehen habt. Offenbar wollte er Audrey noch zu dir begleiten. Stimmt das?»

«Und deshalb machst du hier so einen Aufstand?»

«Also bitte, wer provoziert mich laufend?»

«Du kommst mir gerade recht. Wer haut unter die Gürtellinie?»

«Das ist über zehn Jahre her.»

«Und weil es zehn Jahre her ist, es sind übrigens genau dreizehn, glaubst du, dass ich Frank Brehm vergessen habe. Und selbst wenn, gibt es absolut keinen Grund, solche Bemerkungen vom Stapel zu lassen.»

«Verliess Roman Minder gestern das Binninger Schloss gemeinsam mit euch?», versuchte Nadine das Gespräch auf das eigentliche Thema zurückzubringen.

«Er sass neben Richard, der ist zuerst gegangen», antwortete Olivia. «Als Minder hörte, dass Audrey für einige Tage bei mir wohnen wird, wollte er uns begleiten. Vermutlich, um Audrey vollzuquatschen. Das lehnte ich entschieden ab. Er ist vermutlich kurz nach euch gegangen.»

«Also zirka um drei.»

«Allerspätestens um halb vier.»

«Sagte er, wohin er ging, Audrey?»

«Mir nicht. Dir, Olivia?»

«Nein, weshalb sollte er. Wir sprachen kein Wort miteinander. Das Männlein war nach meiner Abfuhr beleidigt.»

«Bleibt die Frage, wo er zwischen halb vier und fünf war.»

«Wahrscheinlich stritt er mit einem Unternehmer über die angebliche Ausbeutung seiner Lehrlinge.»

«Fängst du schon wieder damit an.»

«Bitte entschuldige, Herzilein. Ich wollte damit nur sagen, dass er wahrscheinlich bei einem Arbeitgeber zum Rechten schaute. Noch ein Croissant?»

«Vielleicht … Nein, danke.»

«Ist er allein gegangen, Audrey?»

«So viel ich weiss, schon.»

«War er nervös?»

«Das ist mir nicht aufgefallen. Ich würde sagen, er war ganz normal.»

«Das stimmt so nicht ganz.»

«Was stimmt nicht?»

«Nur nicht so brummlig, Herr Kommissär. Wie hältst du es nur mit dem Kerl aus, Nadine?»

«Das fragen mich alle.»

«Vor dem Essen unterhielt uns der Retter aller Arbeitslosen mit seinen Heldentaten, danach sass er still am Tisch und wirkte ziemlich nachdenklich. Einige Minuten nach meiner Abfuhr stand er plötzlich auf, verabschiedete sich und verschwand.»

«Was schliesst du daraus?»

«Vielleicht ist ihm etwas Wichtiges eingefallen.»

«Du meinst einen Termin, den er verpasst hat?»

«Das Date mit seinem Mörder.»

«Gar nicht so abwegig, Olivia.»

«War eigentlich nur ein Scherz.»

«Aber es könnte so gewesen sein.»

«Und was unternehmt ihr jetzt?»

«Sophie Beltramelli nannte uns zwei Personen, die mit Minder Streit hatten, Markus Stolz und Lucie Gerster.»

«Die Liegenschaft, in der Markus sein Restaurant betreibt, gehört Agnes.»

«Gibts auch noch Häuser, die nicht in eurem Besitz sind?»

«Aber ja doch, Herzilein. Du wohnst in einem davon.»

«Komm, Nadine, es ist wohl besser, wenn wir jetzt gehen. Aua! … Spinnst du?»

«Entschuldige, Herzilein. Mein Fuss macht manchmal, was er will.»

«Sie hat mir das Schienbein gebrochen!»

«Dann würdest du nicht mehr durch die Gegend latschen.»

«Und nur, weil ich die Bemerkung über Brehm machte.»

«Was nicht nett war.»

«Nur die Wahrheit. Der grosse Künstler hatte eine Affäre nach der anderen und Olivia finanzierte das Ganze.»

«Das solltest du ihr so nicht sagen.»

«Lust dazu hätte ich.»

Ferrari humpelte zum Porsche und liess sich auf den Sitz fallen.

«Mann kann auch normal einsteigen.»

«Das stimmt nicht. Sich fallen zu lassen, ist die einzige Methode.»

«So ruinierst du das Leder.»

«Kauf dir ein anderes Auto. Dann kann ich ganz normal einsteigen.»

«Nimm zehn Kilo ab und du bist gelenkiger.»

«Fünf! Kein Gramm mehr. In einem Monat habe ich es geschafft.»

«Wer drei Croissants wegputzt, nimmt keine fünf Kilo ab.»

«Es waren nur zwei. Das dritte ist mir im Hals stecken geblieben.»

«Du hast drei gegessen. Und das vierte ist dir nicht bekommen.»

«Echt? … He! Du kontrollierst mich.»

«Nur bringts nichts. Du bist wie ein Staubsauger. Sobald etwas Essbares herumliegt, saugst du es auf.»

«Hm!»

Basel ist eine einzige Baustelle. Warum kann das Baudepartement das Ganze nicht besser koordinieren? Irgendwann platzt den Baslern der Kragen. Sogar hier beim Wasserturm müssen wir Schleichwege fahren, um wieder in die Stadt hinunter zu kommen. Umleitungen, einspurige Fahrbahnen. Echt, so schlimm wars noch nie.

«Verdammter Mist. Jetzt ist der Spoiler ganz hin.»

«Eine Zumutung. Wie kann man nur so schlecht koordinieren.»

«Du gibst mir recht?»

«Oh ja. Auch der öffentliche Verkehr ist davon betroffen. Am Morgen muss ich mit dem Dreier zehn Minuten mehr einrechnen, bis ich in der Stadt bin.»

Sie fuhren über den Dreispitz Richtung Grosspeter.

«Du willst hoffentlich nicht über den Aeschenplatz fahren, oder?»

«Ich fahre kurz davor rechts ab und dann von hinten beim St. Alban-Tor ins Tal hinunter.»

«Gute Idee. Könnte von mir sein.»

«Ein Kompliment aus deinem Mund ist doppelt so viel Wert.»

Nadine fuhr gemächlich ins St. Alban-Tal und parkierte den Porsche beim Letziturm, der noch von der alten Stadtmauer zeugte.

«He! Wohin willst du?»

«Einen Blick auf den Rhein werfen und mir die Fähre anschauen. So viel Zeit muss sein.»

Ferrari beobachtete die St. Alban-Fähre, wie sie gerade am Grossbasler Ufer anlegte.

«Der Wild Maa gefällt mir nicht, die alten Fähren sind schöner.»

Der Kommissär nickte. Ganz meine Meinung. Ich hätte mir gewünscht, dass man die alte Fähre restauriert. Am Geld kanns nicht gelegen haben, sonst gibt man ja auch Unsummen für jeden Mist aus. Vermutlich werden nach und nach auch die anderen ersetzt und eh man sich versieht, weiss keiner mehr, wie die ursprünglichen Fähren aussahen. Während wir Basler stolz auf dieses Wahrzeichen sind, ist die Schifffahrt nicht so begeistert, denn sie sind ein unberechenbares Risiko. Vor zwei Wochen wurde die Ueli-Fähre bei einem riskanten Manöver beinahe von einem Lastkahn versenkt. Zum Glück ging nochmals alles gut.

«Heute sind wir besonders sentimental.»

«Nur, weil ich mir den Rhein und die Fähre anschaue?»

«Genau und dabei an Brehm denkst.»

«Überhaupt nicht.»

Ferrari blickte verstohlen den Rhein hinunter. Die Vogel-Gryff-Fähre konnte man von hier aus nicht sehen. Damals lernte er Olivia Vischer kennen, als ihr Mann, einer der bedeutendsten Schweizer Künstler, ermordet auf der Klingental-Fähre gefunden wurde. «Tod auf der Fähre», das war eine gefühlte Ewigkeit her.

«Da hattest du noch keine superintelligente und erst noch sensationell aussehende Assistentin an deiner Seite.»

«Stimmt. Nur einen schwachsinnigen Assistenten, der mir auf den Keks ging, Baer hiess er.»

«Das Schicksal meinte es gut mit dir. Ich kam, sah, siegte und versüsse dir seither das Leben.»

«Na ja … Autsch!»

Der Schlag zwischen die Rippen war ziemlich heftig.

«Falls du dich von deinem Rhein und deinen Fähren dann irgendwann loseisen kannst, bin ich dafür, dass wir uns mit Lucie Gerster unterhalten.»

«Und wo finden wir die?»

«Irgendwo da hinten in einer der verwinkelten Gassen. Die Adresse lautet St. Alban-Kirchrain.»

Ferrari trottete brav wie ein Bernhardiner hinter Nadine her. Als sie sich umdrehte, war er verschwunden.

«He, Francesco. Wo bist du?»

«Hier um die Ecke beim Papiermuseum.»

Nadine lief ein Stück zurück.

«Was machst du da?»

«Ich schau mir das Mühlrad an.»

«Du bist wie ein kleines Kind», sie zog ihn vom Geländer weg. «Das kannst du in deiner Freizeit machen. Zum Glück müssen wir nicht alle Tage ins Dalben-Tal. Denn hier gibts für grosse Jungs viel zu viel zu entdecken.»

«Das geht dir halt ab. Ich würde sofort hierherziehen… Wenn Monika damit einverstanden wäre», schränkte er seine Absichten ein. «Doch die wenigen Wohnungen gehen unter der Hand weg. Von den Häusern wollen wir gar nicht reden.»

«Du kannst ja die Vischer-Schwestern fragen.»

«Meinst du?… Ach was, das bleibt ein Traum. Wir sind in Birsfelden glücklich. Es müssen sich ja auch nicht alle Träume erfüllen… Naja, ich könnte Agnes fragen, Olivia vielleicht besser nicht.»

«Gut haben wir darüber gesprochen. Würde der Herr jetzt bitte seinen Hintern in Bewegung setzen, damit wir uns noch vor dem Mittag mit dieser Lucie Gerster unterhalten können.»

Als Ferrari den Blumenladen betrat, dachte er unwillkürlich an das Bild «Der arme Poet» des deutschen Malers Carl Spitzweg, das er vor einiger Zeit in einer Sonderausstellung des Basler Kunstmuseums fasziniert betrachtet hatte. Dieses Werk sei eines der beliebtesten Bilder aller Zeiten, vergleichbar mit der Mona Lisa, hatte die Kunsthistorikerin während der Führung erzählt. Die ganze Ladeneinrichtung war nämlich schwer in die Jahre gekommen und erinnerte an Möbel aus dem neunzehnten Jahrhundert.

Lucie Gerster, eine hagere Frau Anfang sechzig, bot ihnen einen Kaffee an. Vorsichtig setzte sich der Kommissär auf einen Stuhl, der alles andere als stabil aussah.

«Ich war sehr überrascht, dass Sie mich sprechen wollen, Frau Kupfer. Um was geht es bitte?»

«Es geht um Pfarrer Roman Minder.»

Augenblicklich verfinsterte sich ihre Miene.

«Minder! Ich hätte es mir denken können. Er drohte mir mehr als einmal mit der Gewerbepolizei. Dass er wirklich so weit geht, unglaublich.»

«Würden Sie uns Ihre Sicht der Dinge schildern?»

«Ich hätte mich nie darauf einlassen sollen. Minder setzte mich unter Druck, Erpressung wäre das richtige Wort.»

«Etwas detaillierter, bitte.»

«Er drückte mir einen Lehrling aufs Auge. Ich konnte einfach nicht Nein sagen.»

«Weshalb nicht?»

«Dieses Haus gehörte meinem Mann, er war Chemiker bei der Hoffmann-La Roche. Sein Arbeitsweg sei der Schönste in ganz Europa, pflegte er zu sagen. Stimmt ja auch, mit der Fähre erreicht man im Nu das Wettsteinquartier, zur Grenzacherstrasse ist es dann nicht mehr weit. Dank dem Beziehungsnetz meines Mannes gehörte Hoffmann-La Roche zu meinen Grosskunden, doch leider änderte sich das drastisch nach seinem Tod. Zum Glück blieben mir noch die Pfarrämter. Blumen werden für Hochzeiten sowie für Beerdigungen bestellt.»

«Ich verstehe. Roman Minder verlangte von Ihnen, einen Lehrling zu beschäftigen, sonst würde er ein anderes Blumengeschäft berücksichtigen.»

«Nicht nur das, Herr Kommissär. Er drohte sogar, seine Kollegen gegen mich aufzuhetzen. Natürlich sagte er das nie direkt. Meistens begannen seine Sätze mit ‹Sie müssen mich auch begreifen, ich kann nur Leute berücksichtigen, die sich für das Allgemeinwohl einsetzen›. In den vergangenen zehn Jahren musste ich laufend die Hypothek erhöhen, jetzt ist das Haus bereits zu sechzig Prozent belastet. Klar, ich könnte es verkaufen, aber es gefällt mir hier. Und wie gesagt, es ist das Haus meines Mannes. Allein deswegen möchte ich es unter keinen Umständen aufgeben. Wenn ich die Aufträge von Minder und einiger seiner Kolleginnen und Kollegen nicht verliere, komme ich auch weiterhin knapp über die Runden.»

«Und der Lehrling?»

«Das Mädchen war zu nichts zu gebrauchen, sie wollte überhaupt nicht Floristin werden. Zu Beginn dachte ich noch, es wären nur Anlaufschwierigkeiten. Später suchte ich den Grund bei mir. So junge Dinger wollen nicht den ganzen Tag mit einer alten, verschrobenen Schachtel allein sein. Aber das war nicht das Entscheidende. Julia Gross will gar nicht arbeiten. Sie sei nicht auf der Welt, um hier zu versauern. Ihr Ziel ist es, nach der Lehre als Fotomodell zu arbeiten. Das Aussehen dazu hat sie in der Tat.»

«Wie alt ist das Mädchen?»

«Achtzehn. Jeden Abend wurde sie abgeholt, allerdings selten vom gleichen Jungen. Julia ist definitiv kein Kind von Traurigkeit.»

«Und dann brach sie die Lehre ab?»

«Ich warf sie raus, weil sie mich bestohlen hat.»

«Blumen?», fragte der Kommissär ungläubig.

«Keine Blumen, Geld. Es war ein reiner Zufall, dass ich es bemerkte. Sie verkaufte ein Gesteck und tippte den Betrag nicht ein. Zwei Tage später kam der Kunde vorbei und wollte nochmals das gleiche Gesteck kaufen. Da ich mich nicht an ihn erinnern konnte, und so viel Laufkundschaft geht hier nicht ein und aus, fragte ich ihn, wann er es gekauft habe. Julia war hinten. Als sie den Mann sah, erblasste sie. Von diesem Moment an wusste ich, dass sie Geld unterschlug. Ich konnte ihr nicht mehr trauen.»

«Haben Sie sie angezeigt?»

«Ich bitte Sie, Herr Kommissär. Das bringt doch nichts. Ich bat sie nur, zu gehen. Ohne grosses Theater.»

«Und wie ging es weiter?»

«Es kam zum Streit zwischen Minder und mir. Ich solle ihr noch eine Chance geben. Das klang aber nicht nach einer Bitte, es war ein Befehl. ‹Entweder stellst du sie wieder ein oder du bist erledigt›, das waren seine Worte.»

«Aber Sie blieben hart.»

«Ich kann es mir nicht leisten, jemanden zu beschäftigen, der mich bestiehlt, Frau Kupfer.»

«Absolut verständlich. Sie lehnten ab und die Aufträge blieben aus.»

«So weit ist es zum Glück nicht gekommen. Nur… ich weiss nicht, ob ich es Ihnen erzählen soll…»

Nadine und Ferrari warteten geduldig.

«Also gut … Letzten Freitag tauchten zwei von Julias Freunden auf.»

«Wurden Sie bedroht?»

«Oh ja. Sie würden mir den Schuppen anzünden, wenn ich Julia nicht zurücknehme. Sie gaben mir eine Woche Zeit … die ist bald rum.»

«Sie müssen sie anzeigen.»

«Ach was. Die stecken alle unter einer Decke, gegen diesen Minder komme ich nicht an.»

«Was hat Minder damit zu tun?»

«In meiner Verzweiflung rief ich ihn an. Er lachte mich nur aus. Ich sei selbst schuld. Wenn ich Julia wiedereinstellen würde, hätte ich auch nichts zu befürchten.»

«Sie wollen damit sagen, dass das Überfallkommando von Minder kam?»

«Auf jeden Fall wusste er davon. Und jetzt schickt er mir noch die Polizei auf den Hals.»

«Das ist so nicht ganz richtig.»

«Wie meinen Sie das?»

«Roman Minder wurde gestern tot in seinem Haus aufgefunden.»

«Wie bitte? Er … er ist tot? Herzversagen?»

«Er wurde ermordet.»

Lucie Gerster rang nach Luft, sie war sichtlich schockiert.

«Ermordet … Um Himmels willen! Von wem?»

«Das versuchen wir herauszufinden.»

«Sie … Herr Kommissär, Sie glauben doch nicht …»

«Beruhigen Sie sich, Frau Gerster. Wir gehen jedem noch so kleinen Hinweis nach, das gehört zu unserer alltäglichen Arbeit. Nur so können wir uns ein Bild von Roman Minder machen. Wir reden mit allen Personen, mit denen der Pfarrer im Clinch lag.»

«Da haben Sie viel zu tun, Frau Kupfer. Ich glaube nicht, dass er nur mich bedrängte.»

Ferrari nickte zustimmend. Der Sektierer kämpfte mit harten Bandagen, um seine Schäfchen zu beschützen.

«Wann genau erwarten Sie am Freitag Ihren unerwünschten Besuch?»

«Sie sind kurz nach Ladenschluss gekommen. Vermutlich werden Sie wieder zur gleichen Zeit mit ihren Motorrädern vorfahren.»

«Hier ist meine Visitenkarte. Falls die Kerle schon im Laufe des Tages auftauchen, schliessen Sie ab und rufen Sie uns sofort an.»

«Vielen Dank, Herr Kommissär. Das beruhigt mich etwas.»

«Können Sie uns noch die Adresse von Julia geben?»

«Wollen Sie mit ihr reden?»

«Vielleicht bringen wir sie ja zur Vernunft. Sie soll die beiden Jungs zurückpfeifen. Dann wäre das Problem gelöst.»

Lucie Gerster kramte in einer Schublade.

«Bitte sehr, Frau Kupfer. Sie wohnt in einer WG an der Leuengasse.»

«Schönes Früchtchen, unser Pfaffilein.»

«Unter der Voraussetzung, dass es stimmt, was die Gerster sagt», gab Ferrari zu bedenken.

«Das können wir problemlos nachprüfen. Wir interviewen Julia und schon wissen wir es.»

«Sofern sie uns keine Märchen auftischt.»

«Nur nicht so negativ.»

«Sie würde den Laden besser dichtmachen oder vermieten.»

«Das Geschäft ist ihr Lebensinhalt, früher bestimmt von ihrem Mann quersubventioniert. Floriert, um bei der Flora zu bleiben, hat es wohl nie.»

«Und erinnert an ein Museum aus Spitzwegs Zeiten … Ui! Jetzt wirds spannend.»

Die Wild-Maa-Fähre, die ins Kleinbasel hinüberfuhr, begann im Kielwasser eines grossen Kahns zu schlingern.

«Sieht der Trottel die Fähre denn nicht? Er hätte doch stoppen können.»

«Das ist nicht einfach bei einem solch grossen Schiff. Rhein aufwärts könnte er wohl eher Fahrt wegnehmen, stromabwärts wirds schwieriger.»

«Spricht der Nautikfachmann … Wenn andere auch vom Pfaffen erpresst wurden, gibts wirklich viel Arbeit.»

«Sag nicht immer Pfaffe, das ist respektlos.»

«Oh, heute sind wir aber besonders empfindlich. Verschweigst du mir etwas? Streit mit Monika? Oder kriegst du deine Tage?»

«Unser Opfer ist ein Pfarrer, ein Geistlicher. Das gefällt mir ganz und gar nicht.»

«Peter würde jetzt sagen, ihr Salami-Araber spinnt.»

«Und ich würde ihm dafür alle Zähne ausschlagen.»

«Gewisse Dinge verändern sich nie. Gut so. Habe ich das eben richtig verstanden? Ein Mord an einem Pfarrer passt nicht in dein Weltbild?»

«Könnte man so sagen.»

«Und wenn jetzt der Mann noch als Erpresser geoutet wird, wer weiss, vielleicht kommt ja noch mehr zum Vorschein, bricht für den Herrn Kommissär eine Welt zusammen.»

«So ungefähr.»

«Wunderbar! Dann darf ich mich bis zur Lösung des Falls auf einen mürrischen Partner einstellen. Denn eines ist sicher, das Pfaffilein hat jede Menge Dreck am Stecken.»

«Hm!»

In Minders Lebenslauf, den die evangelische Kirche sofort zur Verfügung gestellt hatte, gab es nichts Auffälliges. Nach der Matura absolvierte er ein Theologiestudium in Basel, danach folgte ein kurzer Auslandsaufenthalt. Von der evangelischen Kirche Basel übernahm er eine Zeit lang das Amt des Jugendpfarrers. Schliesslich wurde er einer Gemeinde fest zugeteilt. Ein geradliniger Weg im Dienst der Gemeinschaft. Der Kommissär legte die Akte zur

Seite und griff nach dem Obduktionsbefund. Wie vermutet, Schädelfraktur. Minder wurde kopfvoran gegen die Kante des Regals geschleudert, eine Gegenwehr war nicht festzustellen. Als Zeitpunkt des Todes hatte Strub zwischen vier und fünf Uhr abends notiert. Hm, nichts Neues.

«Bist du fündig geworden?», trat Nadine fragend ins Büro.

«Nicht wirklich. Die Biografie bringt keine neuen Erkenntnisse. Einzig die Verbindung zu den Jugendlichen ist mir jetzt klar. Er war ursprünglich Jugendpfarrer.»

«Was er bis zu seinem Tod geblieben ist.»

«Ja, im Nebenamt.»

«Du sollst dir einmal diese Akte genauer anschauen, mit einem Gruss von Stephan.»

Ferrari blätterte die Seiten durch.

«Mehrere Anzeigen gegen Jugendliche und immer taucht der Name Minder auf. Interessant.»

«Der Pate und seine Handlanger.»

«Du meinst, die Einschüchterung von Lucie Gerster ist weder Zufall noch ein Einzelfall?»

«Exakt. Die sind methodisch vorgegangen. Minder platzierte die Jugendlichen bei KMUs, ob die wollten oder nicht. Und, wenn einer seiner Schützlinge Probleme bekam, schickte er seine Gang zur Einschüchterung vorbei.»

«Klappte aber nicht immer, wie man an diesen Anzeigen sieht.»

«Und trotzdem gelang es ihm immer, seinen Trupp aus der Schusslinie zu ziehen. Zur Anklage ist es nämlich nie gekommen. Alles Missverständnisse.»

«Schauen wir doch einmal, was Borer dazu sagt, Nadine.»

Staatsanwalt Jakob Borer blätterte die Akte desinteressiert durch.

«Ja und? Was soll ich damit?»

«Uns erklären, weshalb es zu keiner einzigen Anklage gekommen ist.»

«Wahrscheinlich reichten die Beweise nicht aus, Frau Kupfer.»

«Müssten bei der Staatsanwaltschaft aufgrund der vielen Anzeigen nicht sämtliche Alarmglocken läuten?»

«Das sind alles Einzelfälle, ich sehe keinen Zusammenhang. Woher stammt die Akte überhaupt?»

«Unter dem Stichwort Roman Minder spuckte der PC diese Fälle aus.»

«Das ist absolut unzulässig, zudem – es sind überhaupt keine Fälle.»

«Sondern?»

«Anzeigen, die jeglicher Grundlage entbehren.»

«Wie bitte? Es liegen elf Anzeigen vor und Sie behaupten, es handle sich um Missverständnisse?»

«Behaupten Sie etwa, dass bei den Ermittlungen etwas nicht mit rechten Dingen zuging? Dass wir uns womöglich zu Mitwissern einer Straftat gemacht hätten?»

«Sie wussten von den Anzeigen», stellte Ferrari sachlich fest.

«Was meinen Sie? Das … das ist doch …»

«Eine bodenlose Frechheit! Stimmt. Anstatt uns zu informieren, lassen Sie uns einfach im Dunkeln tappen.»

«Also, das ist …

«Sie können sich Ihr affektiertes Getue sparen. Mit voller Absicht verschwiegen Sie uns, dass Minder eine Gruppe Jugendlicher um sich scharte, die Terror verbreiten.»

«Terror! Ha! Was für eine Übertreibung.»

«Wie würden Sie es nennen?»

«Minder war eine Art Gewerkschafter, der darauf achtete, dass seine Schützlinge nicht ausgebeutet wurden.»

«Schöner Gewerkschafter, wohl eher der Racheengel mit dem Schwert. Und was spielen Sie dabei für eine faule Rolle?»

«Mässigen Sie sich!»

«Ich soll mich mässigen? Sie behindern unsere Ermittlungen. Wenn Stephan Ihnen nicht zuvorgekommen wäre, hätten Sie die Akten vielleicht sogar im Computer gelöscht.»

«Das …»

«Moment! Ich bin noch nicht fertig. Ich hätte die grösste Lust, gegen Sie eine Dienstaufsichtsbeschwerde einzureichen.»

«Das ist nicht Ihr Ernst!»

«Schauen Sie mich an. Glauben Sie wirklich, dass ich bluffe? Heute Morgen hängten Sie den grossen Zampano heraus und verboten uns, mit Olivia zu reden. Jetzt ist mir auch klar, warum. Hier … Christian Tanner. Auch einer, der eine Anzeige erstattete. Und was sagt uns der Name?»

«Seines Zeichens Notar, der ab und zu für Frau Vischer arbeitet.»

«Das zum Thema. Sie wussten ganz genau, dass solche Anzeigen existieren.»

«Du kannst mit dem Schreien aufhören», Nadine drückte den Kommissär auf einen Stuhl. «Würden Sie uns erklären, aus welchem Grund Sie uns diese Anzeigen verschwiegen haben?»

«Wegen meiner Schwester», kam es kleinlaut herüber. «Besser gesagt wegen meinem Neffen. Er hat … Er ist … nun sagen wir, er ist ein schwieriger junger Mann.»

«Sie haben eine Schwester?»

«Sogar zwei, Frau Kupfer … Minder nahm ihn unter seine Fittiche. Er besorgte ihm eine Lehrstelle als Automechaniker und seither hat er endlich den Knopf aufgemacht. Dorothe, meine Schwester, ist ihm sehr dankbar.»

«Das ist noch lange kein Grund, uns die Tatsachen zu verschweigen.»

«Ich befürchtete, Sie würden daraus falsche Schlüsse ziehen.»

«Das können Sie getrost uns überlassen.»

«Minder ist ab und zu übers Ziel hinausgeschossen. Ich vermittelte insbesondere bei Christian Tanner und bat Minder, sich in Zukunft im Rahmen des Gesetzes zu bewegen.»

«Scheint nicht gefruchtet zu haben.»

«Das würde ich nicht sagen. Immerhin ist die letzte Anzeige mehr als ein Jahr her.»

«Aber die Drohungen nicht. Am letzten Freitag wurde Lucie Gerster eingeschüchtert.»

«Davon ist mir nichts bekannt. Hat Ihnen Frau Vischer davon erzählt?»

«Lucie Gerster nach einigem Zögern.»

«Roman Minder war ein guter Mensch, immer für die jungen Leute da. Ein Vorbild.»

«Hört, hört. Der Staatsanwalt bezeichnet den Paten von Basel als Vorbild.»

«Ihr Zynismus ist fehl am Platz, Ferrari. Die jungen Menschen hörten auf ihn. Dort, wo die Eltern versagten, sprang er ein und half.»

«Komm, Nadine, das bringt nichts.»

«Moment noch. Weshalb ist es nie zu einer Verhandlung gekommen?»

«Weil Kollege Loosli und ich uns mit den Fällen auseinandersetzten.»

«Konkret heisst das, Sie baten die Leute, von einer Anzeige abzusehen.»

Borer nickte.

«Und so konnte Minder seinen Machenschaften weiter nachgehen. Wäre er nicht gestorben, dann …»

«Sie sehen immer nur das Schlechte in den Menschen, Ferrari. Zählen denn die vielen jungen Menschen nicht, die ohne ihn auf die schiefe Bahn geraten wären? Vielleicht wäre der eine oder andere bereits von Ihnen überführt worden. Dank Roman Minder meistern sie jetzt ihr Schicksal. Anscheinend ist Ihnen das vollkommen egal. Für Sie ist er ein Pate, ein Anführer, der seine Gang durch Basel jagt und Angst und Schrecken verbreitet.» Der Staatsanwalt schüttelte vehement den Kopf. «Absoluter Schwachsinn. Minder wusste doch gar nichts von diesen Einschüchterungsversuchen. Jedes Mal, wenn so etwas geschah, war er tief betroffen. Er hintersann sich und entschuldigte sich bei den Opfern.»

«Komm, Nadine, ich kann den Mist nicht mehr hören. Verherrlichen Sie Minder nur weiter, aber behalten Sie die Laudatio auf den Heiligen Roman für sich. Es könnte nämlich sein, dass wir ihn im Laufe der Ermittlungen outen und ihn der Teufel holt.»

«Der hat doch nicht mehr alle Tasten am Klavier.»

«Weshalb regst du dich so auf?»

«Dieses Pseudogeistliche, dieses Scheinheilige ertrage ich nicht. Auch als Pfarrer ist nicht alles erlaubt. Sein Vorgehen hatte klar Methode. Das ist kein Zufall, die Motorradfahrer schwärmten auf Befehl von Minder aus.»

«In einem muss ich Borer recht geben, einige der Jugendlichen würden ohne Minder im Knast sitzen.»

«Will heissen, der Zweck heiligt die Mittel.»

«Das nicht. Die Einschüchterungsversuche sind und bleiben eine Sauerei. Doch Minder kam an die Teens heran. Eine meiner Freundinnen …»

«Sag jetzt aber nicht, dass ihr Sohn oder ihre Tochter von Minder vermittelt wurde.»

«Nein, eine ganz andere Geschichte. Sie war einem schrecklichen Kerl hörig. Je mehr wir gegen ihn etwas sagten, desto mehr machte sie zu. Da sie total auf Arian Nostramo abfuhr …»

«Den Wahrsager?»

«Naja, so bezeichnete er sich nicht. Aber ja, wir überzeugten sie, ihn zu konsultieren. Und eines musste man ihm lassen, er ging auf die Menschen ein. Ihm war sofort klar, was Sache ist, und so begann er, ihr den Supertypen auszureden. Wir staunten nicht schlecht, als sie seinen Rat befolgte und den Typen abschoss.»

«Und dann wurde Arian Nostramo getötet und wir mussten ermitteln.»

«Ja, das war ein spannender Fall. Was ich damit sagen will – Minder hatte einen Draht zu den Jugendlichen. Er hörte ihnen zu, nahm sie ernst und setzte sich für sie ein. Das imponierte ihnen und deshalb spurten sie auch.»

«Trotzdem, er ist zu weit gegangen. Auch wenn ich verstehe, was du meinst.»

Ferrari lachte und rieb sich die Hände.

«Was ist?»

«Ich drohte Borer mit einer Dienstaufsichtsbeschwerde. Das ist ihm voll eingefahren. Gut so, obwohl es natürlich absoluter Unsinn ist. Das muss er ja nicht erfahren. Eine kleine Retourkutsche für all seine Bosheiten.»

Der Gourmettempel Weisser Schwan lag in der Nähe des Heuwaage-Viadukts. Kein besonders guter Platz für ein vornehmes Restaurant, aber die Küche, mit einem Zwei-Sterne-Koch und siebzehn Gault-Millaut-Punkten ausgezeichnet, fand grossen Anklang. Nicht unbedingt über Mittag, konstatierte Ferrari, als sie um halb zwei den Gastgeber Markus Stolz aufsuchten, der sich bewusst nicht Wirt nannte. Die meisten Tische waren bereits für den Abend gedeckt.

«Über Mittag läufts nicht besonders gut, am Abend sind wir fast immer ausgebucht. Ich überlege mir deshalb, nur noch am Abend zu öffnen. Setzen Sie sich bitte. Möchten Sie etwas trinken?»

«Nein, danke. Rechnet sich das denn? Ich meine, wenn Sie nur noch am Abend öffnen würden.»

«Das Mittagessen ist ein Verlustgeschäft, die Gäste trinken keinen Alkohol. Diese Woche ist überhaupt nichts los. Das bestärkt mich in meinem Vorhaben. Heute Abend sind wir dafür wieder voll.»

«Zwei Sterne und siebzehn Gault-Millaut-Punkte sind auch eine Referenz.»

«Hart verdient, Frau Kupfer. Die Leute fahren auf so etwas ab. Wobei ich Ihnen den einen oder anderen

Kollegen empfehlen könnte, der genauso gut kocht wie unser Star, aber es reicht trotzdem nicht.»

«Und warum?»

«Glück, Tagesform, und es ist ein Vorteil, wenn man schon über ein gewisses Renommee verfügt. Natürlich kannst du auch mal einen Punkt verlieren. Tragisch wäre es, einen Stern einzubüssen.»

«Wer hat die Punkte? Das Restaurant oder der Koch?»

«Es ist immer der Koch, der bewertet wird. Man spricht deshalb ganz automatisch von einem Zwei-Sterne-Koch.»

«Und was passiert, wenn der Koch das Restaurant verlässt?»

«Dann fallen die Sterne weg. Würde Tom ein Haus weiterziehen oder gar ein eigenes Restaurant eröffnen, wäre es für mich schwierig, die Sterne zu halten. Dann müsste ich irgendwo einen anderen Sternekoch abwerben. Ganz abgesehen davon, dass ich Kunden verlieren könnte. Zum Glück bleibt er hier. Ich habe ihn nämlich am Geschäft beteiligt, das war eine weise Entscheidung.»

«Diese Sternekocherei ist seit einigen Jahren richtig inflationär geworden.»

«Es gibt nicht mehr Sterneköche als früher, Herr Kommissär. Doch es wird mehr über sie geredet. Daran sind nicht zuletzt die vielen Fernsehsendungen schuld. Wirklich nichts zu trinken?»

«Für mich ein Mineralwasser.»

«Gerne, Frau Kupfer. Gaston, bringst uns bitte eine Flasche Mineral. Danke. Ich kann mir gut vorstellen, weshalb Sie hier sind. Roman Minder ist tot.»

«Exakt. Wie gut kannten Sie ihn?»

«Wir sind uns ein paar Mal begegnet, Frau Kupfer. Und das bedaure ich zutiefst. Ich liess mich von ihm überreden, einen Lehrling einzustellen.»

«Darf ich raten – der Lehrling war unmotiviert, um nicht zu sagen schlecht. Sie warfen ihn raus und Minder forderte Sie auf, ihn wiedereinzustellen.»

«Absolut korrekt. Er drohte mir mit der Presse, aber ich lasse mich nicht so leicht einschüchtern. Tom, hast du einen Augenblick Zeit?»

Der Chefkoch Tom Bauer setzte sich zu ihnen. Fasziniert und ohne Hemmungen musterte er Nadine. Für einen Sternekoch ist der Mann noch recht jung. Höchstens vierzig. Und er wirkt ziemlich arrogant.

«Dies sind Nadine Kupfer und Francesco Ferrari von der Basler Polizei.»

«Sie sind sicher wegen diesem Minder hier.»

«Das stimmt. Betreuten Sie den Lehrling?»

«Sehe ich so aus? Das ist die Aufgabe von meinem Souschef. Mir fehlt die Zeit dazu, ich kümmere mich ums Wesentliche.»

Er wirkt nicht nur arrogant, er ist es auch!

«Verstehe. Warum war Ihr Souschef mit der Leistung des jungen Mannes nicht zufrieden?»

«Faul, dumm und frech sind keine guten Eigenschaften für einen angehenden Koch.»

«Intelligenz wird auch nicht jedem in die Wiege gelegt.»

«Was wollen Sie damit sagen, Herr Ferrari?»

«Junge Leute müssen gefördert werden. Wenn man jemanden ausbildet, sollte man versuchen, die Stärken zu fördern und Schwächen zu minimieren.»

«Theoretischer Unsinn. In einem Betrieb wie unserem ist Leistung angesagt. Eine Eins-zu-eins-Betreuung liegt nicht drin.»

«Mit Ihrer Einstellung wäre es besser, keinen Lehrling zu beschäftigen.»

«Da bin ich absolut Ihrer Meinung, aber Markus liess sich von diesem Drecksack Minder überreden. Wie der sich hier aufführte, als ich Murat rauswarf. Unter aller Sau. Hast du es ihnen erzählt, Markus?»

«Sie wissen es.»

«Der wollte uns doch tatsächlich fertigmachen, drohte mit der Presse und wollte GaultMillau und Guide Michelin informieren. Ich habe fünf harte Jahre investiert, um so weit zu kommen. Das lasse ich mir von so einem Idioten nicht kaputt machen.»

«Wann entliessen Sie den Lehrling?»

«Theoretisch ist er noch bei uns angestellt», Markus Stolz machte eine beschwichtigende Geste zu seinem Chefkoch. «Das letzte Gespräch zwischen Murat, Tom und mir fand vor drei Wochen statt. Danach wurde Murat krank.»

«Wollte Minder, dass Sie Murat weiterbeschäftigen?»

«Das war seine Forderung, aber der Junge passt nicht in eine Küche. Koch ist der falsche Beruf für ihn.»

«Warum?»

«Nun … sagen wir es so, Frau Kupfer. In Küchen, auch in Sterneküchen, geht es manchmal etwas rau zu und her. Vielleicht hat sich Tom in der Küche mal etwas im Ton vergriffen.»

«Das kann ich mir sehr gut vorstellen.»

«Was heisst das?»

«Das heisst, ich kann mir sehr gut vorstellen, dass Sie jemanden, der sich nicht wehren kann, fertigmachen.»

«Dieser Murat ist ein Loser.»

«Und erst noch kein Schweizer.»

«Werfen Sie mir Rassismus vor?»

«Sind Sie denn ein Rassist?»

«Nein. Nationalitäten sind mir egal. Ich kann nur faule, freche und unfähige Leute nicht ausstehen. Jedes Mal, wenn ihm etwas nicht passte, sagte er, dass er mich nicht versteht. Jetzt ist er weg, und das ist gut so.»

«Vielleicht kommt er wieder zurück.»

Bauer lächelte.

«Das glaube ich weniger, Frau Kupfer. Der sucht sich garantiert einen anderen Job.»

«Wo waren Sie eigentlich gestern zwischen vier und fünf?»

«Was soll das? Glauben Sie, dass ich diesen Minder kaltgemacht habe?»

«Was ich glaube, ist nicht von Belang. Wir sind mitten in einer Untersuchung und befragen alle, die in letzter Zeit mit dem Toten Streit hatten, nach ihrem Alibi.»

«Finden Sie es doch selbst heraus. Glauben Sie wirklich, dass Sie mich einschüchtern können? Da müssen Sie bedeutend früher aufstehen.»

«Wir werden sehen.»

«Ach, leck mich, du dumme Kuh!» Bauer stiess den Stuhl zurück, blickte verächtlich in die Runde und schlug die Küchentür hinter sich zu.

«Ein angenehmer Zeitgenosse.»

«Ich möchte mich für sein Benehmen entschuldigen, Frau Kupfer. Er ist sehr impulsiv.»

«Oh ja. Er fürchtet um seinen Ruf.»

«Nicht nur er, wir alle haben viel zu verlieren. Die Konkurrenz schläft nicht und das Geld sitzt nicht mehr so locker in der Tasche. Wir müssen uns verdammt anstrengen, um unsere Gäste halten zu können. Ein Skandal wäre tödlich. Das wusste Minder ganz genau, deshalb auch sein Versuch, uns über die Presse zu erledigen.»

«Aber er bluffte nur.»

«Da bin ich mir nicht so sicher. Der Journalist Niko Grob rief mich am letzten Donnerstag an und bat um einen Termin. Es seien ihm Vorwürfe gegen unseren Chefkoch zugetragen worden und er wüsste gern, was da dran sei.»

«Weiss Bauer davon?»

«Ich bereitete ihn schonend darauf vor. Allein der Gedanke, dass Grob ein Interview macht, währenddem Tom möglicherweise ausrastet, treibt mir den Schweiss auf die Stirn.»

«Fand das Interview statt?»

«Bisher nicht. Er wollte gestern vorbeikommen, sagte dann aber ab. Ich war nicht unglücklich darüber.»

«Wissen Sie, wo sich Tom Bauer gestern aufhielt?»

«Ihr Verdacht ist unbegründet, Tom ist kein Mörder. Sie können jedoch gern den Souschef fragen.»

«Das machen wir. Würden Sie uns bitte noch die Adresse von Murat geben?»

«Selbstverständlich. Ich schreibe sie Ihnen auf einen Zettel … Hier.»

«Danke. Interessant, er wohnt auch in der WG.»

Der Gang in die Küche brachte keine Überraschung. Der Souschef bestätigte, dass Tom in der Küche war wie jeden Abend. Na ja, er würde es kaum wagen, etwas anderes zu sagen, dachte der Kommissär beim Verlassen des Restaurants.

Nadine und der Kommissär gingen durch die Birsigstrasse zum Zoo hinunter.

«Möchtest du noch einen kleinen Abstecher durch den Zolli unternehmen?»

«Nein, ich bin kein Fan von eingesperrten Tieren.»

«Aber die Tierhaltung ist viel besser als früher.»

«Du meinst früher, als wir noch fremde Völker ausstellten.»

«Ha, ha!»

«Kein Witz. Zwischen 1879 und 1935 gastierten im Zolli immer wieder Völkerschauen, die waren bei der Basler Bevölkerung sehr beliebt.»

«Echt krass. Früher war eben doch nicht alles besser.»

«Bist du krank?»

«Nein, warum?»

«Deine Selbstdisziplin beunruhigt mich. Normalerweise wärst du auf Tom Bauer losgegangen. Von null auf hundert, ohne Vorwarnung.»

«Ein kleiner, dummer Idiot. Nicht der Rede wert.»

«Alles in Ordnung bei dir?»

«Überhaupt nichts ist in Ordnung.»

«Dann bin ich beruhigt.» Ferrari blieb abrupt stehen. «Was hast du gesagt?»

«Nichts ist in Ordnung!»

«Ich … also … ich meine …»

«Was stotterst du so saudumm?»

«Weil … du … ich denke …»

«Yvo hat mich mit einem Heiratsantrag überrascht.»

«Yvo … er … wie …»

«Super! Du bist wirklich eine grosse Hilfe.»

«Ich … ich muss mich zuerst erholen.»

«Dann setz dich dort auf die Bank.»

Was Ferrari auch tat.

«Also, nochmals von vorne. Yvo möchte dich heiraten?»

«Was ist daran so besonders?»

«Nichts. Höchstens, dass du mit mir darüber redest. Wir kennen uns jetzt zwölf oder dreizehn Jahre. Und immer, wenn ich etwas Persönliches über dich wissen will, blockst du ab. Aber heute lässt du zwischen Sternekoch und Nashorn auf einmal die Bombe platzen und bist überrascht, dass ich geschockt bin.»

«Ich weiss nicht, was ich tun soll.»

«Liebst du ihn?»

«Schon. Ich bin gerne mit ihm zusammen … Komm mir jetzt nur nicht mit deinen Altersunterschiedssprüchen.»

Ich werde mich hüten!

«Was spricht denn gegen eine Heirat mit Yvo?»

«Ich weiss nicht… Wir sind doch auch so glücklich.»

Sie schläft also doch mit ihm! Ich habs gewusst.

«Wir haben ja noch nicht einmal miteinander geschlafen.»

Oh, sie schläft doch nicht mit ihm!

«Das ist ihm anscheinend gar nicht wichtig. Er ist ein echter Kavalier.»

Ein echter Idiot würde ich sagen!

«Und … das mit dem Alter ist schon ein Problem.»

Vorsicht Francesco!

«Seine Tochter ist nur wenig jünger als ich. Ich weiss nicht einmal, ob sie mich mag… Irgendwie fühle ich mich überrumpelt…»

«Yvo liebt dich und wenn du ihn auch liebst, solltest du es dir überlegen.»

«Ja schon. Aber zu einer Beziehung gehört doch auch Sex. Ich weiss gar nicht, ob wir in dieser Beziehung harmonieren.»

Du kannst es ja ausprobieren!

«Was ist, wenn es im Bett eine Katastrophe gibt?»

Dann ist Yvo definitiv nicht mehr zu helfen!

«Er küsst mich zwar, umarmt mich, doch mehr ist nicht.»

Ich sags ja, er ist ein Idiot!

«Er ist viel zu schüchtern. Das gefällt mir eigentlich. Ich mag Männer, die nicht so draufgängerisch sind, die um mich werben. Yvo ist der perfekte Gentleman.»

Der perfekte Volltrottel!

«Vielleicht solltest du in die Offensive gehen.»

«Du meinst, ich soll ihn verführen?»

«Offenbar ist es die einzige Möglichkeit, herauszufinden, ob ihr harmoniert.»

«Und wenn er an diesem Tag nicht gut drauf ist?»

«Dann musst du ihm eine zweite Chance geben.»

«Du rechnest also damit, dass er im Bett versagt?»

«Nein … ich meine …»

«Raffiniert! Ganz raffiniert, Francesco. Aber es gelingt dir nicht.»

«Ich …»

«Das habe ich jetzt davon, dass ich mich dir anvertraue. Du drehst mir die Worte im Mund herum, gerade so, wie es dir gefällt. Was bin ich nur für eine dumme Gans! Seit Jahren willst du mir Yvo ausreden, weil er angeblich zu alt für mich sei, und jetzt, wo es ernst wird, säuselst du was von zweiter Chance, falls er versagt. Du bist ein schöner Freund!»

«Ich wollte nur …»

«Nie mehr werde ich dir etwas Persönliches anvertrauen, das schwöre ich dir. Und wage es ja nicht, meinem Vater nur ein einziges Wort davon zu erzählen. Sonst reisse ich dir die Eingeweide heraus.»

Bevor der Kommissär antworten konnte, stolzierte Nadine in Richtung Waaghof davon. Na prima. Was ich auch immer sage, ich bin und bleibe der Depp vom Dienst. Wie kommt der alte Esel überhaupt dazu, Nadine einen Antrag zu machen, bevor er sie vernascht hat?! In unserer Jugendzeit liess er keine Gelegenheit aus und nun ist er auf einmal der grosse Kavalier. Ha! Reine Masche. Er weiss genau, dass er damit bei Nadine punktet. Doch sie leidet unter der momentanen Situation, sehr sogar. Das gefällt mir gar nicht. Hm. Ich bleibe dabei, Yvo ist definitiv zu alt für sie. Ich muss ihn ihr ausreden, bloss wie? … Monika! Sie ist die Einzige, die das in den Griff kriegt. Und wenn sie das anders sieht? Was dann? Am besten ist, wenn ich auf Tauchstation gehe. Zumindest vorübergehend. Das wird bestimmt ein angenehmer restlicher Nachmittag!

Seit über einer Stunde widmete sich Ferrari seinen Zahlenreihen. 510, 220 und 380. So, das wärs, alles eingetragen. Ausgezeichnet, das heisst, die 510 gefällt mir nicht. Das war absolut unnötig, der Rest ist in Ordnung. Hm. Dieser Tom Bauer könnte in den Fall verwickelt sein. Vermutlich sah er durch das bevorstehende Interview seine Karriere gefährdet, sollte der Journalist nicht lockerlassen und Ungereimtheiten entdecken. Wahrscheinlich würde er auch versuchen, Murat vor die Kamera zu zerren. Der Skandal im Zwei-Sterne-Restaurant war vorprogrammiert und dies galt es, um jeden Preis zu vermeiden. Bauer will mit Roman Minder reden und wartet, bis der Pfarrer von der Abdankung nach Hause kommt. Uneinsichtig, wie Minder war, gab dieser nicht nach und der Starkoch drehte durch. Mord im Affekt.

«Was unternehmen wir jetzt?», unterbrach Nadine den Kommissär in seinen Gedanken.

«Wir unterhalten uns mit den Lehrlingen und mit Lehrern der Gewerbeschule, um etwas über die Situation der Lehrlingsausbildung zu erfahren, oder wir besuchen Christian Tanner, um unser Bild über Minder abzurunden.»

«Olivias Anwalt?»

«Einer von mehreren. Bauer könnte unser Mörder sein, für seine Karriere geht der über Leichen.»

«Klingt logisch. Bisher ist der Chefkoch unser einziger Verdächtiger.»

«Wir arbeiten auch noch nicht lange am Fall. Wegen vorhin …»

«Schon gut. Vergiss die Geschichte. Die muss ich selbst lösen. Nur …»

«Ja?»

«Weshalb muss immer ich den ersten Schritt machen, wenn wir uns streiten?»

«Wie meinst du das?»

«Du hättest zu mir ins Büro kommen können, um mit mir zu reden. Aber dazu fehlt dir der Mut.»

Verständlicherweise! Ein Zusammenschiss am Tag reicht völlig.

«Was ist denn das?» Nadine rannte um den Schreibtisch herum. «Was sollen diese Zahlen? Ah, die Spalte A sieht man nicht. Moment, das klären wir gleich auf.»

Ferrari wurde von Staatsanwalt Borer gerettet. Uff, Glück gehabt. Einer der seltenen Momente, in denen ich über sein Erscheinen froh bin.

«Wegen heute morgen, Ferrari … Ich weiss, meine und Looslis Handlungsweise waren nicht besonders geschickt. Aber deswegen gleich mit einem Verfahren zu drohen, ist nicht in Ordnung.»

Ferrari fuhr den Computer herunter.

«Das war nur ein Bluff», stellte Nadine klar.

«Sie meinen …»

«Genau. Eine Retourkutsche für Ihre Bosheiten, das hat er wörtlich gesagt.»

«Das ist doch … so einer sind Sie! Ich hätte es wissen müssen. Es geht Ihnen nur darum, mir zu schaden. Seit mehr als einem Jahrzehnt halte ich Ihnen den Rücken frei. Sie wären längst in der Uniform und würden Parkbussen verteilen. Und das ist der Dank.

Ich bin froh, dass Sie so ehrlich zu mir sind, Frau Kupfer. Das vergesse ich Ihnen nicht. Man sieht sich, Herrschaften.»

«Danke!»

«Bitte!»

Ferrari stand auf, ging auf Nadine zu und nahm sie in den Arm. Diese einfache Geste brachte die Welt wieder ins Lot. Es sind diese kurzen Augenblicke, die unser Glück ausmachen. Der Kommissär küsste seine Partnerin auf beide Wangen.

«Wofür ist denn das?»

«Weil du mich als deinen Vertrauten ausgesucht hast. Ich schätze dein Vertrauen sehr … Und jetzt fahren wir nochmals zu Olivia, Christian ist nämlich dort.»

Audrey, Alexander von Hohenstein, Christian Tanner und Olivia sassen im Gartenpavillon. Auf dem Anwesen hätten noch einige Villen Platz, beste Wohngegend, attraktives Bauland. Und dann dieser Pool, einfach traumhaft. Ich würde jeden Morgen ein paar Längen schwimmen.

«Fall nicht rein», rief Olivia leicht lispelnd, als sie den Kommissär sah.

Wahrscheinlich hatte sie bereits das eine oder andere Glas getrunken.

«Gilbert könnte dir eine Badehose bringen, wenn du planschen willst.»

«Danke, vielleicht ein anderes Mal. Stören wir?»

«Überhaupt nicht, setzt euch. Audrey, Alex und Christian sind sich nicht einig, wie es bei von Tomai weitergehen soll.»

Nadine und der Kommissär hörten gespannt zu.

«Ich möchte mit der Testamentseröffnung abwarten, bis Leonardo zurück ist.»

«Das kann aber Wochen dauern», wandte von Hohenstein ein.

«Ist das denn von Bedeutung? Es hat überhaupt keinen Einfluss aufs Geschäft, wenn wir das verschieben.»

«Das stimmt nicht. Es stehen einige wichtige Entscheidungen an, Audrey. Wir verhandeln seit Monaten mit Manser und stehen kurz vor der Übernahme dieser Kette.»

«Das wusste ich nicht.»

«Die entscheidenden Verhandlungen finden in drei Wochen statt.»

«Weiss das Leonardo?»

«Ja, natürlich. Deshalb nahm er auch jetzt eine Auszeit. Ich liess alles prüfen, die Due Diligence ist abgeschlossen. Ein kerngesunder Betrieb. Wenn wir uns die Chance entgehen lassen, wird Manser von einem Konkurrenten geschluckt.»

«Und was hat das mit dem Testament zu tun?»

«Es wäre gut, zu wissen, wie die Mehrheitsverhältnisse sind.»

«Bist du auch dieser Meinung, Christian?», fragte Audrey.

«Ich bin immer für klare Verhältnisse, wobei ich nicht glaube, dass es für die Akquisition von Manser von Bedeutung ist, wer wie viele Anteile hält.»

Olivia schenkte sich einen undefinierbaren Cocktail nach und lachte.

«Was ist daran so lustig?»

«Eigentlich nichts. Ich bin eben ein zynischer, böser Mensch, Alex. Könnte es sein, dass Manser nur ein Vorwand ist?»

«Wenn du etwas sagen willst, sprich es aus.»

«Gern. Ich glaube, du möchtest wissen, ob dir Irina einen Teil der Firma überschrieben hat oder ob du leer ausgehst.»

«Das ist doch Blödsinn. Ich bin ein vermögender Mann. Die Anteile interessieren mich nicht im Geringsten.»

«Geld ist nicht alles. Dir geht es doch mehr um die Macht. Wenn du nur zehn Prozent von der Firma bekommst und Leonardo und Audrey je fünfundvierzig, spielst du das Zünglein an der Waage.»

«Vorausgesetzt Audrey und Leonardo verstehen sich nicht», wandte Tanner ein.

«Stimmt. Mit deinen zehn Prozent kannst du einen der beiden aushebeln. Deshalb willst du es jetzt wissen.»

Alexander von Hohenstein stand abrupt auf, so dass der Stuhl krachend umkippte.

«Gut! Verschieben wir die Testamentseröffnung bis zur Rückkehr von Leonardo. Du hast mich das letzte Mal hier gesehen, Olivia. Ich bin noch selten in meinem Leben so beleidigt worden. Falls du auch so wie Olivia denkst, Audrey, dann werde ich auf meinen Anteil verzichten, sofern mich deine Mutter im Testament bedacht hat. Du kannst jederzeit auf meine Aussage, die ich hier bewusst vor Zeugen gemacht habe, zurückkommen.»

Knapp nickte er den anderen am Tisch zu und verliess das Anwesen.

«Starker Abgang!»

«Das war gemein von dir.»

«Oh, Francescolein macht mir Vorwürfe.»

«Hör auf zu saufen, wenn du den Alkohol nicht verträgst. Jetzt ist er schwer beleidigt.»

«Weil ich ins Schwarze traf.»

«Oder weil du in deinem Suff keine Grenzen mehr kennst.»

«Vorsicht, Francesco!»

Der Kommissär nahm ihr den Drink aus der Hand.

«Du rufst ihn jetzt an und entschuldigst dich.»

«Ha! Da kann er lange warten. Und was glaubst du eigentlich, wer du bist?»

Ohne jegliche Vorwarnung schnappte Ferrari die Gastgeberin, trug die zappelnde Olivia zum Swimmingpool und warf sie hinein. Das Ganze dauerte zur Verblüffung aller Anwesenden nur wenige Sekunden.

«Damit du wieder nüchtern wirst.»

Olivia prustete und kletterte langsam die Sprossen hoch. Wutentbrannt rannte sie am Kommissär vorbei ins Haus.

«War das nötig?»

«Nötig oder nicht. Die Abkühlung tut ihr gut.»

«Das hat ein Nachspiel, da bin ich mir sicher. Falls Olivia dich fertigmachen will, steht dir meine Kanzlei gratis für einen allfälligen Prozess zur Verfügung», lachte Christian. «Wenn ich das meinen Kollegen erzähle …»

«Lasse ich dir sämtliche Knochen brechen», Olivia kam im Badmantel, die Haare mit einem Handtuch trocken reibend, aus dem Haus und setzte sich an den Tisch.

«Ich rufe Alex nachher an. Bist du jetzt zufrieden?»

«Es … es tut mir leid, ich …», weiter kam Ferrari nicht, denn Olivia küsste ihn mitten auf den Mund.

«Wenn Monika nicht eine meiner besten Freundinnen wäre, würde ich dich jetzt hier vor allen verführen.»

Ferrari errötete.

«Schön, dass das geklärt ist», Christian Tanner wandte sich an Audrey. «Dann verschieben wir das Ganze auf die Rückkehr von Leonardo, in Ordnung?»

«Da wäre ich dir sehr dankbar.»

«Kein Problem.»

«Du weisst doch, was im Testament steht.»

«Natürlich, aber ich werde es dir nicht verraten, Olivia. Falls ihr mich nicht mehr braucht, würde ich gerne gehen.»

«Wir wollten Sie eigentlich wegen Roman Minder sprechen», entgegnete Nadine, die bislang nur zugehört hatte.

«Was möchten Sie wissen?»

«Ihre Meinung zu Minder.»

«Ein unangenehmer Mensch, der sein Amt missbrauchte. Minder war alles andere als christlich eingestellt, beziehungsweise er handelte einzig und allein nach dem Alten Testament.»

«Stritten Sie sich mit ihm wegen eines Lehrlings?»

«Korrekt. Sie sind gut informiert. Es ging um Nathalie Hotz, ein fantastisches Mädchen. Schnelle Auffassungsgabe, hoch intelligent. Die hat, wenn sie so weitermacht, eine grosse Karriere vor sich.»

Audreys Handy piepste. Sie nahm den Anruf entgegen und ging zum Haus.

«Und warum kam es zum Streit?»

«Nathalie bat um eine Unterredung. Was sie mir erzählte, konnte ich zuerst gar nicht glauben. Offenbar ist diese Minder-Clique eine verschworene Gemeinschaft, die meisten leben sogar zusammen in einem Haus in Kleinhüningen. Nathalie gehörte auch dazu. Während der KV-Ausbildung lernte sie einen jungen Mann kennen und wollte mit ihm zusammenziehen. Das liess Minder aber nicht zu. Die Geschichte erinnerte mich an schlimmste Sektenmethoden. Ich fuhr zu ihm ins Pfarramt und da liess der gute Mann seine Maske fallen. Nathalie sei sein Geschöpf, sie bleibe bei ihm. Ich liess mich dann beraten.»

«Von der Polizei?»

«Von … von einer privaten Organisation. So konnten wir Nathalie aus den Klauen der Sekte befreien.»

«Und Minder gab tatsächlich klein bei?»

«Nathalie hörte nichts mehr von ihm.»

«Das klingt aber nicht nach Minder.»

«Nun … wir mussten ihn ein wenig überzeugen.»

«Was soll die Geheimniskrämerei, Christian. Wen hast du organisiert, einen Schlägertrupp? Oder die Hells Angels?»

«Versprichst du mir, Olivia, dass es unter uns bleibt und dass es keinerlei Konsequenzen nach sich zieht?»

«Jaja, ich versprechs hoch und heilig.»

«Gut. Ich sprach mit Benni Lauber.»

«Dem Sicherheitschef von Vischer?»

«Ja, er half uns ein wenig.»

«Soso. Konkret heisst das, unsere Leute mischten die Sekte auf. Interessant.»

«Du hast geschworen, nichts zu unternehmen.»

«Keine Sorge, mir gefällt das. Nur Vater würde das anders sehen.»

«Normalerweise ist Gewalt nicht unser Stil. Ich habe es mir lange überlegt und auch mit meinen Partnern darüber gesprochen. Leider erforderte die Situation aussergewöhnliche Massnahmen, zumal Nathalie vom Pfarrer und den jungen Leuten ernsthaft bedroht wurde. Ich erstattete Anzeige gegen Minder, liess mich aber von Staatsanwalt Loosli überzeugen, dass das der falsche Weg sei. Minder würde sich bei Nathalie für sein Verhalten entschuldigen und so zog ich die Anzeige zurück. Das war ein Fehler. Ein Mensch wie Minder lässt sich nicht so leicht einschüchtern. Ich bin nicht stolz auf diese Aktion, das dürft ihr mir glauben, und doch würde ich es jederzeit wiederholen. Nathalie zuliebe. Ich bin froh, dass sie mich ins Vertrauen zog.»

«Wie vielen fehlt der Mut dazu?»

«Das dachte ich auch, Frau Kupfer. … Du lässt Benni in Ruhe, Olivia?»

«Ganz grosses Ehrenwort. Vielleicht brauche ich ihn ja auch einmal, um jemanden in die Schranken zu weisen», lächelte sie und schlug dem Kommissär mit der Faust in den Magen.

«Autsch! Spinnst du?!»

«Nur eine kleine Revanche für die Wasserspiele.»

«Leonardo ist morgen früh zurück», informierte Audrey.

«Australien, Kanada, Südafrika?»

«Weder noch, Nadine. Er war gar nicht so weit weg. Mit einem Camper fuhr er durch die Highlands von Schottland. Jetzt ist er in Inverness in einem Hotel, wo er zum Glück seine Mails abrief.»

«Was ist mit seinem Handy?»

«Das stellt er immer bei seinen Reisen ab, aber jetzt ist er wieder auf Empfang. Er fährt noch heute zurück nach Glasgow und ist morgen im Laufe des Tages in Basel.»

«Wie nahm er es auf?»

«Ganz der harte Typ, der er sein möchte. Aber seine Stimme zitterte. Vermutlich betrinkt er sich heute Abend. Der Tod von Mama trifft ihn sehr… Nicht auf ihn zu warten mit der Beerdigung, war ein Fehler. Ich hätte nicht auf Alex hören sollen, sondern auf meinen Instinkt. Hoffentlich trägt mir Leonardo das nicht nach.»

Zum zweiten Mal an diesem Tag fuhr Nadine auf Schleichwegen vom Bruderholz in die Stadt hinunter.

«Die Pooleinlage war eine starke Leistung!»

«Eine spontane Idee.»

«Jeden anderen würde sie zur Minna machen, nicht ihren Francescolein.»

«Unsinn!»

«Es ist nur die Wahrheit. Ins Kommissariat oder nach Hause?»

«Nach Hause. Du kannst mich einfach an einer Tramhaltestelle rauswerfen.»

«Ich habe heute Abend nichts vor.»

Oh, sie weicht Yvo aus.

«Yvo ist in London, irgendein neues Grossprojekt. Er muss es heute und morgen den Investoren präsentieren.»

«Ich rufe Monika an und sage ihr, dass du zum Essen bleibst.»

«Nur, wenn ich nicht störe.»

«Wir freuen uns.»

«Ich begreife nicht, dass dieser Minder ein solches Terrorsystem aufbauen konnte, ohne dass wir es erfuhren.»

«Na ja, aufgrund der Anzeigen hatte die Polizei schon Kenntnis davon, nur behielt man diese unter dem Deckmantel der Verschwiegenheit, wie wir ja wissen.»

«Dumm von Borer und Loosli. Eigentlich unglaublich … Mist! Was ist denn jetzt wieder los?»

Beim Dreispitz gerieten sie in einen Verkehrsstau. Nach einer Viertelstunde hatten sie etwa zweihundert Meter hinter sich gebracht.

«Ich drehe um, fahre über Münchenstein auf die Autobahn nach Birsfelden.»

«Hier kannst du nicht umkehren, das ist eine Einbahnstrasse.»

«Und ob ich das kann.»

Nadine fuhr durch ein Tor auf das Industriegelände, schlich durch einige Querstrassen und verliess das Areal beim ehemaligen Zollfreilager wieder.

«Und jetzt?»

«Fahren wir zum Park im Grünen und dort auf die Autobahn.»

Fünfzehn Minuten später fuhren sie durch den Burenweg in Birsfelden. Ferrari löste den Sicherheitsgurt, um eine blaue Karte aus der Hosentasche zu ziehen.

«Beifahrer bleiben bis zur Endstation angeschnallt. Was ist denn das?»

Eine Polizistin stoppte Nadine. Der Kommissär zeigte der Beamtin die Karte, die sie daraufhin passieren liess.

«Was war das?»

«Wochentags kommst du zwischen vier und sieben nicht mehr in die Quartiere. Du brauchst eine personifizierte Karte.»

«Und weshalb das Theater?»

«Wenn die Autobahn verstopft ist, weichen die genervten Autofahrer nach Birsfelden aus und blockieren die Hauptstrasse und bei Stau sogar die Quartierstrassen.»

«Heisst das, in allen Quartierstrassen stehen Polizisten zur Überwachung?»

«Nein, es gibt nur sporadische Kontrollen.»

«Ich könnte also locker bei der nächsten Querstrasse ins Quartier einbiegen, sofern dort kein Beamter steht. Richtig?»

«Ja.»

«Was passiert, wenn du die Karte vergisst?»

«Dann gibts Diskussionen. Im schlimmsten Fall bekommst du eine Busse.»

«Echt jetzt? Ihr spinnt total, ihr Birsfelder!»

Mehrere Versuche, sich nach dem Essen zu verdrücken und die Frauen sich selbst zu überlassen, scheiterten kläglich. Ferrari schaute auf das Thermometer im Wintergarten, der auf drei Seiten offen war. Immer noch fünfundzwanzig Grad und windstill. Am liebsten würde ich mich jetzt auf der Hollywoodschaukel langsam in den Schlaf wiegen. Monika müsste mich auch gar nicht wecken, spätestens um Mitternacht wird es kälter und dann wache ich auf. Stattdessen höre ich mir hier nonstop Frauengeschichten an und kämpfe gegen den Schlaf.

«Yvo will mich heiraten, Monika.»

Oje, muss das jetzt sein?! Ferrari war schlagartig wach.

«Das ist ja super.»

«Ich bin so hin und her gerissen.»

«Was stimmt denn nicht zwischen euch? Wohin gehst du, Francesco?»

«Ich setze mich ein wenig in den Garten, ich störe euch nur.»

«Interessiert es dich denn nicht, was Nadine bewegt?»

«Er weiss es schon, Monika. Er findet, dass Yvo zu alt ist und impotent.»

«Das stimmt doch überhaupt nicht», wehrte sich Ferrari.

«Vielleicht ist es wirklich besser, wenn du uns allein lässt.»

«Jetzt bleibe ich.»

«Komm schon, Francesco. Das ist eine Angelegenheit unter Frauen. Du störst.»

Unter Protest stapfte der Kommissär zur Hollywoodschaukel. Wohl besser so, auch wenn ich gern selbst entscheide. Er klopfte ein Kissen aus und legte sich hin. Herrlich. Wie ich diesen Ausgleich zu all dem Elend geniesse, mit dem wir täglich konfrontiert werden. Offiziell sind es noch sieben Jahre bis zur Pensionierung, dann ist Schluss. Es gibt Tage, da fällt mir die Jagd nach Verbrechern schwer, an anderen bin ich voll motiviert. Ohne Nadine hätte ich schon längst den Bettel hingeschmissen. Wird sie Yvo heiraten? Weshalb schlafen sie nicht miteinander? Stimmt mit meinem Freund Yvo etwas nicht? Ich könnte ja einmal mit ihm reden, so von Mann zu Mann. Von wegen Schüchternheit, bis zu seiner Hochzeit war er jedenfalls ein Draufgänger. Möglicherweise belastet ihn noch immer der tragische Tod seiner Frau. Auf einer Geschäftsreise in Bulgarien musste sie notfallmässig ins Spital eingeliefert werden. Sie war im achten Monat schwanger. Der Kaiserschnitt rettete das Kind, doch die Mutter starb. Darüber ist er nie hinweggekommen. Gut möglich, dass ihn dieser tragische Verlust grundlegend verändert hat. Nach Jahren, in denen nur seine Tochter und seine Arbeit zählten, möchte er jetzt mit Nadine einen Neustart wagen. Eine gute Wahl, Nadine ist sehr intelligent, witzig und eine der attraktivsten Frauen, die mir je begegnet sind. Fröstelnd tastete Ferrari nach seiner Decke. Ist sie zu Boden gefallen? Nein, hier ist sie auch nicht. Komisch. Er drehte sich zur Seite. Ups! Das Bett schwankt ja und das, obwohl ich absolut nichts getrunken habe. Wo bin ich eigentlich? Der Kommissär öffnete die Augen … Alles klar, ich liege noch immer auf der Schaukel im Garten, von Nadine und Monika fehlt jede Spur. Kein Wunder, es ist ja auch schon halb eins. Wieso hat mich niemand geweckt? Stöhnend versuchte er, aus der Schaukel hochzukommen. Puma strich ihm schnurrend um die Beine. Kommst du mit rein? Mit einem leisen Miauen sprang sie auf die Schaukel und schlängelte sich ein. Auch gut. Dann schlaf mal schön, ich muss rein unter die warme Decke.

3. Kapitel

«Was machst du denn hier?»

«Eine schöne Begrüssung. Eigentlich sagt man guten Morgen.»

«Guten Morgen, Nadine.» Der Kommissär küsste Monika. «Warum habt ihr mich draussen im Garten einfach liegen gelassen?»

«Weil du wie ein Weltmeister schnachrst und wir deine Hula-Tänzerinnen nicht vertreiben wollten.»

Na prima. Dafür schmerzt nun mein Rücken. Ferrari trank einen Kaffee. Ich würde ja nur zu gerne wissen, wie die Diskussion ausging. Heiratet sie Yvo oder will sie lieber abwarten, bis sie weiss, ob er es bringt?

«Frag, wenn du etwas fragen willst, aber hör mit deinem dämlichen Grinsen auf.»

«Ich dachte nur an die Inselgirls, die mich umschwärmten, mich verwöhnten und mich in die unendlichen Weiten der Liebe einführten.»

«Nicht schlecht. Dann probieren wir das heute Abend alles aus, die ganze Nacht.»

«Übertreib nicht, Monika. Sonst kriegt er noch einen Infarkt.»

«Bewegung hält fit und reduziert das Körperfett.»

«Erst, wenn genügend Muskeln aufgebaut sind, wird bei schweisstreibender Bewegung Fett abgebaut.»

«Schön, dass ich zur guten Laune beitrage. Willst du noch deine Kleider wechseln, bevor wir mit der Arbeit loslegen?»

«Monika leiht mir eine Jeans und eine Bluse. Wir können also in Kürze los.»

Nadine rannte die Treppe hoch, um sich im Gästezimmer umzuziehen.

«Und?»

«Die Geschichte ist kompliziert. Erzählte sie dir, dass Yvo nicht mit ihr schläft?»

«Ja.»

«Das ist der Knackpunkt.»

«Früher war keine Frau vor ihm sicher. Vermutlich veränderte ihn der Tod seiner Frau total.»

«Weshalb will er Nadine dann heiraten? Er muss sich doch im Klaren sein, dass ihr Händchenhalten nicht genügt.»

«Vielleicht ist es ganz gut so … Er ist sowieso zu alt für sie.»

«Dann sollte ich mir dringend einen neuen Mann suchen.»

«Das ist etwas anderes. Wir sind schon lange zusammen.»

«Was ist das jetzt wieder für ein blödes Argument? Ich erinnere mich noch gut daran, dass meine Freundinnen mir damals den alten Sack ausreden wollten.»

«Die Differenz zwischen Nadine und Yvo ist grösser als bei uns und schliesslich tickt die biologische Uhr. Es ist einfach ein Unterschied, ob ein Vierzigjähriger das Kind von der Schule abholt oder ein Sechzigjähriger.»

«Ich weiss, was du meinst. Will Nadine überhaupt Kinder?»

«Sicher nicht von Yvo. Bis das Kind in die Schule geht, bekommt er die Rente.»

«Weshalb sperrst du dich eigentlich gegen eine Verbindung zwischen Nadine und Yvo? Manchmal kommt es mir so vor, als ob du Nadine als dein Eigentum betrachtest.»

«Also bitte.»

«Ich bin schon etwas eifersüchtig auf Nadine. Ihr seid den ganzen Tag zusammen. Stehst du auf sie?»

«Ich will nur nicht, dass sie eine falsche Entscheidung trifft.»

«Das kannst du getrost ihr überlassen. Du weichst meiner Frage aus.»

«Ich mag sie, mehr ist nicht. Ich liebe dich, Monika. Das weisst du und ich will mich nicht bei jeder Gelegenheit rechtfertigen müssen.»

«Manchmal werde ich unsicher.» Sie setzte sich dem Kommissär auf den Schoss. «Bist du sicher, dass du mich liebst?»

Bevor Ferrari antworten konnte, küsste sie ihn.

«Soll ich in einer Stunde nochmals kommen?», fragte Nadine, als sie zu den beiden in die Küche trat.

«Nein, nein. Wir schmieden nur Pläne für den Abend», lächelte Monika verlegen. «Du siehst super aus.»

«Deine Jeans passen wie angegossen. Also Chef, los gehts.»

Nadine parkierte den Porsche in der Mattenstrassen und stellte die Parkscheibe für die blaue Zone. Daniel Baumann, der Verantwortliche für die Kochlehrlinge, erwartete sie bereits. Jeweils am Freitag drückten die Kochlehrlinge aus Murats Klasse die Schulbank, und so traf er für den morgigen Tag die letzten Vorbereitungen.

«Kommissäre gehören nicht gerade zu meinem Alltag. Setzen Sie sich. Seit Sie mich kontaktierten, frage ich mich, was Sie von mir wollen, Herr Ferrari. Sie und Frau Kupfer sind mir aus den Medien bekannt. Sie ermitteln in Mordfällen und da in letzter Zeit nur einer durch die Zeitungen ging, vermute ich, dass Sie mich wegen Roman Minder sprechen wollen.»

«Auf den Punkt gebracht. Wir wollen Sie nicht lange aufhalten. Kannten Sie Pfarrer Minder?»

«Sehr gut. Er war ein Segen für uns. Dank ihm fanden in den letzten Jahren sicher mehr als fünfzig Schulabgänger überhaupt eine Lehrstelle.»

«Es sprechen nicht alle so positiv über ihn wie Sie.»

«Das kann ich mir gut vorstellen. Minder verteidigte seine Schützlinge bis ins Extreme.»

«Auch Murat Duric?»

«Vor allem Murat, Frau Kupfer. Er ist … war einer seiner Lieblinge. Murat wird jetzt bestimmt die Lehre abbrechen.»

«Zitat seines Lehrmeisters: ‹Er ist ein Loser.›»

«Tom Bauer! Der würde sich besser etwas zurückhalten und an seine Lehrzeit zurückdenken. Dass er es bis zum Zwei-Sterne-Koch brachte, wundert alle. Ich warnte Roman, sagte ihm deutlich, dies sei nicht der richtige Arbeitsort für Murat. Ihm würde es in einem normalen Restaurant, in einer Quartierbeiz, besser gehen. Doch Roman drückte wie immer seinen Dickkopf durch, ab und zu auch auf Kosten der Lehrlinge. Das war seine negative Seite.»

«Woran scheiterte Murat?»

«Am Klima, Frau Kupfer. In den meisten Küchen geht es ziemlich rau zu, leider auch bei Sterneköchen. Privat sind sie nett und höflich, aber sobald sie eine Schürze tragen, verändern sie sich. Sie werden primitiv. Wirklich, das ist keine Übertreibung. Die ticken einfach aus und Murat kam damit nicht klar. Es ist nicht jedermanns Sache, laufend als Jugo oder Sauschwanz oder weiss was bezeichnet zu werden.»

«Ist es wirklich so schlimm?»

«Leider ja. Zu Beginn eines Schuljahrs haben wir vierzig Lehrlinge in zwei Klassen. Nach einem Jahr sind es noch zwanzig oder fünfundzwanzig. Daran sind einerseits die Umgangsformen und andererseits die langen, unregelmässigen Arbeitszeiten schuld. Hinzu kommt, dass die Lehrlinge oft gar nichts lernen, weil sie als billige Hilfsarbeiter ausgenutzt werden. Vor einer Woche kam eine Lehrtochter weinend zu mir. Seit einem Jahr streiche sie den ganzen Tag Brötchen und helfe beim Abwasch, und das in einem der besten Restaurants von Basel.»

«Eine Kochlehre ist demnach nicht zu empfehlen.»

«Je älter du bist, desto eher hältst du die drei Jahre durch. Ich setze mich seit Jahren für Verbesserungen ein, doch es ist ein Kampf gegen Windmühlen. Natürlich gibt es auch die guten Beispiele, Restaurants, die ich empfehlen würde.»

«Was wird jetzt aus Murat?»

«Er wird wohl Hilfsarbeiter auf dem Bau oder so.»

«Und dagegen lässt sich nichts machen?»

«Roman hätte ihm eine andere Lehrstelle besorgt. Er war sehr engagiert.»

«Nur eben manchmal am Rande der Legalität.»

«Möglich. Mir ist das eine und andere zu Ohren gekommen. Ich gebe tagtäglich mein Bestes für die Ausbildung der Lehrlinge, verzeihen Sie mir also, wenn ich Roman mit der rosaroten Brille betrachte.»

«Waren alle Lehrlinge von Minder begeistert?»

«Die meisten, würde ich sagen.»

«Aber nicht alle.»

«Er führte ein ziemlich hartes Regime, Herr Kommissär. Es gab schon den einen und anderen, der die Lehre abrechen wollte. Doch Aufgeben war für ihn keine Option, in einem solchen Fall übte er zum Wohl seines Schützlings Druck aus.»

«Gab es Klagen?»

«Nein. Nur ab und zu Beschwerden eines Lehrmeisters, Markus Stolz zum Beispiel. Er wusste, dass ich gut mit Roman auskomme, und bat mich, zwischen Tom und Roman zu vermitteln. Dazu ist es aber leider nicht mehr gekommen. Und vor einiger Zeit machte ein Gerücht die Runde. Ein Anwalt sei gegenüber Roman tätlich geworden. Ich fragte ihn danach, doch er winkte ab. Das sei alles Stuss. Ah, da kommt mein Kollege Michael Widmer. Mit ihm wollten Sie sich ja auch noch unterhalten.»

Der Floristenausbilder setzte sich zu ihnen. Baumann informierte ihn, worüber sie sich unterhielten.

«Das würde ich alles unterschreiben. Bei Lucie ist er aber entschieden zu weit gegangen. Wenn eine Lehrtochter klaut, muss man sie entlassen. In einem solchen Fall ist das Vertrauensverhältnis unwiederbringlich gestört.»

«Ist es sicher, dass Julia in die Kasse griff?»

«Ich kenne Lucie Gerster seit zwanzig Jahren. Sie bat mich, vorbeizukommen. Als ich eintraf, sass sie weinend im Laden. Ich glaube nicht, dass dies alles nur Show war.»

«Sprachen Sie auch mit Julia?», erkundigte sich Nadine.

«Nein, nur mit Roman. Er bestätigte mir, dass Julia das Gesteck nicht eingetippt hatte. Für mich war damit die Sache erledigt.»

«Aber nicht für Herrn Minder.»

«Typisch Roman. Er redete mit Lucie, beinahe wäre sie eingeknickt.»

«Und was macht Julia jetzt?»

«Keine Ahnung. Am besten fragen Sie sie selbst. Ich vereinbarte übrigens wegen Julia einen Termin mit Roman für nächste Woche. Er verkraftete seine, wie er sagte, Niederlage nicht, und es gäbe neue Erkenntnisse, die er mit mir durchgehen möchte. Das ist nun leider hinfällig.»

«Wissen Sie, was das war?»

«Er tat ziemlich geheimnisvoll und sprach von einer Bombe, die er scharf machen, aber nicht zünden werde. Denn dies bringe mehr. Ehrlich gesagt, ich verstand kein Wort. Tut mir leid, ich bin wohl keine grosse Hilfe.»

Nadine und der Kommissär verabschiedeten sich und spazierten über die Rosentalanlage zurück zum Auto.

«Was meinte Minder mit der Bombe?»

«Vermutlich unseren Sternekoch. Was sehr dafür spricht, dass wir ihn zum Hauptverdächtigen küren.»

«Warum wollte Minder sie nicht zünden?»

«Erpressung. Was bringt es, Bauer und Stolz fertigzumachen?»

«Nichts … Aber ein erpressbarer Bauer ist Butter in den Händen von Minder. Was für eine fiese Kreatur.»

«Fahren wir nach Kleinhüningen. Ich möchte mir die Sektenbude anschauen.»

«Steig schon mal ein. Ich muss noch kurz telefonieren.»

Mit Yvo! Der in London vor sich hin schmachtet. Es scheint doch mehr als nur eine Liebelei zu sein.

«So, es kann losgehen. Warum grinst du so?»

«Ach, nur so.»

In Kleinhüningen wurden sie von einem Streifenwagen der Basler Polizei erwartet.

«Nur eine kleine Vorsichtsmassnahme», erklärte Nadine. «Wenn nur die Hälfte stimmt, scheinen die recht gut organisiert und nicht zimperlich zu sein.»

«Deshalb dein Anruf. Wir werden doch wohl noch mit einigen Halbstarken zu Potte kommen.»

«Vielleicht, vielleicht aber auch nicht. Hallo Kurt.»

«Nadine, schön dich wieder einmal zu sehen. Du wirst immer schöner.»

«Danke. Du bist auch nicht von schlechten Eltern. Sag mir, wenn du dich scheiden lässt.»

«Bring mich nicht in Versuchung», schmunzelte der kurz vor der Rente stehende Pfau. «Ich weiss nicht, ob ihr ohne Hausdurchsuchungsbefehl reinkommt.»

«Quatsch. Die sind bestimmt ganz friedlich.»

«Ganz wie du meinst, Francesco. Du bist der Chef. Sollen wir euch begleiten?»

«Wir gehen allein rein.»

«Ein Hilferuf von euch und wir mischen sie auf.»

Nadine und der Kommissär gingen in den Vorgarten, wo ihnen vier Jungs den Weg versperrten.

«Ohne Hausdurchsuchungsbefehl geht gar nichts!»

«Bist du der Sprecher der WG?», wandte sich Ferrari an den blonden, mittelgross gewachsenen Jüngling.

«Das gibts bei uns nicht. Wir sind alle gleichberechtigt. Ihr kommt ja mit einem schönen Aufgebot.»

«Reine Vorsichtsmassnahme. Leute, die alte Damen bedrohen, sind zu allem fähig.»

«Was passiert, wenn wir euch den Zutritt verwehren?»

«Dann warten wir, bis der Staatsanwalt einen Durchsuchungsbefehl ausgestellt hat. Und bis dahin umstellen unsere Leute das Haus, damit keiner rein oder raus kann.»

«Was sucht ihr bei uns?»

«Nichts. Wir wollen nur mit Julia und Murat reden.»

«Und mit den beiden, die Lucie Gerster bedrohen.»

«Ist sie auch Kommissärin?»

«Warum fragst du?»

«Dich kenne ich. Du bist dieser Ferrari. Roman hat zwei oder drei Mal über dich geredet.»

«Nadine Kupfer ist meine Kollegin.»

«Ich wusste gar nicht, dass es bei euch Kommissärinnen gibt.» Er drehte sich zu den anderen um. «Was meint ihr?»

«Ich bin dagegen.»

«Wenn wir nicht mit ihnen sprechen, laden sie uns vor. Besser wir reden mit ihnen.»

«Eine Pattsituation. Du entscheidest, Patrick.»

«Sie sollen reinkommen. Wir kriegen das Schwein eh alleine nicht, das Roman auf dem Gewissen hat. Die haben viel mehr Möglichkeiten.»

«Gut, es ist entschieden. Ihr könnt eure Armee nach Hause schicken. Wir tun euch schon nichts.»

Nadine lachte.

«Netter Versuch, die Kollegen bleiben.»

«Nicht besonders mutig.»

Das finde ich auch!

«Mag sein. Was ist, gehen wir rein?»

Eine WG hatte sich der Kommissär anders vorgestellt. Alles war fein säuberlich aufgeräumt und blitzsauber. Im Parterre befanden sich die Küche und ein grosser Aufenthaltsraum, in den oberen Etagen lagen die Schlafräume der Jugendlichen. Jeder wohnte in einem eigenen Zimmer.

«Wie heisst du eigentlich?», erkundigte sich Ferrari.

«Philipp und das sind Röbi, Johnny und Patrick. Wir sind die Ältesten.»

«Wie viele Personen leben hier?»

«Wir sind zwölf Leute zwischen achtzehn und zweiundzwanzig.»

«Müsstet ihr nicht bei der Arbeit sein?»

«Im Moment haben wir alle frei. Philipp arbeitet bei der Securitas, Johnny im Hafen, Patrick in den Langen Erlen und ich bei Vischer als Schichtarbeiter.»

«Ausgelernt?»

«Jep. Wir haben die Lehre abgeschlossen und müssen bald ausziehen. Roman legte fünfundzwanzig als

Höchstalter fest. Wie es jetzt weitergeht, wissen wir nicht. Es hing alles an Roman.»

«Können wir mit Julia und Murat sprechen?», erkundigte sich Nadine.

«Allein?»

«Ihr könnt ruhig zuhören.»

«Murat ist oben, Julia ist nicht da.»

«Und wo ist sie?»

«Sie liegt mit einer Lungenentzündung im Spital.» Philipp schlug mit der Faust auf den Tisch. «Alles nur wegen der alten Sau.»

«Das verstehe ich nicht.»

«Sie fing sich eine Lungenentzündung ein.»

«Bei der Arbeit?»

«Logo. Deshalb sind Johnny und ich auch zu der Alten gefahren. Die ist so etwas von verschlagen. Julia riss sich Tag für Tag den Arsch auf, in den letzten vier Wochen gab es so viele Beerdigungen wie nie. Die konnte den Hals nicht vollkriegen. Julia kam jeden Abend kurz vor Mitternacht total fertig nach Hause.»

«Und was sagte Minder dazu?»

Es herrschte betretenes Schweigen.

«Auch eine Antwort», konstatierte Nadine.

Röbi fuhr hoch.

«Reden Sie ja nicht schlecht über Roman, sonst werfen wir Sie raus.»

«Ich habe lediglich eine einfache Frage gestellt. Es ist verständlich, dass ihr eurem Wohltäter dankbar seid und das zu Recht. Das bestreiten wir gar nicht.

Doch Roman Minder tat nicht nur Gutes, wie wir von mehreren Seiten erfahren haben. Also plustere dich hier nicht als Bewahrer der Minder-Lehre auf.»

Philipp drückte Röbi auf den Stuhl zurück.

«Unsere Nerven liegen total blank … Ich sprach mit Roman über Julias Zustand, aber er wollte nichts davon wissen. Es sei schon schwierig genug, jemanden wie Julia zu vermitteln. Da müsse sie durch.»

«Wann wurde sie krank?»

«Am Dienstag vor einer Woche kam sie schweissüberströmt nach Hause, ging aber am anderen Morgen bereits um sechs wieder weg. Sie schleppte sich mühsam durch die ganze Woche, obwohl es ihr von Tag zu Tag schlechter ging. Am Freitagmorgen konnte sie nicht mehr richtig atmen. Wir riefen den Notfall an und die brachten sie mit Verdacht auf Lungenentzündung sofort ins Unispital. Diese Gerster nutzte sie total aus und zum Dank warf sie Julia auch noch raus.»

«Weil sie ein Gesteck nicht ordnungsgemäss eintippte.»

«Ich weiss.»

«Und dann seid ihr in einem Anflug von Wahnsinn zu Lucie Gerster gefahren.»

Philipp nickte.

«Wie geht es Julia?»

Die vier Jungs sahen Ferrari überrascht an.

«Etwas besser. Es ist nicht nur die Lungenentzündung. Das nasskalte Klima im Blumenladen ist Gift für ihre Gesundheit, der Arzt sagte etwas von Polyarthritis oder so.»

«Und was unternahm Minder?»

«Roman wollte noch in dieser Woche mit der Alten reden. Das … geht jetzt nicht mehr.»

«Wir übernehmen das und ihr haltet euch gefälligst von ihr fern. Ist das klar?»

«Wenn Julia etwas geschieht, zünde ich die Bude an.»

Philipp sah Nadine trotzig in die Augen.

«Grossartige Idee! Damit hilfst du Julia ungemein. Damit das klar ist, wir reden mit Lucie Gerster und ihr verhaltet euch ganz ruhig. Es gibt morgen Abend auch keinen Bikertreff vor dem Laden. Gut, wenn das nun geklärt ist, möchten wir mit Murat sprechen.»

Einige Minuten später setzte sich ein spindeldürrer zwei Meter grosser Jüngling an den Tisch. Ferrari überliess Nadine die Gesprächsführung. Wenn sie schon bei den anderen punktet, wird sie auch bei ihm gut ankommen.

«Wir hörten, dass dich Tom Bauer schikaniert.»

«Es ist nicht nur Tom», klang es leise vom Tischende her. «Die ganze Küchenbrigade mag mich nicht.»

«Was ist passiert?»

«Es gibt klare Hierarchien in einer Küche. Der Chef ist für das Fleisch verantwortlich, der Souschef für das Gemüse, ein Dritter für den Fisch und Barbara für die Patisserie und das Brot. Dann gibts noch einen für den Abwasch. Es war vorgesehen, dass ich bei allen mithelfen darf, aber ich bin nur der Jugo oder das kleine Arschloch. Das war die Lieblingsbezeichnung von Tom. Ich bin jetzt über ein Jahr im Betrieb und kann nichts. Gar nichts. Alle in meiner Klasse sind weiter. Vor den Prüfungen koche ich bei uns in der WG alles vor. Manchmal zwei oder drei Mal, bis es sitzt. Im Schwan darf ich nur die Drecksarbeit ausführen … Das … das wäre mir egal, wenn ich dabei wenigstens etwas lernen könnte.»

«Gab es einen konkreten Grund, warum man dich entlassen will?»

«Ja. Ich musste an einem Bankett für einen kranken Koch einspringen. Das ging voll in die Hose, ich konnte ja nichts. An diesem Abend war Tom total von der Rolle.»

«Als Lehrling darf man doch Fehler machen.»

«Nicht bei Tom. Es war ein ganz schlechter Abend. Alles lief schief, und am Schluss war ich an allem schuld. Ich nahm dann meinen ganzen Mut zusammen und wehrte mich zum ersten Mal. Wie soll ich wissen, wie man Fische tranchiert, ohne es vorher je ausprobiert zu haben? Da rastete Tom aus. Ich sei nicht nur faul, dumm und frech, sondern auch noch aufmüpfig! Er warf eine Pfanne nach mir und schlug mich ins Gesicht. Ich … ich legte meine Schürze ab und bin weggerannt. Dort will ich nie mehr hin.»

«Und das erzähltest du Roman Minder?»

«Das war ich», unterbrach Röbi das Gespräch. «Roman ging direkt zu Markus Stolz und stellte ihn.»

«Na ja, er drohte ihm mit der Presse und einem öffentlichen Skandal.»

«Das ist die einzige Methode, die bei solchen Leuten wirkt.»

«Wie gehts jetzt weiter?», wollte Ferrari wissen.

«Wir suchen das Schwein, das Roman ermordet hat, und bringen es um.»

«Super! Wir suchen das Schwein ebenfalls, etwas mehr Kooperation wäre angesagt.»

«Das war dieser Bauer. Hundertpro.»

«Bist du sicher, Johnny?»

«Wer denn sonst?»

«Darüber solltet ihr nachdenken. Haben noch andere von euch Probleme in der Lehre?»

Sie schauten sich an.

«Nein, nur Alltagskram.»

«Könnt ihr hier weiterhin wohnen?»

«Nach der Beerdigung findet ein Gespräch mit dem Besitzer der Liegenschaft statt. Ich bin zuversichtlich, dass wir bleiben können», antwortete Röbi.

«Quatsch! Er wird uns rauswerfen. Wir bezahlen praktisch keine Miete und sorgen für Ärger.»

«Patrick teilt deine Zuversicht nicht.»

«Nicht nur Patrick. Ausser Philipp, Johnny und mir sind alle ziemlich verzweifelt. Wir wollen hierbleiben, die WG ist unser Zuhause. Wir möchten einen normalen Mietvertrag abschliessen. Wir vier verdienen recht gut, drei von uns sind ausgelernt und suchen einen Job. Zu siebt können wir uns das Haus leisten.»

«Und wenn der Eigentümer nicht will?»

«Dann schalten wir die Presse ein und besetzen das Haus.»

Ferrari klopfte Röbi auf die Schulter.

«Ich wünsche euch, dass das nicht notwendig ist. Falls euch noch etwas einfällt, ruft Nadine oder mich an. Und denkt dran, keine krummen Touren.»

Nadine fuhr langsam über die Brücke in Richtung Rheinhafen, beim Hafenbecken zwei stiegen sie aus. Wortlos beobachteten sie, wie zwei Containerschiffe entladen wurden. Riesige Zangen griffen nach den Containern, hoben sie hoch und stapelten sie an Land übereinander.

«Eigenartige Situation. Die wirken ganz vernünftig für ihr Alter. Murat macht auf mich nicht den Eindruck eines vorlauten, frechen Faulenzers.»

«Auf mich auch nicht.»

«Glaubst du, dass sie bleiben können?»

«Eher nicht. Du?»

«Auch nicht. Solange Minder lebte, schaute der Eigentümer zu und schwieg zum Hobby des Vorzeigepfarrers. Jetzt wird keiner in seine Bresche springen. Stimmt das mit Julia?»

«Am besten, wir machen einen Abstecher ins Spital, dann wissen wir es.»

«Minder hatte eindeutig seine Lieblinge unter den Jugendlichen, Julia gehörte nicht dazu.»

«Aber Murat. Worauf willst du hinaus?»

«Auf gar nichts. Dieser Minder hatte eine gespaltene Persönlichkeit, Engel und Teufel in einer Brust.»

«Er war ein Diktator. Wer ausscherte wie Nathalie, musste wieder eingegliedert werden … Mist. Wir hätten nach Nathalie fragen sollen.»

«Das können wir nachholen, ich bin gerne im Rheinhafen. Du steckst mich mit deinen Marotten an. In einigen Jahren laufe ich wie der schusslige Ferrari durch die Gegend und bleibe vor jeder Sehenswürdigkeit stehen.»

«Ich sehe dich direkt vor mir – wie du in der Vergangenheit schwelgst und deinen um zwanzig Jahre jüngeren Partner mit Geschichten aus der guten alten Zeit nervst, als der alte Ferrari noch an deiner Seite war.»

«Ich weiss nicht, was ich tun soll, Francesco. Ich liebe Yvo.»

«Dann passt ja alles, denn Yvo liebt dich auch. Das mit dem Sex kann ja nicht eure ganze Beziehung infrage stellen.»

«Es ist nur ein Vorwand. Ehrlich gesagt … ich bin noch nicht soweit. Vielleicht werde ich nie soweit sein.»

«Wie meinst du das?»

«Der Gedanke an eine Heirat engt mich ein. Für mich stimmt es so, wie es ist. Ich brauche keinen Trauschein, um glücklich zu sein. Warum habt ihr nie geheiratet?»

Ferrari dachte nach.

«Ich weiss es nicht. Es war nie ein Thema. Monika und ich gehören zusammen, ob mit oder ohne offizielle Dokumente. Sprich doch einfach offen mit Yvo.»

«Und wenn er es nicht versteht? Ich möchte ihn nicht verlieren.»

«Ich bin sicher, er wird es akzeptieren.» Der Kommissär umarmte Nadine. «Sonst wäre er der grösste Idiot auf der Welt.»

Zurück im Kommissariat lag ein Foto von Markus Stolz und Tom Bauer auf Ferraris Schreibtisch. Es zeigte die beiden bei einem Interview. Sehr gut. Auf Big Georg, den Leiter der Fahndung, war eben Verlass.

«Was willst du mit dem Foto?», erkundigte sich Nadine.

«Ich möchte es Sophie Beltramelli zeigen. Vielleicht erkennt sie Bauer darauf.»

«Gute Idee, dafür brauchen wir doch kein Foto. Ein Smartphone genügt. Der Superstarkoch wird tausendfach im Internet zu finden sein. Du bist so was von altmodisch.»

Kopfschüttelnd wählte sie die Telefonnummer der Schauspielerin und führte ein kurzes Gespräch.

«Gut. Sie ist zu Hause und erwartet uns. Was ist, worauf wartest du?»

«Ich … ich muss noch etwas erledigen.»

«Kommt überhaupt nicht in die Tüte. Auf, auf, Toscas grosse Liebe kneift nicht.»

Ob Münsterberg oder Klosterberg, der Kommissär kam auch dieses Mal ins Schwitzen. Beim Atlantis blieb er kurz stehen und dachte sehnsüchtig zurück an die alten Zeiten. Wird man mit zunehmendem Alter automatisch sentimental und verklärt die Vergangenheit, obwohl sie nicht immer gut und schon gar nicht besser war? Wahrscheinlich schon. Jede Generation liebt ihre Kultorte und himmelt ihre Vorbilder an. Für mich ist das alte Atlantis so ein magischer Ort, auch wenn es heute nichts mehr mit dem verruchten Rock- und Popschuppen vergangener Zeiten gemein hat.

«Ja, ich weiss. Im Schaufenster lag jahrelang ein echtes Krokodil. Das war totale Tierquälerei. Man hätte die Verantwortlichen dem Krokodil zum Frass vorwerfen sollen. Unglaublich. Als du es mir zum ersten Mal erzählt hast, dachte ich, es sei einer deiner Scherze. Aber es stimmt wirklich.»

«Das waren noch Zeiten.»

«Komm mir nur nicht mit den guten, alten Zeiten. Lange, verfilzte Haare, womöglich mit Läusen, Flowerpower und freie Liebe. Wahrscheinlich konntet ihr eure Pseudofreiheit nur mit den Drogen ertragen.»

«Das verstehst du nicht, dafür bist du zu jung. Auch wenn heute vieles verklärt wird, war es immer noch besser, als den ganzen Tag vor dem Computer zu hocken.»

«Tja, andere Generationen, andere Bedürfnisse.»

«Das stimmt. Trotzdem, wir lebten eine Spur freier.»

«In welcher Beziehung?»

«Es war noch nicht alles bis aufs letzte Komma reglementiert. Manchmal denke ich, dass uns die Vorschriften, die Gesetze und Anordnungen eines Tages ersticken. Es kommt der Moment, da muss jeder Bürger einen Atmungszähler um den Hals tragen und Ende Monat bekommt er dann seine Monatsrechnung für die eingeatmete Luft.»

«Gute Idee.»

«Beim Erfinden von Steuern und all dem Mist ist der Staat erfinderisch. Manchmal kommt es mir so vor, als ob wir erst zufrieden sind, wenn eine Hälfte der Bevölkerung dafür arbeitet, dass die andere Hälfte, nämlich die Staatsdiener, über ein sicheres Einkommen verfügen.»

«Seltsame Ideen eines Staatsangestellten.»

«Ausserdem seid ihr jungen Leute überkorrekt bis zum Gehtnichtmehr.»

«Ach! Wie äussert sich das?»

«Mit all den unsäglichen Diskussionen, die ihr anzettelt. Jede Bemerkung ist rassistisch oder sexistisch.»

«Zum Beispiel?»

«Diese Juso-Frau, ihr Name ist mir grad entfallen, sagt in einem Interview, dass der Song ‹079› einen sexistischen Text beinhalte. Wohin führt das? Einige Gralswächter entscheiden bald einmal, was wir sagen dürfen und was nicht.»

«Es gibt auch andere Ansichten.»

«Ich weiss. Du sprichst die MeToo-Debatte an. Ich finde es gut, dass die angestossen wurde. Jeder sexuelle Missbrauch muss bestraft werden. Keine Frage. Aber auch da gibt es Leute, die weit übers Ziel hinausschiessen. Nicht jeder Mann ist grundsätzlich ein Vergewaltiger, Sexist oder Rassist.»

«Und zum Ursprung unserer Diskussion zurück?»

«Es sollte wieder mehr Vernunft einkehren. Leben und leben lassen. Die eigene Freiheit geniessen, solange sie niemand anderen ein…»

«Achtung!», schrie Nadine und riss Ferrari am Bankverein im letzten Moment zurück. «Kannst du nicht aufpassen? Das Tram hätte dich beinahe erwischt.»

«Wieso fährt der Vierzehner in Richtung Mustermesse und nicht zum Barfüsserplatz hinunter?», murrte der Kommissär.

«Was weiss denn ich.»

«Der Tramchauffeur ist ein Trottel. Er fährt falsch.»

«Beim Barfüsserplatz scheint was passiert zu sein. Eine Kollision.» Nadine zeigte zum Spielzeug Welten Museum hinunter. «Die leiten die Trams um.»

«Hm.»

In der Rittergasse blieb Ferrari vor einem Gebäude stehen. Soll ich oder soll ich nicht?

«Untersteh dich!»

«Nur auf einen Kaffee.»

«Nein!»

«Dann eben nicht.»

Das Haus gehörte einem Notar, der in einem der vergangenen Fälle eine Hauptrolle gespielt hatte. Auch nach all den Jahren erschauderte Ferrari beim Gedanken, wie sehr ein berühmter Psychiater damals seinen Patienten hatte manipulieren können, bis hin zur willenlosen Marionette. Wahnsinn.

«Es kommt mir vor, als wäre es gestern gewesen. Das war damals am 31. Juli während des Feuerwerks.»

Der Kommissär nickte.

«Hast du noch Kontakt zu Isabelle?»

«Wir sehen uns ab und zu. Sie ist inzwischen Zahnärztin und fragt immer nach dir.»

Auf Sophie Beltramellis Wohnzimmertisch lagen einige Drehbücher.

«Eine neue Rolle?»

«Mehrere Angebote, aber es ist nichts Interessantes dabei. Das kommt von meiner Sitcom-Rolle, ich bin abgestempelt. Weshalb bist du nicht Model geworden oder zum Fernsehen gegangen? Bei deinem Aussehen.»

«Weil ich mich lieber mit Mord und Totschlag …»

«Oh, Mist!» Ferrari schaute mit Tosca zum Fenster hinaus. «Ich wollte den Ball Tosca zuwerfen, aber das ist so ein Hartgummiball. Der hüpft wie wahnsinnig und jetzt ist er irgendwo draussen.» Tosca sah ihn liebevoll an. «Komm, wir holen ihn.»

«… und einem tollpatschigen Partner durchs Leben schlagen will. Das ist besser als jede Sitcom und jeder Laufsteg.»

«Nehmen Sie die Leine mit, Herr Kommissär. Sonst haut sie Ihnen ab.»

Ferrari fing die Leine auf und folgte Tosca die Treppe hinunter.

«Ist er immer so?»

«Das ist noch harmlos. Normalerweise würde er jetzt unten auf der Strasse liegen und der Ball wäre noch hier.»

«Du übertreibst.»

«Du glaubst gar nicht, in welch kuriose Situationen wir schon geraten sind … Schau dir das an. Tosca geht mit Francesco spazieren, ein Bild für Götter.»

Sie standen am Fenster und beobachteten das seltsame Schauspiel auf dem Münsterplatz. Tosca rannte zum Brunnen und hüpfte hinein.

«Sie liebt Wasser.»

Verzweifelt versuchte Ferrari die Afghanin aus dem Wasser zu ziehen. Natürlich ohne Erfolg.

«Was macht er denn jetzt? Er kann doch einfach warten, bis sie genug hat.»

Inzwischen verfolgte eine Gruppe Schaulustiger das Geschehen.

«Herr Ferrari sollte etwas Abstand halten.»

«Warum?»

«Deshalb!» Die Hundedame sprang mit einem Satz aus dem Brunnen und schüttelte sich im nächsten Moment kräftig neben dem Kommissär. Die beiden Frauen lachten herzhaft. Danach trottete Tosca brav neben dem Kommissär zurück zur Wohnung.

«Jaja, schon gut. Ich bin pflotschnass.»

«Du übertreibst. Und wo ist der Ball?»

«Ball? Oh Mist!» Ferrari blickte zum Fenster hinaus. «Der ist weg. Jemand liess ihn mitgehen. So eine Frechheit.»

Die Hundedame legte sich vors Cheminée auf ihre Decke. Ferrari war sicher, dass sie schmunzelte.

«Na, zufrieden?» Sophie Beltramelli streichelte ihr übers nasse Fell. «Das hat dir gefallen. Danke, Herr Kommissär fürs die kurze Gassirunde. Möchten Sie einen Kaffee?»

«Lieber etwas Kaltes.»

Argwöhnisch schielte er zu Tosca. Bleib ja dort liegen. Es fehlt noch, dass du dich mit deinen langen, nassen Zotteln an meinen Hosen reibst. Doch die Hundedame schien für den Augenblick zufrieden zu sein.

«Hier, bitte, Ihr Mineralwasser. Nadine sagt, dass Sie immer so schusslig sind.»

«Danke… Soso. Aber sie verschweigt, dass ich meistens wegen ihr oder meiner Frau in komische Situationen gerate.»

«Ich verstehe. Mit Ihnen wird es bestimmt nie langweilig», schmunzelte die Schauspielerin. «Aber Sie sind sicher nicht hierher gekommen, um mit Tosca spazieren zu gehen. Oder?»

«Nein. Ich wollte… Wo ist es denn… Ah, hier.» Ferrari strich ein zerknittertes Foto glatt. «Wir wollten uns erkundigen, ob Sie den Mann auf diesem Foto am Dienstag hier gesehen haben.»

Die Schauspielerin betrachtete das Bild sehr genau und überlegte einen Augenblick.

«Ich bin um vier noch kurz mit Tosca zum Brunnen gegangen, weil ich nicht wusste, wann die Sitzung mit Roman fertig sein würde. Zwei, drei Stunden kann ich sie problemlos allein lassen. Sie hat ja das ganze Haus für sich. Wenn immer möglich nehme ich Tosca natürlich mit, doch Roman ist … war allergisch auf Hundehaare. Ich stand etwa zehn Minuten beim Brunnen und beobachtete die Menschen. Namen kann ich mir nur schwer merken, im Gegensatz zu Gesichtern. Die vergesse ich fast nie, was immer wieder zu eigenartigen Situationen führt … Wo war ich stehen geblieben? … Ach ja. Ich war also beim Brunnen und wollte noch kurz mit Tosca zur Pfalz, da ist mir dieser Mann entgegengekommen.»

«Dann war unser Sternekoch also tatsächlich hier auf dem Münsterplatz», frohlockte Nadine.

«Ich meine nicht Tom Bauer. Es war der Mann neben ihm auf dem Bild. Wer ist das?»

«Markus Stolz, der Inhaber vom Weissen Schwan. Bist du sicher?»

«Absolut. Mit seinem kantigen Kinn erinnerte er mich nämlich an Nick Knatterton.»

«An wen?»

«Das ist ein Comic-Held aus den 1950ern», erklärte Ferrari. «Ich bin erstaunt, Frau Beltramelli. Das war doch lange vor Ihrer Zeit, sogar ich erlebte diesen Meisterdetektiv nur am Rande.»

«Mein Vater sammelt leidenschaftlich Comics. Superman, Fix & Foxi, Micky Maus – einfach alles. Wir sind gerade daran, seine Sammlung zu ordnen, und bei dieser Gelegenheit sind mir die Nick-Knatterton-Hefte aufgefallen.»

«Als wir Stolz gegenübersassen, überlegte ich die ganze Zeit, an wen er mich erinnert. Jetzt weiss ich es: an Nick Knatterton, Sie haben vollkommen recht. Fehlt nur noch die karierte Mütze und die Pfeife.»

«Ja, genau. Allerdings ist Herr Stolz um einiges jünger», wandte Sophie Beltramelli ein.

«Mich würde interessieren, was er am Dienstag auf dem Münsterplatz gemacht hat.»

«Am besten, wir fragen ihn gleich selbst, Nadine.»

Markus Stolz war weder zu Hause noch im Restaurant anzutreffen. Wahrscheinlich sitze er jetzt nach der Mittagszeit irgendwo am Rhein oder verhandle mit einem Lieferanten. Spätestens um halb fünf sei er wieder im Weissen Schwan, so die Auskunft des Personals. Somit blieb genügend Zeit, um Julia Gross einen Besuch abzustatten, die sich nach wie vor im Unispital von ihrer Lungenentzündung erholte.

Vor dem Spitaleingang atmete Ferrari kurz durch. Dieser Geruch, die langen Gänge, die Ärzte in weissen Kitteln, all das löste noch immer ein Gefühl von Ohnmacht und von Hilflosigkeit aus. Ich werde mich nie daran gewöhnen, aber da muss ich durch. Julia lag mit einer Patientin in einem Zweierzimmer und versuchte angestrengt, sich mit Philipp zu unterhalten. Der Lärmpegel war ziemlich hoch, denn die Zimmergenossin hatte ebenfalls Besuch. Gegen Besucher war ja nichts einzuwenden, aber doch nicht in dieser Lautstärke. Philipp winkte Nadine und Ferrari zu und stellte sie Julia vor.

«Hallo Philipp, hallo Julia. Das ist ja eine Zumutung!», murrte der Kommissär.

«Es geht schon, Herr Ferrari.»

«Nein, er hat recht, Julia. Das ist wirklich nicht in Ordnung. Die könnten sich leiser unterhalten. Ich habe mit dem Mann dort gesprochen», er zeigte auf einen braun gebrannten, durchtrainierten Mittvierziger.

«Und?»

«Wenns mir nicht passt, soll ich mit Julia ins Café gehen, aber Julia will nicht.»

Ferrari tippte dem Muskelpaket auf die Schulter, der sich unwirsch umdrehte.

«Was willst du?»

«Ich möchte Sie bitten, etwas leiser zu sein. Wir können uns mit der jungen Dame nur schreiend unterhalten.»

«Dann geh mit ihr ins Café.»

Die Umstehenden grölten begeistert.

«Gut. In diesem Fall rufe ich die Spitalleitung.»

«Habt ihr das gehört? Wie beim letzten Mal. Saudumm, dass die gar nicht kommen.»

Wieder lachten die Besucher. Oje, mir schwant nichts Gutes. Nadine verdrehte die Augen.

«Ich habe eine bessere Idee», Ferrari holte seinen Dienstausweis aus der Tasche. «Ich lasse Sie von meinen Kollegen abholen. Wie fänden Sie das?»

Der Mann starrte entsetzt auf den Polizeiausweis.

«Nadine, ruf bitte eine Streife. Er behindert unsere Ermittlungen.»

«Ich … Herr …»

«Ferrari, Kommissär Francesco Ferrari. Und wie ist bitte Ihr Name?»

«Laubscher. Michael Laubscher, Herr Kommissär.»

«Nadine, Herr Laubscher möchte uns begleiten.»

«Mit oder ohne Fesseln?»

«Was dir lieber ist.»

«Ich bitte Sie, Herr Kommissär. Ich konnte … wir wussten nicht …»

«Kürzen wir das Ganze ab, Herr Laubscher. Wir möchten uns ungestört mit der jungen Dame unterhalten. Das heisst, Sie halten sich ein wenig zurück und dann vergessen wir das Intermezzo. Einverstanden?»

«Sicher, sicher. Raus mit euch und zwar ruhig. Alle zusammen. Wir kommen später wieder.»

«Und Sie werden in Zukunft etwas leiser sein.»

«Versprochen. Nichts für ungut, Herr Kommissär. Raus, hopp, raus mit euch.»

Ferrari setzte sich schmunzelnd auf einen Besucherstuhl.

«Die Macht der Polizei, trotzdem danke. Ich hatte null Chance», bemerkte Philipp resigniert.

«Vor dem Gesetz sind alle gleich.»

«Wers glaubt. Hätten Sie ihn wirklich abführen lassen?»

«Vielleicht. Es war ja zum Glück nicht nötig. Wie gehts dir, Julia?»

«Etwas besser, aber noch lange nicht gut, Frau Kupfer.»

«Du kannst mich duzen, okay? Erklär uns bitte, wie es soweit kommen konnte.»

«Ich wollte die Lehrstelle nicht verlieren.»

«Wegen Frau Gerster oder wegen Roman Minder?»

Philipp runzelte die Stirn.

«Wegen … wegen beiden.»

«Fangen wir mit Lucie Gerster an. Wie war sie zu dir?»

«Die Alte hat einen Schlag. Die kriegt den Rachen nicht voll, macht immer so auf armselig, dabei läuft das Geschäft echt gut. Zuerst war ich einfach nur happy, dass ich bei ihr in die Lehre gehen konnte. Aber sie verlangte immer mehr. Manchmal stand ich vierzehn Stunden im Laden und schuftete wie ein Tier. Oft sechs Tage, zweimal sogar zwei Wochen ohne freien Tag.»

«Wusste Minder davon?»

«Ach der. Das war ihm vollkommen egal. Ich solle froh über die Lehrstelle sein. Lehrjahre seien keine Herrenjahre. Dann wurde ich krank. Das interessierte die Hexe überhaupt nicht. Entweder ich käme zur Arbeit oder sie würde es Minder erzählen. Also bin ich weiter hin, und was habe ich jetzt davon? Verschleppte Lungenentzündung und der Anfang einer … Philipp, sags du.»

«Gelenkpolyarthritis.»

«Hast du Schmerzen in den Armen?»

«Ziemlich starke. Ich bekomme ein Rheumamittel, das macht mich halb gaga … Floristin ist mein Traumberuf, ich liebe Blumen, doch zurück gehe ich nicht mehr. Auf gar keinen Fall.»

«Stimmt es, dass du Geld geklaut hast?»

«Ja, sogar mehrmals. Aus Trotz, nur so konnte ich der Alten schaden. Es ging mir gar nicht um die Knete. Die liegt in meinem Zimmer unter dem Bett in einer Schachtel. Ich wollte ihr einfach eins auswischen.»

«So viel zu Lucie Gerster. Und was für eine Rolle spielte Minder?»

«Ich wollte nicht, dass es mir wie Nathalie ergeht. Schau mich nicht so an, Philipp. Du weisst genau, wenn diese Vischer-Leute euch nicht vermöbelt hätten, wäre der Terror weitergegangen.»

«Das ist etwas anderes.»

«Und warum?»

«Nathalie wollte weg, Herr Kommissär. Sie drohte uns.»

«Ihr habt doch wohl zuerst mit den Drohungen angefangen.»

«Mir wäre es genauso ergangen.» Julia legte eine Hand auf Philipps Schulter. «Und du hättest es nicht verhindern können.»

«Hast du noch Kontakt zu ihr?»

«Ja. Ihr gehts super. Ein Anwalt passt auf sie auf.»

«Christian Tanner?»

«Genau. Der Typ ist megareich.»

«Wohl eher seine wichtigste Kundin.»

«Nathalie will ihn mir vorstellen. Vielleicht besorgt er mir eine neue Lehrstelle.»

«Wann wirst du entlassen?», erkundigte sich Nadine.

«Am Freitag und ab Montag muss ich mir dann einen neuen Job suchen. Ihr habt nicht zufällig einen für mich bei der Polizei?»

«Ohne abgeschlossene Lehre wird es schwierig. Wie ging es nach deinem Rauswurf mit dir und Minder weiter?»

«Er tobte. Ich sei ein billiges Flittchen, eine gottverdammte Hure, die in der Hölle schmoren soll. Nachdem sein Wutanfall vorbei war, befahl er mir, die Lehre abzuschliessen. Ich war einverstanden. Mir blieb auch nichts anderes übrig, denn er hätte mich sonst aus dem Haus geworfen. Ich könne ja auf den Strich gehen. Das würde zu meinem Aussehen und meinem Verhalten passen … Ich sass nur da und schwieg. Mir war klar, dass mich die Hexe nicht mehr aufnimmt. Doch …»

«Minder hatte ein Druckmittel gegen sie in der Hand.»

«Das weisst du, Nadine?»

«Ja, sofern wir vom Gleichen reden.»

«Du zuerst.»

«Er drohte Lucie Gerster mit den Pfarrämtern. Keines würde mehr etwas bei ihr bestellen, wenn sie dich nicht beschäftigt.»

«Ach, das. Nein, das meine ich nicht. Ich erzählte Roman, dass sie nur die Hälfte aller Verkäufe eintippt. Nämlich die, bei denen die Leute eine Quittung verlangen. Den Rest kassiert sie einfach so ab.»

«An der Steuer vorbei.»

«Genau. Deshalb meint man auch, sie gehe jeden Moment hopps. Aber die Alte hat eine Menge Kohle. Das dürft ihr mir glauben.»

«Erpresste Minder sie damit?»

«Das weiss ich nicht. Auf jeden Fall rief er mich an und sagte, ich könne wieder bei ihr arbeiten. Sie würde mich nicht mehr schikanieren und ich müsse auch keine Überzeiten mehr leisten. Es sei alles vergeben und vergessen. Aber da gehe ich nie wieder hin.»

Ferrari stand auf und küsste sie spontan auf die Wange.

«Ruf uns an, wenn du aus dem Spital bist. Vielleicht können wir etwas für dich tun.»

«Danke, Herr Ferrari.»

«Wofür?»

«Dass ich jetzt meine Ruhe hier im Zimmer habe.»

Ferrari atmete im Freien tief durch. Uff, überstanden! Spitäler sind definitiv nicht meine Sache.

«Das war Amtsmissbrauch.»

«Quatsch. Ich hätte dem Vollidioten auch eine betonieren können.»

«Das war bestimmt Plan B. Philipp hat natürlich vollkommen recht, dein Ausweis bewirkte Wunder.»

«Mich nerven solche Leute. Diese Rücksichtslosigkeit und es wird immer schlimmer. Mit Argumenten erreichst du überhaupt nichts. Du musst drohen oder Gewalt anwenden. Nur dann funktionierts.»

«Da bist du mit Minder einer Meinung.»

«Seit zwanzig Minuten gibts eine weitere Verdächtige, die liebe Frau Gerster.»

«Die hat uns ziemlich eingelullt. Besuchen wir jetzt trotzdem Stolz?»

«Nein. Ich schlage vor, wir gehen im Kommissariat die Fakten durch und überlegen uns in Ruhe, wem wir den Mord eher zutrauen.»

«Ich bin für die böse Hexe aus dem Spitzweghäuschen.»

Tag zwei nach dem Mord und wir haben drei Verdächtige. Aber reicht die Drohung, wegen Steuerhinterziehung angezeigt zu werden, um ein Verbrechen zu begehen? Na ja, es gab schon nichtigere Gründe, immerhin geht es um die Existenz. Gegen die Floristin spricht ihre Postur. Der Pfarrer wurde kopfvoran mehrmals gegen ein Metallregal gestossen, was ihre Kräfte eindeutig übersteigt. Ein Komplize? Denkbar. Durchtrieben genug ist sie. Ferrari notierte: Freunde und Verwandte der Gerster überprüfen. Bei Markus

Stolz stimmt hingegen alles. Er ist kräftig genug, um den Pfarrer umzubringen, und sieht ebenfalls seine Existenz gefährdet. Wird er erst einmal von der Presse durch den Schlamm gezogen, ist er erledigt. Einen Skandal kann er sich nicht leisten. Zudem war er zur Tatzeit auf dem Münsterplatz. Ganz klar, die Fakten sprechen gegen Stolz. Auch Bauer ist nach wie vor verdächtig. Ein aufstrebender Sternekoch, dessen Ehrgeiz keine Grenzen kennt und der für seine Karriere alles tun würde. Ferrari warf einen Blick in seine Excel-Datei. Hm, Nadine ist bei Big Georg, um Informationen über Stolz, Bauer und Gerster einzuholen. Da bleibt etwas Zeit. Er verglich die Zahlen mit einigen Daten aus dem Web. So, die eine steht. Jetzt noch darunter die zweite. Oh, das ist jetzt etwas knifflig. Zu welcher Kategorie zähle ich? Vermutlich die Mittlere.

«Schon wieder am Wetten?»

«Ich wette nicht. Ob dus glaubst oder nicht.»

«Was soll dann diese Geheimniskrämerei?»

«Sobald ich fertig bin, erkläre ich es dir. Was meint Georg?»

«Er lässt bis morgen alle Infos zusammentragen.»

«Gut. Stolz ist für mich der Hauptverdächtige. Bauer kommt auch infrage, aber die Gerster konnte Minder unmöglich drei Mal gegen das Regal stossen.»

«Höchstens mithilfe eines Komplizen.»

«Schön, dass wir uns kurz vor Feierabend nochmals treffen, Herrschaften. Gibt es Neuigkeiten?», fragte der Staatsanwalt.

«Wir haben drei Verdächtige: Lucie Gerster, Tom Bauer und Markus Stolz, Letzterer ist unser Hauptverdächtiger.»

«Warum Markus?»

«Weil er von einer Zeugin zur Tatzeit auf dem Münsterplatz gesehen wurde und weil er und Tom Bauer fürchteten, dass Roman Minder der Presse einen Tipp gibt. Von wegen sie würden ihre Lehrlinge schlecht behandeln.»

«Verstehe, Frau Kupfer. Tom Bauer ist offenbar ein schwieriger Mensch. Und was macht diese Gerster verdächtig?»

«Minder erpresste sie. Anscheinend tippt sie die Hälfte ihrer Blumenverkäufe nicht ein.»

«Ist nicht wahr? Das hätte ich ihr gar nicht zugetraut.»

«Sie hat uns auch getäuscht.»

«Dann stimmt das mit dem Diebstahl der Lehrtochter auch nicht?»

«Doch. Sie klaute aus Trotz. Das Geld liegt in einer Schachtel unter ihrem Bett.»

«Minder wusste es und erpresste Lucie Gerster.»

«Ihre Theorie hat einen Haken, Ferrari. Minder war wohl etwas stärker als die Floristin. Dass sie ihn überraschte und gegen das Regal stiess, ist möglich, aber nicht mehrmals.»

«Vielleicht mithilfe eines Komplizen.»

«Und was sind nun Ihre nächsten Schritte?»

«Wir werden uns morgen mit beiden unterhalten.»

«Freundschaftlich, wie immer, vermute ich.»

«Sie sagen es, Herr Staatsanwalt, in aller Freundschaft.»

Ferraris Handy summte.

«Ja?» Der Kommissär hörte aufmerksam zu. «Gut. Wir sind unterwegs.» Mit finsterer Miene wandte er sich an seine Kollegin. «Es war Olivia. Sie und Audrey erwarten uns im Gellert.»

«Was ist passiert?»

«Leonardo ist von der Dachterrasse seiner Villa gesprungen.»

«Tot?», flüsterte Nadine.

Ferrari nickte.

Zehn Minuten später standen sie vor der Villa. Peter Strub kniete neben dem Toten, der in einem Rosenbeet lag, und schüttelte den Kopf.

«Er ist von der Dachterrasse gesprungen. Du bleibst am besten etwas weg, Francesco. Es ist kein schöner Anblick.»

Der Kommissär wandte sich ab. Auch nach so vielen Dienstjahren ertrage ich diesen Anblick nicht. Ganz im Gegenteil, es wird mit zunehmendem Alter schlimmer.

«Warum seid ihr überhaupt schon da?», erkundigte sich der Polizeiarzt.

«Audrey, die Schwester des Toten, ist eine Freundin von Olivia Vischer und Olivia rief Francesco an.»

«Sie sitzen im Wohnzimmer.»

«Weisst du, wer den Toten fand?»

«Seine Schwester.»

Der Kommissär ging langsam die wenigen Stufen zur Eingangstür hinauf. Im Wohnzimmer versuchte Olivia, Audrey zu beruhigen. Nadine setzte sich zu den beiden Frauen aufs Sofa.

«Sollen wir einen Arzt rufen, Audrey?»

«Nein.» Audrey starrte an die gegenüberliegende Wand und weinte. «Die Abdankung war ein Riesenfehler. Leonardo wollte dabei sein, sie ein letztes Mal sehen. Ich hätte niemals mit der Einäscherung von Mama einverstanden sein dürfen. Es war Alex' Wunsch… Ich… Ich hätte meinem ersten Gedanken folgen sollen. Ich wollte eine Erdbestattung, Leonardo auch…»

Olivia nahm sie in den Arm.

«Hör auf, dir Vorwürfe zu machen. Niemand konnte wissen, dass es Leonardo so trifft, seine Mutter nie wieder zu sehen. Ob eingeäschert oder Erdbestattung, er hätte es sowieso nicht verkraftet. Und wenn jemand Selbstmord begehen will, kann ihn nichts davon abhalten.»

Typisch Olivia. Sachlich, fast schon brutal auf den Punkt gebracht.

«Wir waren heute Mittag bei ihm. Er machte einen recht gefassten Eindruck. Das konnte niemand vorhersehen.»

«Euch trifft keine Schuld, Olivia. Es ist schlicht tragisch. Selbst, wenn ihr bei ihm geblieben wärt, hätte sich an der Situation nichts geändert.»

Olivia legte Nadine die Hand auf den Arm.

«Danke. Wie denkst du darüber, Francesco?»

«Genauso.»

«Es ist alles meine Schuld.»

«Das stimmt doch nicht, Audrey. Niemand ist daran schuld.»

«Doch. Ich bin nach unserem Gespräch nochmal zurück, weil ich ein ungutes Gefühl hatte … Da …» Ihre Stimme versagte.

«… war es bereits zu spät», vollendete Olivia den Satz. «Francesco, rufst du uns bitte ein Taxi?»

«Das übernehmen unsere Kollegen.»

«Danke.»

«Wenn wir etwas tun können, ruft uns bitte an.»

«Versprochen.»

Der Kommissär blickte ihnen nachdenklich nach.

«Audrey tut mir echt leid. Mutter und Bruder innerhalb einer Woche zu verlieren, das ist tragisch. Viel schlimmer kann es gar nicht werden.»

«Sie ist total fertig. Zum Glück bleibt Olivia ruhig.»

«Kalt wäre wohl die richtige Bezeichnung. Manchmal kriege ich richtig Gänsehaut, wenn ich sie so reden höre.»

«So, unsere Untersuchung ist abgeschlossen», meldete sich Strub. «Keine schlechte Villa. Wer ist dieser von Tomai?»

«Der Sohn von Irina von Tomai.»

«Ah, die Aerobicqueen. Die ist doch vor Kurzem gestorben.»

«Ja. Offenbar ist Leonardo nicht mit ihrem Tod fertiggeworden.»

«Ein Fall wie aus dem Lehrbuch, frei nach Berghaus.»

«Wer ist das?»

«Ein wenig Bildung würde dir nicht schaden. Berghaus ist ein deutscher Forensiker. Seiner Studie zur Folge sind Stürze aus der Höhe mit steigender Sturzhöhe häufiger Suizide und seltener Unfälle. Je höher der Ausgangspunkt ist, desto erfolgreicher der Selbstmordversuch. Er ist direkt auf den Rasen geknallt. Knacks, Genickbruch, aus.»

«Und wozu soll eine solche Studie gut sein?»

«Weil ... weil .... Ach, das verstehst du eh nicht. Vorwärts Leute, zusammenpacken. Hier, der Letzte löscht das Licht und schliesst ab.»

Peter warf dem Kommissär den Schlüssel zu. Nadine reagierte prompt und hielt Ferrari zurück.

«Vergiss es, Francesco! Er meint es nicht so.»

«Der ist so etwas von pietätlos.»

«Es ist seine Art, all das Elend zu verkraften. Glaub mir, er meint es wirklich nicht so.»

«Hm.»

Für einen Moment setzten sie sich auf die Bank vor der Villa und hingen ihren Gedanken nach. Die Stille tat gut. Wie viel Leid kann ein Mensch ertragen? Warum wählt jemand den Freitod? Hoffnungslosigkeit und seelischer Schmerz können mögliche Ursachen sein.

«Es hätte auch nichts geändert, zu warten. Audrey trifft keine Schuld», sprach Ferrari seine Gedanken aus.

«Erklär das jemandem, der überzeugt ist, für den Tod des Bruders verantwortlich zu sein.»

«Sie wird darüber hinwegkommen … sie muss.»

«Und wenn nicht?»

«Das will ich mir gar nicht überlegen. Fährst du mich nach Hause?»

«Du willst nicht mehr zurück ins Kommissariat?»

«Ich habe genug für heute. Bleibst du zum Essen?»

«Heute nicht, danke. Ich hole Yvo um zehn am EuroAirport ab.»

«Und? Hast du eine Entscheidung getroffen?»

«Ja und nein.»

«Was heisst das?»

«Ja für Yvo, nein fürs Heiraten. Du und Monika seid meine Vorbilder – glücklich verliebt ohne Ehe.»

«Und wenn er damit nicht umgehen kann?»

«Dann wirds schwierig. Für dich.»

«Wieso denn das?»

«Dann hängt dir deine flennende Kollegin jeden Tag am Rockzipfel, weil sie ohne Yvo nicht will und mit Yvo und Trauschein nicht kann.»

«Schöne Aussichten.»

Die hitzige Diskussion zwischen Mutter und Tochter konnte nur eines bedeuten – der erste Versuch, Sinia zur Vernunft zu bringen, war kläglich gescheitert.

Nikkis Vorwürfe, Monika sei im Gespräch wie eine Dampfwalze vorgegangen, offenbar färbe die Gesellschaft von Nadine auf sie ab, trug nicht gerade zur Deeskalation bei. Zum Glück ist Nadine gleich wieder abgerauscht. Ferrari setzte sich an den Küchentisch, wo nach kurzer Pause die nächste Runde des Familiendramas eingeläutet wurde. Nikki zog die «Du-bist-halt-zu-alt-und-verstehst-uns-Junge-nicht-mehr-Karte». Ein einleuchtendes Argument und sehr effizient, sofern man beabsichtigt, von der Mutter durch den Fleischwolf gedreht zu werden. Wenn das nur gut geht. Immerhin lassen sie mich aussen vor. Hoffentlich bleibt das auch so. Monika versuchte, ein wenig die Wogen zu glätten, was bei Nikki gar nicht gut ankam. Sie betrachtete dies als Schuldeingeständnis ihrer Mutter. Nach weiteren zehn Minuten gingen ihnen die Argumente aus. Wie zwei Boxer vor der letzten Runde hingen sie in den Seilen. Es war die Ruhe vor dem Sturm.

«Sag auch mal etwas», forderte Nikki den Kommissär auf.

«Ich weiss ja nicht einmal, was passiert ist.»

«Mam hat mit Sinia geredet. Das ging voll daneben. Allein der Ton …»

«Ich habe ganz normal mit ihr gesprochen.»

«Ja, von Frau zu Kleinkind. Falls du es vergessen hast, wir sind erwachsene, junge Frauen.»

«Wirklich? Was habt ihr denn schon von der Welt gesehen? Euch wird doch alles auf dem goldenen Tablett serviert. Und wenn ein Problem auftaucht, lösen wir es. Allen voran dein Vater.»

Oje! Jetzt gehts los.

«Lass Paps aus dem Spiel. Immer, wenn du nicht mehr weiterweisst, ist er der Blitzableiter.»

Ein wahres Argument!

«Haltet nur zusammen. Ich bin immer die dumme Kuh. Einkaufen, waschen, putzen, bügeln. Dafür bin ich gut genug. Aber bei Schwierigkeiten rennst du zu deinem Vater.»

«Weil er mich versteht.»

«Ach ja?! Wohl eher, weil er alles locker nimmt, zu locker nach meinem Geschmack.»

«Besser locker als so verkrampft wie du.»

«Was ist denn eigentlich passiert?», erkundigte sich Ferrari.

«Statt wie eine Freundin mit Sinia zu sprechen, hängte sie die Übermutter raus. Und jetzt macht Sinia total zu, sie will heute Abend nicht einmal mit uns ans Rheinbord. Sie will absolut niemanden sehen.»

«Wenn du schon alles besser weisst und kannst, wieso kommst du nicht an deine Freundin ran? So von junger Frau zu junger Frau, meine ich.»

«Typisch Mam, schiebt mir den Schwarzen Peter zu. Dabei wolltest du ja unbedingt mit ihr reden. Du hättest besser Paps machen lassen.»

Das war nun des Guten zu viel. Monika rauschte in den Wintergarten hinaus und setzte sich auf die Hollywoodschaukel.

«Und jetzt?»

«Du musst mit Sinia reden.»

«Heute noch?»

«Am besten am Wochenende. Ich befürchte, Mam hats nun ganz versaut.»

«Vermutlich ergeht es mir genauso. Deine Mutter ist viel feinfühliger als ich. Das weisst du, Nikki. Und die Bemerkung wegen Nadine war fehl am Platz. Vermutlich lässt Sinia im Moment niemanden an sich heran. Das ist nicht Monikas Schuld.»

«Ist ja klar, dass du Mam in Schutz nimmst. Wie immer», und weg war sie.

Grossartig. Das gibt einen gemütlichen Abend. Meine Frau hat sich in den Garten zurückgezogen und meine Tochter verlässt soeben Tür schletzend das Haus. Was will mann mehr. Vorsichtig setzte sich Ferrari an den Rand der Hollywoodschaukel.

«Na, schön über mich gelästert?», erkundigte sich Monika.

«Nur gesagt, dass ich auf deiner Seite bin. Und jetzt ist Nikki abgerauscht. Trinken wir ein Glas Wein?»

«Lieber Champagner.»

«Auch gut. Ich hole ihn.»

Wortlos sassen sie eine Weile auf der Schaukel und lauschten den Vögeln. Manchmal sagt ein Schweigen mehr als tausend Worte.

«Das war der totale Reinfall. Ich bin gar nicht an Sinia herangekommen», begann Monika zu erzählen.

«Meine Rede. Ich versuchte, Nikki schonend beizubringen, dass sie mich wahrscheinlich auch abblockt.»

«Du musst es trotzdem versuchen. Etwas stimmt wirklich nicht mit ihr.»

«Ich weiss nicht. Normalerweise scheitere ich bei solchen Dingen. Du bist viel einfühlsamer, du spürst die Menschen und reagierst genau richtig.»

«Nikki sieht das anders.»

«Das war doch nicht deine Schuld. Wenn jemand nicht will, kannst du dich noch so verbiegen und es bringt trotzdem nichts.»

«Redest du mit Sinia?»

«Am Wochenende, versprochen. Vorausgesetzt, sie will mich überhaupt sehen.»

«Ganz bestimmt, sie bewundert dich. Wo ist eigentlich die kleine Hexe hin?»

«Party am Rheinufer.»

«Ach, Francesco», sie kuschelte sich an ihn. «Weshalb müssen wir uns immer streiten?»

«Das liegt wahrscheinlich in der Natur des Menschen. Hätten wir einen Sohn, würden zwischen ihm und mir die Fetzen fliegen. Keine Sorge, das wird sich ändern, spätestens in fünfzig Jahren.»

«Schöner Trost. Wie gehts Audrey?»

Ferrari sah seine Lebenspartnerin fragend an.

«Es kam in den Nachrichten.»

«Sie fühlt sich schuldig.»

«Das kann ich nachempfinden. Ist sie morgen noch bei Olivia?»

«Hoffentlich noch länger.»

«Gut, dann werde ich sie besuchen.»

«Mach das.»

Der Kommissär blickte in die unendliche Weite des Sternenhimmels. Traumhaft schön. Es sind diese stillen Momente, in denen ich das vollkommene Glück spüre. Nikki und Monika bedeuten mir einfach alles. Natürlich gibt es Konflikte wie eben, doch wir gehören zusammen. Wir sind füreinander da. Immer. In guten wie in schlechten Tagen, und das wird sich auch nie ändern.

4. Kapitel

Viel konnte Big Georg über die Verdächtigen nicht in Erfahrung bringen. Tom Bauer startete seine Karriere als Lehrling in einem Nobelrestaurant in Gstaad. Danach zog es ihn nach Zürich an eines der besten Häuser der Stadt, wo er von Stolz abgeworben wurde. Inzwischen hatte er seine Lehrmeister übertroffen, aus dem unbedeutenden Koch war ein Star geworden. Dementsprechend benahm er sich auch seinen Angestellten gegenüber. Niemand hielt es länger als ein Jahr bei ihm aus, doch bisher kam es zu keiner Anzeige. Lucie Gerster war ein absolut unbeschriebenes Blatt. Nicht einmal eine Verkehrsbusse lag vor. Gegen Markus Stolz als Inhaber des Weissen Schwans gab es hingegen mehrere Betreibungen. Anscheinend lief das Restaurant gar nicht so gut. Einige Lieferanten mussten die Bezahlung ihrer Rechnungen vor Gericht durchsetzen. Etwa der Fleischlieferant, der dreissigtausend Franken einforderte, sowie ein Weingut aus dem Waadtland. Der Kommissär stellte den Computer an. Wo bleibt Nadine? Hm. Solange sie nicht da ist, kann ich an meinen Tabellen arbeiten. Eine halbe Stunde später blickte Ferrari stolz auf seine Arbeit. So, fertig.

«Morgen.»

Oh, oh, das klingt nicht gut.

«Guten Morgen, Nadine. Alles in Ordnung?»

«Nein.»

«Streit mit Yvo?»

«Nein. Es ist alles bestens. Er versteht meine Situation und ist auch ohne Trauschein zufrieden.»

«Das ist doch ganz in deinen Sinn.»

«Ja, toll. Die perfekte platonische Liebe.»

So ein Volltrottel!

«Was stimmt mit mir nicht, Francesco? Findest du mich auch nicht attraktiv?»

«Du bist eine der schönsten Frauen, die mir jemals begegnet sind.»

«Woran liegt es dann?»

«Frag ihn.»

«Super! Yvo, weshalb schläfst du nicht mit mir?»

«Nun, es könnte sein, dass er ein Kavalier der alten Schule ist, der den sexuellen Vollzug nur innerhalb der Ehe sieht, Frau Kupfer.»

«Spannen Sie schon lange, Herr Staatsanwalt?»

«Ich bitte Sie. Wenn die Tür offen steht, gibt es keine Geheimnisse.»

«Wunderbar! Dann sind Sie jetzt informiert und möchten bestimmt Ihren Teil zur Diskussion beitragen. Nur zu.»

«Ich pflichte ausnahmsweise Ferrari bei. Sie sind eine sehr attraktive Frau und ich gehe davon aus, dass Sie es verstehen, Ihre Reize ins Spiel zu bringen.

Somit liegt folgender Schluss nahe: Yvo Liechti hat, milde ausgedrückt, nicht alle Tassen im Schrank. Der Mann gehört definitiv in die Klapse … Das mit Herrn von Tomai ist eine äusserst tragische Sache.»

«Audrey fühlt sich schuldig.»

«Unsinn. Das muss sie nicht. Ich werde mir erlauben, Frau von Tomai aufzusuchen, um zu kondolieren … Oh, es ist bereits neun. Ich muss zu Regierungsrat Schneider. Und immer schön dranbleiben, Frau Kupfer. Steter Tropfen höhlt den Stein.»

«Was war denn das?»

«Staatsanwalt Borers Lebensweisheiten.»

«He! Schon wieder die Tabellen. Jetzt will ich es aber wissen.»

Nadine drehte den Bildschirm zu sich hinüber.

«Kalorienwerte und Kalorienverbrauch. Was bedeutet 2200 bis 2800?»

«Das ist die tägliche Kalorienmenge, die ich in meinem Alter zu mir nehmen darf.»

«Du stellst dir einen Diätplan auf? Das bringt doch nichts.»

«Und warum nicht?»

«Weil du dich nie und nimmer daran halten wirst.»

«Warts ab.»

«Auf die Kommentare von Borer kann ich übrigens verzichten.»

«In einem muss ich ihm beipflichten.»

«Lass es raus, bevor du daran erstickst.»

«Yvo hat wirklich einen Vollknall.»

Eine Gewitterfront näherte sich der Stadt. Die Wetteraussichten stimmen in den letzten Wochen ziemlich genau. Erstaunt bin ich über die Temperaturschwankungen. Sobald es einmal kräftig regnet, fallen die Temperaturen. Jetzt sind es noch gefühlte zweiundzwanzig Grad. Sehr warm für September und morgens um halb zehn. Nach dem Regen kühlt es vermutlich auf vierzehn oder fünfzehn Grad ab. Von Weitem hörte man es donnern. Hm, den Donner mag ich gar nicht. Als Nadine über den Aeschenplatz fuhr, entlud sich das Gewitter mit voller Wucht. Die Scheibenwischer hatten auch auf höchster Stufe keine Chance, man konnte kaum fünf Meter weit sehen.

«Ich halte kurz an, bis der Regen nachlässt», entschied Nadine. «Die Wetterkapriolen werden immer schlimmer. Obwohl, im Auto sitzend hat der prasselnden Regen etwas Beruhigendes.»

«Die Welt gerät aus dem Gleichgewicht. Schau dir nur die Bilder von den Hurrikans und den Überschwemmungen in ganz Europa an. Daran ist der Mensch schuld. Er nimmt der Natur den Lebensraum und sie rächt sich mit immer grösseren Katastrophen.»

«Wir Menschen sind sowieso pervers. Überall Aufstände, Revolutionen, Kriege. Es gibt so viel Elend, und das im einundzwanzigsten Jahrhundert.»

«Nur nicht in der Schweiz.»

«Komm mir jetzt nicht mit dem Paradies auf Erden. Auch bei uns brodelts. Die Schweiz wird sich zwangsläufig verändern müssen, ob wir wollen oder nicht.

Denn die EU macht unser Batzen-und-Weggli-System nicht mehr lange mit.»

«Weil alle ein Stück vom Kuchen wollen. Das ist verständlich. Bloss, ich will mich nicht von anderen Staaten bevormunden lassen, die so viel falsch machen.»

«SVP lässt grüssen.»

«Ich bin nur stolz auf unser Land. Die gesamte EU steht vor dem Kollaps und Amerika auch. Die realisieren dort drüben noch nicht, dass sie als letzte Grossmacht dem Untergang geweiht sind. Dabei sprechen Berichte über Stromnetze, öffentlicher Verkehr, Krankenversicherung und Arbeitslosigkeit für sich. Wetten, die wählen ihren grössenwahnsinnigen Präsidenten für eine weitere Amtszeit?»

«Es ist zu befürchten.»

Das Gewitter liess nach. Nadine startete den Motor und fuhr beim St. Alban-Tor hinunter ins Tal direkt vor das Haus von Lucie Gerster.

Vor dem Blumenladen lagen Töpfe und einige Sträucher wild durcheinander. Lucie Gerster war damit beschäftigt, die Spuren des Gewitters zu beseitigen. Ferrari half ihr.

«Ich bin nicht mehr dazu gekommen, die Pflanzen in den Laden zu schaffen. Aber ich glaube nicht, dass es ihnen etwas geschadet hat. Vielen Dank für Ihre Hilfe.»

Sie setzten sich wie beim letzten Mal an den kleinen Tisch im Geschäft.

«Wir möchten nochmals über Julia reden.»

«Die könnte ich jetzt gut brauchen, Frau Kupfer. Wo ist sie?»

«Im Kantonsspital. Sie hat eine Lungenentzündung und es besteht der Verdacht auf Gelenkpolyarthritis.»

Lucie Gerster senkte ihren Blick.

«Das tut mir leid.»

«Wirklich? Sie erzählte uns die eine oder andere Geschichte.»

«Was für Geschichten?»

«Von vierzehnstündigen Arbeitstagen, vom zweiwöchigen Durcharbeiten ohne freien Tag und Ähnliches. Ich würde sagen, es sind Geschichten über Ausbeutung.»

«Das verstehen Sie nicht, Herr Ferrari. Im Blumengeschäft läuft mal gar nichts und dann kommen plötzlich viele Bestellungen aufs Mal. Vor allem vor Festtagen oder am Valentinstag ist Hochbetrieb. Da darf ich doch von der Lehrtochter erwarten, dass sie mich unterstützt. Ich schaffe das nicht allein. Die Zeiten sind hart, eine zweite Kraft kann ich mir nicht leisten. Der Lehrlingslohn ist schon an der Grenze. Die verdienen heute gut und können rein gar nichts.»

«Na ja, rein gar nichts ist wohl übertrieben. Sonst würden Sie Julia kaum allein im Geschäft lassen und sie vierzehn Stunden lang einsetzen.»

«Ich gebs ja zu. Bei Ihrem ersten Besuch bin ich etwas übers Ziel hinausgeschossen. Ich war über den Diebstahl sehr verärgert und auch irgendwie gekränkt.

Julia missbrauchte mein Vertrauen. Das habe ich nicht verdient, schliesslich gab ich ihr eine Chance … Ich werde sie im Spital besuchen und fragen, ob sie wieder bei mir anfangen will.»

«Den Weg können Sie sich sparen, Frau Gerster. Sie sucht sich einen anderen Job.»

«Schade. Das muss ich respektieren.»

«Aber sie dürfen bald einen anderen Besuch vornehmen.»

«Ich verstehe nicht, Frau Kupfer? Wo denn?»

«Bei unseren Kollegen von der Steuerfahndung. Wobei die auch wild auf Hausdurchsuchungen sind und immer wieder gern unter die Matratzen schauen.»

«Ich verstehe Sie noch immer nicht.»

«Julia erzählte uns von Ihrer Schattenbuchhaltung. Von Kunden wie Staatsanwalt Borer, der eine saubere Quittung erhält, und anderen, deren Geld nicht verbucht wird.»

«Diese kleine, miese Göre. Dieses verfluchte Flittchen. Nicht genug, dass sie Minder das steckte. Jetzt tischt sie Ihnen diese Lügengeschichte auch noch auf. Schicken Sie mir die Steuerfahndung nur auf den Hals. Dann werden Sie sehen, wer die Wahrheit sagt und wer lügt. Diese verlogene kleine Schlampe. Ich werde sie anzeigen. Einer meiner besten Kunden ist Anwalt. Sagen Sie ihr, dass sie mit einer saftigen Anzeige rechnen kann. Und, wenn Sie beide weiterhin diese Lügengeschichten verbreiten, verklage ich Sie ebenfalls.»

«Warum soll sich Julia das ausdenken?»

«Um mir zu schaden. Ich bin doch schuld an ihrem Zustand. Dass sie sich aber jeden Abend mit einem anderen Kerl herumtrieb und am Morgen vollkommen kaputt zur Arbeit kam, interessiert niemanden.»

«Solange sie die Arbeit richtig erledigt, ist das nicht Ihr Problem.»

«Ihr jungen Leute habt von Anstand und sittlichem Benehmen keine Ahnung. Ihr redet von der freien Liebe. Ha! Dass ich nicht lache. Schönreden nennt man das. Und warum? Damit ihr kein schlechtes Gewissen bekommt. Doch die Zeit der Abrechnung wird kommen. Für morallose Menschen wie Julia und Sie, Frau Kupfer.»

«Naja, wir werden sehen, wo die Waage der Gerechtigkeit mehr angibt. Bei lockeren Beziehungen oder bei Betrug.»

«Lachen Sie mich ruhig aus. Sagen Sie Julia, dass ich sie verklage, auch wenn sie hundert Rowdys auftreibt, die mich bedrohen. Ich werde mich zu wehren wissen.»

«Julia sprach auch mit Pfarrer Minder über Ihre Schattenbuchhaltung. Weshalb drohten Sie ihm nicht wie uns eben?»

«Das… das ist etwas ganz anderes, Herr Kommissär.»

«Jetzt bin ich aber gespannt.»

«Ob Sies glauben oder nicht, es gibt keine Schattenbuchhaltung. Mir geht es finanziell nicht gut. Ich reagierte in der Sache genauso wie bei Ihnen. Allerdings bin ich ohne die Beziehungen von Minder am Ende. Ich merke es doch jetzt schon. Zwei Tage nach seinem Tod gehen die Bestellungen der Pfarrämter bereits zurück. Das kann Zufall sein. Wahrscheinlicher ist, dass meine Konkurrenten bereits versuchen, die Aufträge an Land zu ziehen. Was soll ich denn tun? Ich bin eine Einzelmaske und komme nicht gegen die Grossen an, die mitten in der Stadt sind.» Lucie Gerster begann zu weinen. «Verleumdungen. Alles Verleumdungen. In einigen Monaten ist alles aus.»

Ferrari klopfte mit einem Kugelschreiber rhythmisch auf den Tisch. Das ist keine Show. Nein, sie sagt die Wahrheit.

«Wir … ich möchte mich für mein Benehmen entschuldigen, Frau Gerster.»

«Entschuldigung akzeptiert», schniefte die Floristin in ein Taschentuch. «Ich gebe Ende Jahr auf, Herr Kommissär. Auch auf Anraten meines Treuhänders. In zwei Jahren erhalte ich von der Hoffmann-La Roche die Rente meines Mannes und dazu die AHV, damit kann ich leben. Um die Zeit bis zur Rente zu überbrücken, werde ich nochmals die Hypothek erhöhen und ich könnte das Lokal vermieten. Doch das will ich nicht, ich lasse es lieber leer stehen.»

Ferrari räusperte sich verlegen.

«Ich bedaure diese Missverständnisse sehr. Wir sprechen mit Julia, sie soll mit den Verleumdungen aufhören. Ich glaube nicht, dass es notwendig sein wird, sie zu verklagen.»

«Danke. Ich würde gerne noch die wenigen Jahre durchhalten, aber wahrscheinlich ist es besser so.»

Bedrückt sass Ferrari im Porsche. Das Schicksal von Lucie Gerster ging ihm nicht aus dem Kopf. Sie schuftet und schuftet, kommt jedoch auf keinen grünen Zweig. Guter Vergleich. Im Gegenteil, sie sieht sich gezwungen, ihren geliebten Blumenladen zu schliessen.

«Was überlegst du?», fragte Nadine nach einer Weile.

«Ich … Da sind wir zu weit gegangen.»

«Bist du sicher?»

«Die Frau ist am Ende. Der Blumenladen bedeutet ihr alles und den muss sie nun aufgeben. Aus finanzieller Not. Die lügt nicht.»

«Okay. Fahren wir nochmals ins Spital und reden mit Julia über unsere Meinung.»

«Meine Meinung. Oder glaubst du auch, dass sie die Wahrheit sagt?»

«Ich bin unschlüssig. Hast du sie beobachtet, als ich sie mit den Vorwürfen konfrontierte? Von einer Sekunde auf die andere wurde aus der lieben alten Dame eine zornige, eiskalte Frau.»

«Du übertreibst.»

«Ich weiss nicht. Als du sie in die Enge triebst, begann sie zu heulen.»

«Sie ist hin und her gerissen. Mit Sicherheit fühlt sie sich am Gesundheitszustand von Julia mitverantwortlich. Auf der anderen Seite ist es ein harter Job. Sie versucht irgendwie ihre Existenz zu retten und dann kommen wir und stossen ins gleiche Horn wie Minder.»

«Gut. Gehen wir der Sache auf den Grund. Fahren wir zu Julia.»

«Aber zuerst besuchen wir unseren weissen Schwan. Vor dem Mittag wird er doch hoffentlich im Lokal sein.»

Die Fahrt über den Aeschenplatz dauerte eine satte Viertelstunde. Halb Basel schien mit dem Auto unterwegs zu sein. Endlich gehts weiter, Nadine drückte aufs Gaspedal. Der Aeschengraben, die Elisabethenanlage und die Markthalle mit ihrer sensationellen Kuppel flogen nur so vorbei. Ein Meisterwerk der Statik, diese Kuppelkonstruktion, die zum Zeitpunkt der Eröffnung 1929 der drittgrösste Stahlbeton-Kuppelbau der Welt war. Ferrari erinnerte sich an eine Führung vor einigen Jahren, als die Markthalle zum Einkaufszentrum umgebaut worden war. Die Kuppel blieb zum Glück erhalten, denn die Anlage steht unter Denkmalschutz. Wie vermutet, trafen sie Markus Stolz im Restaurant. Er sass vor einem Glas Weisswein.

«Gestern musste ich zu meiner Treuhänderin», begrüsste er sie. «Was kann ich für Sie tun?»

«Uns erklären, was Sie am Mordnachmittag zur ungefähren Tatzeit auf dem Münsterplatz suchten», kam Ferrari ohne Umschweife auf den Punkt.

«Ich war gar nicht dort.»

«Interessant. Sie wurden von einer Zeugin gesehen.»

«Die schwört einen Eid darauf.»

Stolz nahm einen Schluck.

«Auch einen?»

«Nein, danke. Wir warten auf Ihre Antwort.»

«Ich … ich wollte mit Minder sprechen.»

«Nur mit ihm reden?»

«Moment mal! Wenn Sie mir einen Mord anhängen wollen, sage ich kein Wort mehr ohne Anwalt.»

«Versuchen wir es doch zuerst ohne Anwalt.»

«Die Beltramelli hat mich gesehen, nicht wahr? Sie ging mit ihrem Langhaarvieh spazieren.»

«Wenn Sie es schon wissen, warum streiten Sie es ab?»

«Man kanns ja versuchen, Frau Kupfer. Eines will ich klarstellen, ich bin nicht der Mörder. Wie gesagt, ich wollte mit ihm reden, bin dann aber gar nicht reingegangen.»

«Was wollten Sie mit Minder besprechen?»

«Er war kurz davor, uns zu vernichten. Und alles, weil Tom ab und zu die Nerven verliert. Ich wollte ihm einen Deal anbieten. Wir würden Murat zurücknehmen, einen zweiten Lehrling einstellen, und er lässt uns dafür in Ruhe.»

«Ihre Lage ist sowieso nicht gerade rosig.»

«Spionieren Sie mir etwa nach? Leider haben Sie recht, es läuft zurzeit echt schlecht. Aber nicht nur bei uns. Die Leute geben nicht mehr so viel Geld aus. Sie bleiben zu Hause und grillieren im Garten. Heute sind wir wieder einmal ausgebucht dank dem schlechten Wetter. Doch die letzten Monate waren eine einzige Katastrophe. Noch mehr Personal abbauen kann ich nicht, eine Minimalbelegung braucht das Restaurant. So ab Ende Oktober normalisiert es sich erfahrungsgemäss wieder und zur Weihnachtszeit läufts dann saumässig gut. Meine Treuhänderin und ich stellten gestern einen Finanzierungsplan auf. Sie wird mit den Lieferanten reden und ich hoffe, die steigen darauf ein. Wenn ich keine Lieferung mehr erhalte, sind wir erledigt. Auf der anderen Seite sehen sie auch keinen roten Rappen mehr.»

«Sie wollten ja mit Minder sprechen, warum änderten Sie Ihre Meinung?»

«Ich rief ihn am Morgen an. Er hatte aber keine Zeit, weil er die Abdankungsrede für Irina von Tomai nochmals üben musste. Ich solle am Nachmittag einfach bei ihm reinschauen, und zwar vor halb fünf. Danach sei er besetzt. Also bin ich um halb vier los, doch ich war total unschlüssig. Einen zweiten Lehrling hätten wir gar nicht beschäftigen können. Zu wenig Arbeit und noch mehr Lohnkosten pro Monat, zudem wäre der Souschef vollauf mit den Lehrlingen beschäftigt. Das alles ging mir auf dem Weg zu Minder durch den Kopf. Ich wollte gerade den Platz überqueren, als einer unserer Stammkunden das Haus des Pfarrers verliess.»

«Um welche Zeit?»

«Kurz nach vier.»

Ferrari starrte Nadine an.

«Das war für mich so etwas wie ein Zeichen. Ich wollte nicht, dass er mich sieht, und bin umgekehrt. Zudem musste ich mir einen besseren Vorschlag für Minder überlegen.»

«Weshalb erzählten Sie das nicht gleich?»

«Um nicht unter Mordverdacht zu geraten.»

«Ihr Stammgast ist um einiges verdächtiger», stellte Ferrari fest.

«Spinnen Sie? Das ist wohl ein Scherz.»

«Das sage ich Ihnen, wenn Sie uns seinen Namen nennen.»

«Leonardo von Tomai!»

Im Café Templum rührte der Kommissär wie verrückt in seinem Cappuccino herum.

«Du versaust den ganzen Tisch.»

«Glaubst du seine Geschichte?»

«Ja, eigentlich schon. Du nicht?»

«Tote können sich nicht mehr wehren, Leonardo war in Schottland.»

«Stimmt, was für Markus Stolz spricht.»

«Inwiefern?»

«Die ganze Schweizer Presse stellte wilde Vermutungen an, aus welchem Grund Leonardo der Beerdigung fernblieb. Um die Gerüchteküche abzustellen, informierten Audrey und Alexander von Hohenstein an einer Pressekonferenz über den wahren Grund. Jeder wusste, dass Leonardo auf Reisen war. Auch Stolz. Es wäre schön dumm, ihn ins Spiel zu bringen, wenn er ihn nicht auch tatsächlich gesehen hätte. Oder?»

«Hm. Und warum erscheint Leonardo nicht an der Beerdigung, obwohl er in Basel ist?»

«Er wird seine Gründe gehabt haben. Für mich kommt er als Mörder infrage.»

«Das ist jetzt ein Scherz oder? Ein ziemlich geschmackloser übrigens.»

«Es wäre möglich, und vielleicht wurde er danach selbst zum Opfer.»

«Du meinst … jetzt geht aber die Fantasie mit dir durch.»

«Bitte noch einen Cappuccino … nein, lieber einen Whisky mit Eis. Keine Angst, nur einen, um den Schock hinunterzuspülen.»

«Ich glaube Stolz. Wenn Leonardo wirklich in Schottland war, kriegen wir es raus.»

«Gut. Wie sind deine Englischkenntnisse?»

«Perfect!»

«Dann rufen wir unsere Kollegen in Glasgow an. Ich bin gespannt, ob Stolz die Wahrheit sagt.»

«Es wäre extrem dumm von ihm, zu lügen.»

«Weil es dafür nur einen Grund gibt, den Verdacht von sich auf Leonardo zu lenken.»

Die Telefonleitungen nach Schottland liefen heiss. Borers Sekretärin, mit einem US-Amerikaner verheiratet, unterstützte Nadine. Währenddessen tigerte der Staatsanwalt im Zimmer auf und ab.

«Stolz lügt. Es muss einfach so sein. Stellen Sie sich vor, Leonardo war tatsächlich in Basel, aber nicht an der Beerdigung, sondern sozusagen im Untergrund tätig. Aus welchem Grund? Das ergibt alles keinen Sinn. Nun sagen Sie doch etwas dazu, Ferrari!»

«Was soll ich sagen? Mir ist das Ganze vollkommen schleierhaft.»

«Dieser Stolz versucht einzig und allein, von sich abzulenken.»

«So, alles aufgegleist», informierte Nadine. «Unsere schottischen Kollegen nehmen sich der Sache an. Sie forschen nach, ob jemand Leonardo in Inverness, Glasgow oder sonst wo gesehen hat. Zudem überprüfen sie, wo er den Camper gemietet hat. Anina checkt die Fluggesellschaften. Mit der Swiss ist er nicht geflogen, so viel steht schon mal fest. Anina macht ihre Sache sehr gut, Herr Borer. Sie dürfen sie ruhig loben.»

«Wie? Ja, eine hervorragende Kraft. Falls das wirklich stimmt, gibt es einen Megaskandal. Vielleicht war es ja ein Unfall?»

«Bestimmt. Pfarrer Minder ist dummerweise mehrmals gegen das Metallregal gelaufen, bis er tot umkippte.»

«Nur nicht so zynisch, Frau Kupfer. Ich werde schon einmal den Ersten Staatsanwalt und Regierungsrat Schneider über die neusten Entwicklungen orientieren.»

«Ist das nicht etwas voreilig?»

«Ich will mir nicht vorwerfen lassen, etwas verschwiegen zu haben.»

«Warten wir doch ab, bis sich die schottischen Kollegen melden. Dann wissen wir mehr und Sie können immer noch rechtzeitig die Chefs informieren.»

«Gut. Aber orientieren Sie mich unverzüglich. Ich will es nicht erst aus der Presse erfahren.»

«Sie sind wie immer der Erste, der es erfährt.»

«Schön wärs. Doch dieses eine Mal muss es klappen. Ich will mich gegen allfällige Vorwürfe wappnen und mich gut für die Medien vorbereiten. Und greifen Sie ja nicht zu voreiligen Massnahmen. Haben wir uns verstanden, Herrschaften?»

«Sie sind nicht zu überhören, Herr Staatsanwalt.»

Der zweite Besuch bei Julia verlief viel ruhiger als der erste. Das Bett der jungen Nachbarin war leer. «Ihr Vater liess sie in ein anderes Zimmer verlegen. Die Blumen sind auch von ihm und er lässt meinen Vater, also Sie, herzlich grüssen.»

«Vater?»

«Genau. Ich bin jetzt die Tochter eines Kriminalkommissärs», lachte Julia. «Das gefällt mir. Ich brauche nur mit dem Finger zu schnippen und schon bekomme ich alles, was ich mir wünsche. Heute erkundigte sich sogar der Chefarzt nach meinem Befinden.»

«Geniess es, Julia.»

«Keine Sorge, das mache ich.»

«Wir waren bei Frau Gerster … Jetzt mal ganz ehrlich. Stimmt die Geschichte, die du uns erzählt hast, oder war es eine Lüge?»

«Sie stimmt. Ehrenwort. Die Alte ist eine verschlagene Hexe. Den Kunden kriecht sie förmlich in den Arsch und mich macht sie zur Sau. Natürlich nur, wenn wir allein sind. Vor den Kunden spielt sie die fürsorgliche Mutter. Total scheinheilig. Ich sagte ihr mehrmals, dass ich das nicht ertrage. Hat nichts genützt, die ist einfach so. Die besteht nur aus Show und Hinterhältigkeit.»

«Dein Ersatzvater ist anderer Meinung. Er glaubt ihr.»

«Halt! Ich glaube nur, dass sie keine Show abzieht.»

«Dann bin ich in Ihren Augen die Lügnerin.»

«Das … Nein … Also ehrlich, ich weiss nicht mehr, was ich glauben soll.»

«Wenn Minder noch leben würde, könntet ihr ihn fragen. Er glaubte mir nämlich auch nicht. Deshalb liess er durch Patrick einen Blumenstrauss kaufen. Sie tippte den Betrag nicht ein, sondern legte das Geld einfach so in die Schublade.»

«Quod erat demonstrandum.»

Nadine grinste über das ganze Gesicht.

«Nur nicht so überheblich, werte Kollegin. Gut, ich gebs zu. Die liebe Frau Gester hat mir was vorgemacht. Eins zu null für die Floristin. Damit kommt sie aber nicht durch. Wir hetzen ihr die Steuerfahndung auf den Hals.»

«Hat Lucie Gerster Verwandte, Bekannte, Freunde oder einen Lebenspartner?»

«Die doch nicht, Nadine. Zweimal wurde sie von jemandem abgeholt. Ich fragte, ob das ein Verehrer sei? Sie winkte ab. Es sei nur etwas Geschäftliches.»

«Wie sah der Mann aus?»

«Etwas älter als Herr Ferrari und etwas dicklicher. Tut mir leid, so genau habe ich ihn mir nicht angeschaut. Sie gingen zusammen essen, zumindest erzählte sie mir das. Aber aus dem Geschäft ist nichts geworden.»

«Woher weisst du das?»

«Nach dem zweiten Date rief er nochmals an. Sie erklärte ihm deutlich, dass sie kein Interesse habe. ‹Schaumschläger. Auf den falle ich bestimmt nicht herein›, das sagte sie wörtlich.»

«Vielleicht einer, der ihr das Haus abluchsen wollte, ein Heiratsschwindler oder einer mit einem todsicheren Geschäft. Wann kannst du nach Hause?»

«Heute gegen Abend. In einer Stunde gibts noch eine Abschlussuntersuchung. Dann lassen sie mich laufen. Philipp holt mich ab. Sie hätten gleich am ersten Tag kommen sollen. Dann wäre das hier das Paradies für mich geworden. Noch was, Herr Ferrari. Ich lüge nicht. Ich bin manchmal zwar etwas schwierig, aufmüpfig und stur, aber ich lüge nie.»

Langsam trafen die ersten Informationen aus Schottland ein. Leonardo war vor drei Wochen mit Easyjet nach Glasgow geflogen und mietete vor Ort einen Camper. Danach verlor sich seine Spur, offenbar campierte er wild. Am Mittwoch war er in Inverness. Nachdem er aber mit Audrey telefoniert hatte, fuhr er zurück nach Glasgow und schlief in einem Hotel beim Flugplatz. Am Donnerstag flog er mit dem ersten Flug zurück in die Schweiz.

«Damit ist die Sache vom Tisch, Herrschaften. Soll ich einen Haftbefehl für Markus Stolz erlassen?»

«Ich weiss nicht. Leonardo könnte auch auf einem anderen Weg nach Basel und wieder zurück nach Schottland gereist sein.»

«Sie spinnen, Ferrari. Ihre krankhafte Fantasie geht wieder einmal mit Ihnen durch. Wenn ich nur an all die anderen Fälle denke … Immer auf der falschen Spur und zum Schluss mit reinem Glück den Fall doch noch gelöst.»

«Also, ich muss schon bitten.»

«Soll ich sie Ihnen einzeln aufzählen?»

«Danke, nicht nötig.»

«Was verbindet Leonardo mit Minder?»

«Fangen Sie jetzt auch noch damit an, Frau Kupfer? Ich will davon nichts mehr hören. Was ist jetzt, soll ich einen Haftbefehl für Stolz ausstellen? Ja oder nein?»

«Stellen Sie ihn aus.»

«Endlich einmal erhalte ich eine vernünftige Antwort von Ihnen. Sie kriegen den Haftbefehl in einer Stunde. Man sieht sich, Herrschaften.»

«Ich sehe keine Verbindung zwischen Leonardo und Minder.»

«Ich auch nicht, aber warum sollte uns Stolz belügen? Das ergibt einfach keinen Sinn.»

«Wohin gehst du?»

«Wir fahren zu Olivia», schlug der Kommissär vor. «Audrey kennt ihren Bruder besser als wir. Vielleicht weiss sie, was die beiden verbunden hat.»

«Unter der Voraussetzung, dass Leonardo in Basel war. Und das steht noch lange nicht fest.»

Die Vischer-Villa lag unter einer dicken Gewitterwolke. Genauso fühle ich mich. Über uns zieht eine schwarze, unberechenbare Wolke auf, und zwar in Gestalt von Leonardo, dem potenziellen Mörder von Pfarrer Minder! Ein schrecklicher Gedanke. Abwegig und doch, oft nahmen unsere Fälle eine unerwartete Wendung.

«Falls eine Verbindung zwischen den beiden besteht, tippe ich auf Erpressung. Das war Minders Spezialität.»

«Du findest die Theorie also auch nicht ganz aus der Luft gegriffen?», fragte Nadine.

«Jein. Ich will zuerst hören, was Audrey dazu meint. Dann mache ich mir ein Bild.»

Audrey wusste nichts von einer Beziehung zwischen Leonardo und Minder. Ganz im Gegenteil. Sie war überzeugt, dass sich die beiden gar nicht kannten. Der Kontakt lief über Alexander von Hohenstein, der den Pfarrer für die Abdankungsfeier vorgeschlagen hatte. Na prima, ein Schlag ins Wasser. Als Ferrari mit der Information herausrückte, dass Stolz Leonardo zur Tatzeit aus dem Haus des Pfarrers hatte kommen sehen, krümmte sich Olivia vor Lachen.

«Und du glaubst Markus wirklich? Diese Schnapsnase sieht doch überall Gespenster.»

«Wir müssen allen Hinweisen nachgehen.»

«Ja, klar. Der ist so was von hinüber.»

«Woher weisst du das?»

«Das Haus gehört Agnes. Er bezahlt seit sechs Monaten keine Miete mehr.»

«Wenn ich es richtig verstehe, versucht dieser Stolz, meinem Bruder einen Mord anzuhängen?»

«Nein, das behauptet er nicht. Er sagt lediglich, er habe Leonardo zur Tatzeit aus dem Haus von Pfarrer Minder kommen sehen.»

«Aber mein Bruder war doch in Schottland. Das lässt sich bestimmt abklären.»

«Mach dir keine Sorgen, da sind wir dran. Unsere Recherchen bestätigen bisher deine Annahme. Leonardo war zur Tatzeit in Schottland, nämlich auf der Rückreise aus den Highlands nach Inverness. Wir wollten nur von dir hören, ob es eine Verbindung zu Minder gibt.»

«Wie gesagt, der war nie ein Thema bei uns. Wir sind alle nicht besonders religiös und mein Bruder schon gar nicht.»

«Wars das?», erkundigte sich Olivia. «Wir wollten noch kurz zu Audrey fahren, um ein paar Sachen einzupacken. Sie bleibt einige Tage hier. Von mir aus kann sie auch bei mir einziehen.»

«Wir sind schon weg. Ihr stellt keine Lehrlinge ein, oder?»

«Nein, warum?»

«Och, nur so. Und du willst nicht zufälligerweise ein Haus kaufen?»

«Immer. Wo?»

«In Kleinhüningen, in der Leuengasse.»

«Keine Ahnung, wo das ist. Wem gehört das Haus?»

«Das weiss ich nicht.»

«Steht es denn zum Verkauf?»

«Das müsste man abklären. Der Eigentümer ist bestimmt nicht glücklich über die Liegenschaft.»

«Aha. Und der Grund?»

«Die Jugendlichen von Pfarrer Minder wohnen dort.»

«Spinnst du? Du willst mir ernsthaft einen Schuppen voller Kids unterjubeln? Die kriege ich dort ja nie raus.»

«Das sollst du auch nicht.»

«Ach so. Jetzt verstehe ich. Ich soll meine Kohle investieren und den Kids das Haus überlassen. Mutter Teresa lässt grüssen. Vergiss es.»

«Falls du dir das Haus trotzdem einmal anschauen und die Jugendlichen kennenlernen willst, gib mir Bescheid.»

Olivia schob den Kommissär zur Tür.

«Raus mit dir und such dir eine andere Dumme!»

«Das war wohl nix.»

«Ein erster Versuch, aber ich lass nicht locker. Steter Tropfen höhlt bekanntlich den Stein. Sie soll ruhig mit ihren Milliarden etwas für die Jugendlichen tun. Sonst klopfe ich bei Ines an oder bei Olivias Schwestern.»

«Gute Taktik. Die können dir nichts abschlagen. Ich glaube, wir vergessen das mit Leonardo schnell wieder. Stolz will uns auf eine falsche Fährte führen.»

«Was ihm beinahe gelungen ist. Wie überführen wir Stolz?»

«Wenn ich das wüsste.»

«Wo ist eigentlich der Hauptsitz des Fitnesskonzerns?»

«Auf dem Wolf. Wieso?»

«Wir sollten uns mit Alexander von Hohenstein unterhalten. Er ist das Bindeglied zwischen der Familie und dem Pfarrer.»

Vom Bruderholz zum Fitness- und Aerobickonzern war es ein Klaks. Die ersten Mitarbeiter waren bereits auf den Weg ins Wochenende. Nicht so die Kunden. Der Trainingsbereich auf den unteren zwei Stockwerken war gut besucht. Jung und Alt schwitzte im Akkord. Trainieren ist voll im Trend. Hm. Vielleicht sollte ich mir auch ein Abo leisten. Verstohlen blickte der Kommissär auf seinen Bauch. Schaden würde es definitiv nicht. Die Büros befanden sich auf der dritten und vierten Etage. Am Empfang sass eine junge, sportliche Frau mit einem geschätzten BMI von zweiundzwanzig.

«Sie haben Glück», flötete sie. «Herr von Hohenstein ist gerade mit einer Sitzung fertig. Er erwartet Sie im Büro eins.»

«Bitte, nehmen Sie Platz. Ihr Besucht freut mich», begrüsste sie Alexander von Hohenstein.

«Vielen Dank. Sie haben ein sehr schönes Büro mit einer fantastischen Aussicht.»

«Ja, das stimmt. Leider blieb bei Olivia keine Zeit, um sich näher kennenzulernen.»

«Sprachen Sie und Olivia nochmals miteinander?»

Der ältere Herr im eleganten Zweireiher lächelte.

«Nach einer unerwarteten Abkühlung und auf sanften Druck von Ihnen, Herr Kommissär. Olivia entschuldigte sich für ihr Benehmen. Halbherzig. Eine ehrliche Entschuldigung klingt anders. Wie auch immer, Sie kommen bestimmt wegen Leonardo. Eine sehr tragische Geschichte.»

«Eigentlich mehr wegen Pfarrer Minder.»

«Eine schreckliche Zeit. Man ist sich seines Lebens nicht mehr sicher. Jeden Tag hört man von Überfallen auf Tankstellen und Schmuckläden, gestern sogar von einem Raub in einer chemischen Reinigung. Daran ist unsere Regierung mit ihrer verfehlten Ausländerpolitik schuld. Schauen Sie mich nicht so an, Frau Kupfer. Ich bin kein Rechtsradikaler, aber ich mache mir ernsthafte Sorgen um die Zukunft unseres Landes. Sollte es in diesem Tempo weitergehen, werden Ihre Kinder im eigenen Land nicht mehr viel zu sagen haben.»

«Zum Kinderkriegen braucht es zwei, doch das ist ein anderes Thema. Wie standen Sie zu Roman Minder?»

«Ein hervorragender Geistlicher und ein extremer Sektierer, immer darauf bedacht, seinen Willen durchzuboxen. Ich kenne ihn seit vierzehn Jahren. Er hielt die Abdankungsrede meiner geliebten Frau. Sie starb an Krebs und hinterliess einen im Alltag unbeholfenen, alten Mann. Es dauerte ein Jahr, bis ich mich organisiert hatte. Inzwischen geht es, aber ich schweife ab. Ich war Mitbegründer des Vereins Erwachsene gegen die Jugendarbeitslosigkeit und im Vorstand. Vor drei Jahren legte ich mein Amt nieder.»

«Aus welchem Grund?»

«Weil mir die Ausrichtung beziehungsweise der Führungsstil von Roman Minder missfiel.»

«Diktatorisch und erpresserisch.»

«Etwas hart formuliert.»

«Trotzdem baten sie ihn, die Abdankungsfeier für Irina von Tomai zu halten?»

«Da ich ihn kenne und er wie erwähnt bei der Beerdigung meiner Frau sprach, war es naheliegend. Letztlich glaube ich, die richtige Entscheidung getroffen zu haben. Seine Predigt war sehr eindrücklich.»

«Kannten sich Minder, Audrey und Leonardo?»

«Nein, ich denke nicht. Audrey fragte mich noch, warum meine Wahl auf Roman Minder fiel, und Leonardo war ja bekanntlich in Schottland.»

«Was könnte das Mordmotiv sein?»

«Nach meinem Rücktritt aus dem Vorstand verloren wir uns etwas aus den Augen. Doch wenn nur die Hälfte von dem stimmt, was meine Rotarier-Kollegen über ihn berichten, gibt es einige Personen, die eine offene Rechnung mit ihm hatten.»

«Weil er alle erpresste?»

«Natürlich längst nicht alle. Eine solch grosse Nummer war er nun auch wieder nicht. Allerdings verlor er mit seinem sektiererischen Gebaren jeglichen Realitätssinn.»

«Was geschieht nun mit der Firma?»

«Sie meinen, weil Leonardo tot ist, Frau Kupfer? Es gibt meiner Meinung nach zwei Varianten – Audrey übernimmt die Geschäftsführung oder die Firma wird verkauft.»

«Dann wird aus der Übernahme von Manser nichts.»

«Ich … Nein, das erübrigt sich wohl. Ich tippe darauf, dass Audrey lieber ihrem Designerjob nachgeht. Von Tomai steht zum Verkauf, würde ich sagen.»

«Was ist mit Ihnen? Wollen Sie den Konzern nicht übernehmen?»

«Mit meinen zweiundsiebzig Jahren bin ich zu alt und ich habe leider keine Nachkommen, Herr Kommissär. Zum Glück muss Irina das alles nicht miterleben.»

«Und wenn Audrey die Geschäftsführung übernimmt?»

Er zögerte einen Augenblick.

«Das ist nicht ihr Metier. Ich würde ihr davon abraten, zu ihrem eigenen Wohl. Sie würde nicht glücklich.»

«Wie viele Mitarbeiter beschäftigen Sie?»

«Knapp zweitausend. In Europa gibt es über einhundert Fitnesszentren. Möchten Sie sich dieses hier anschauen?»

«Sehr gern.»

Nach einer halben Stunde kehrten sie zurück ins Büro. Ein imposantes Fitnesszentrum mit allem, was das Sportlerherz begeht: Kraftraum und Fitnessbereich, Wellness mit Sauna, Dampfbad sowie Solarium, Pool und Ruhezone. Selbstverständlich.

«Die Fitnessoasen sind überall gleich aufgebaut. Wenn Sie Mitglied sind, können Sie in jedem trainieren. Das ist vor allem für Geschäftsleute interessant, die viel unterwegs sind. Wir bieten auch Firmenabonnements an, die sind sehr beliebt. Irina baute ein einzigartiges Imperium auf.»

Der Kommissär steckte einen Prospekt ein. Das wäre wirklich etwas. Mit dem Zehner ab Heuwaage brauche ich nur fünfzehn Minuten. Ich könnte also auf dem Heimweg noch schnell eine Stunde fitten, duschen und in einer weiteren Viertelstunde bin ich zu Hause. Hm. Das überlege ich mir.

«Weshalb wollten Sie unbedingt wissen, wie die Anteile verteilt sind?», hörte er Nadine fragen.

«Aus reiner Neugier. Wäre ich zwanzig Jahre jünger, würde ich um das Erbe von Irina kämpfen. Wir schufen es zusammen. Während Irina immer die Galionsfigur war, arbeitete ich im Hintergrund und, das darf ich von mir behaupten, trug genauso zum Erfolg bei. Mit Leonardos Einstieg veränderte sich einiges. Junge Menschen bringen neue Ideen ein.»

«Das ist doch positiv.»

«Vorausgesetzt, die Ideen bleiben keine Luftblasen, sondern werden auch umgesetzt.»

«Wie dachte Frau von Tomai darüber?»

«Sie glaubte an Leonardo.»

«Und Sie?»

«Ist das jetzt noch von Bedeutung? Irina und Leonardo sind tot, Audrey ist unfähig, den Konzern zu leiten, und ich bin zu alt. In den vergangenen Jahren häuften sich unsere Fehler. Es kam zu mehreren Fehleinschätzungen in einem sich stark verändernden Geschäftsumfeld. Entweder wir übernehmen Manser oder wir werden selbst geschluckt. Audrey muss nun entscheiden, wie es weitergehen soll. Ich werde mich da nicht einmischen. Vermutlich würde sie auch gar nicht auf mich hören. Sie hat in Olivia Vischer eine

Einflüsterin, die gar nichts von mir hält. Heute Abend nach der Testamentseröffnung wissen wir mehr.»

«Heute Abend?»

«Ja. Audrey wollte es so. Sie möchte wissen, wie die Anteile verteilt sind. Dagegen ist nichts einzuwenden. Vermutlich steckt Olivia dahinter.»

Er sprach den Namen wie ein Schimpfwort aus.

«Ein frustrierter, alter Mann.»

«Er betrachtet den Konzern als sein Werk, Nadine. Immerhin hat er viel dafür geleistet.»

«Deshalb auch die Frage nach dem Testament. Er hofft bestimmt, dass Irina ihm was vermacht.»

«Nach Einschätzung von Christian Tanner wird er höchstens einen kleinen Anteil erhalten.»

«Wie gut kennst du Audrey?»

«Ich bin ihr einige Male begegnet. Sie ist der kreative Kopf ihrer Firma und ihre Kleider kommen gut an. So viel ich weiss, gibts einen kaufmännischen Leiter.»

«Dann schluckt Manser von Tomai. Immer noch besser als ein langsames Sterben. He … hörst du mir überhaupt zu?»

«Ich … Irgendetwas ist mir schräg eingefahren, aber ich komme nicht drauf. Alexander von Hohenstein sagte etwas, was mich aufhorchen liess. Bloss was?»

«Ja, das Alter. Du musst dein Gehirn mehr trainieren und etwas Bauchtraining schadet auch nicht.»

«Beides zusammen ist zu anstrengend. Ich nehme jetzt zuerst einmal zehn Kilo ab.»

«Mit der Francesco-Ferrari-Methode.»

«Du wirst staunen. Ich halte mich ab sofort an meine Kalorientabelle. Wohin fahren wir?»

«Zu dir. Monika hat Yvo und mich zum Essen eingeladen. Saltimbocca mit Reis und zur Nachspeise Tiramisu. Dazu Champagner und Rotwein aus Francescos Weinkeller. Ganz leichte Kost, optimal für deine Diät.»

«Hm!»

5. Kapitel

Aus Schottland trafen neue Informationen ein. Leonardo hatte vor zwei Wochen in einer kleinen Ortschaft in den Highlands eine Panne. Der Garagist konnte sich sehr gut an den Mann mit dem ausländischen Dialekt erinnern, der in seinem Camper auf dem Vorplatz der Garage übernachtete, weil die Reparatur zwei Tage in Anspruch nahm. Und einige Tage später erhielt Leonardo eine Busse in Ullapool – wo ist denn das? – und zahlte diese am Dienstag, dem Tag des Mordes, in Inverness ein. Interessant. Die Kollegen machen ihre Sache gut.

«Hast du das gelesen?»

«Guten Morgen, Nadine. Ja, habe ich. Somit können wir Leonardo von unserer Liste der Verdächtigen streichen.»

«Stand er wirklich drauf?»

«Nein, es gibt überhaupt kein Motiv. Wahrscheinlich kannte er den Pfarrer nicht einmal.»

«Aber was soll das Märchen von Stolz?»

«Vermutlich fühlte er sich in die Enge getrieben und wusste sich nur so zu helfen. Wir lassen ihn von Big Georg abholen und unterhalten uns hier im Kommissariat.»

Eine Stunde später kamen die Beamten unverrichteter Dinge zurück. Stolz war weder zu Hause noch im Restaurant und niemand wusste, wo er sich im Moment aufhielt.

«Ich lasse sofort eine Fahndung raus», informierte Nadine. «Irgendwo muss er ja sein … Erledigt. Dann wollen wir mal.»

«Wohin?»

«Schon vergessen? Gestern Abend wurde das Geheimnis um das Testament gelüftet. Wir trinken deshalb unseren Morgenkaffee bei Olivia. Dazu gibts hervorragende Croissants.»

«Für mich nicht. Die haben zweihundert oder mehr Kalorien pro Stück.»

Sprachs und verschlang im Hause Vischer innerhalb von fünf Minuten drei Gipfeli, während der Kommissär über seine todsichere Diät referierte. So viel zum Thema Disziplin und Konsequenz.

«Wo ist Audrey?»

«Oben in ihrem Zimmer, sie bleibt für einige Wochen bei mir.»

«Spann uns nicht länger auf die Folter. Wem gehört die Firma jetzt?»

«Möchtest du noch ein Croissant?»

«Nein, danke. Nur noch einen Kaffee, bitte.»

«Du warst schon immer mein Vorbild, Francesco.»

«Wie meinst du das?»

«Ich bewundere deine Selbstdisziplin.»

«Was kann denn ich dafür, dass du mit einer halben Bäckerei auffährst. Manchmal ist es…»

«Sprich es nur aus, mein Schatz.»

«Vor einigen Jahren wollte ich schon mal abnehmen und komischerweise standen dann überall irgendwelche Torten herum. Bei dir, bei deinen Schwestern und bei Monika. Nadine übernahm meine Fütterung im Büro, als wäre ich ein Masthuhn. Und jetzt fängts schon wieder so an. Seit ihr von meinen Diätplänen wisst, stopft ihr mich. ‹Francesco, möchtest du noch ein Croissant? Francesco nimm doch noch ein Stück›», äffte er Olivia nach.

«Du kannst ja Nein sagen.»

«Ja, klar. Das ist so was von einfach. Manchmal glaube ich, ihr macht das absichtlich.»

«Du siehst Gespenster. So, hier ist dein Kaffee. Übrigens, die Croissants mit Schokolade sind super.»

«Also gut, ich nehm noch eins. Dann ist Schluss.»

«Weisst du, wie es gestern ausgegangen ist?», fragte Nadine.

«Sicher. Vierzig Prozent für Leonardo, vierzig für Audrey, zwanzig für Alex. Da Leonardo anscheinend kein Testament hinterlässt, gehen seine vierzig Prozent an Audrey.»

«Und was geschieht mit der Firma?»

«Audrey schwankt. Einerseits will sie sie nicht, andererseits wäre es pietätlos, sie jetzt zu verkaufen, meint sie. Was ich für Unsinn halte.»

«Du würdest abkassieren.»

«Schluck zuerst einmal dein zehntes Croissant runter, bevor du mit den Erwachsenen sprichst, Francesco. Und wag es ja nicht, deine Schokohände an meinem Sofa abzuwischen. Hier, nimm die Serviette … Ich würde das Ding dem Meistbietenden verkaufen. Wir treffen uns heute Abend mit dem Treuhänder, der von Tomai und Manser zusammenbringen soll.»

«Wird Alexander von Hohenstein auch anwesend sein?»

«Trau, schau, wem!»

«Du misstraust ihm.»

«Exakt. Der ist mir eine Spur zu gierig. Seit Jahren wartet er wie eine Spinne im Netz, Irina die Mehrheit abzuschnorren. Nach der Testamentseröffnung bot er Audrey an, die Firma zu übernehmen.»

«Wirklich? Uns erzählte er, er sei dafür zu alt.»

«Wundert mich nicht, Nadine. Altersgeiz und Altersgier, das ist eine verheerende Kombination. Audrey und ich sind anschliessend noch mit Christian im Roots essen gegangen.»

«Nicht schlecht.»

«Man gönnt sich ja sonst nichts. Höchstens zehn Croissants.»

«Haha.»

«Das war interessant, Christian erzählte nämlich, Leonardo habe ihn vor seiner Abreise nach Schottland nach einem Treuhänder gefragt. Die Kanzlei besteht ja aus mehreren Leuten. Anscheinend wollte er die

Firma bewerten lassen. Christian fragte ihn, ob er verkaufen möchte, was Leonardo verneinte. Nun vermutet er, dass die Übernahme von Manser durch von Tomai ein zu grosser Brocken sei und dass sie entweder über einen Börsengang oder über den Austausch von Aktien finanziert werden sollte.»

«Von welchen Summen sprechen wir da?»

«Peanuts. Zwischen fünfzig und hundert Millionen vielleicht.»

Ferrari verschluckte sich beim Kaffeetrinken.

«Was ist denn jetzt schon wieder?»

«Pe … Peanuts! Du … du bist schon weltfremd.»

«Nicht jeder kann ein kleiner Krauter sein wie du. Wasser?»

Der Kommissär hielt wortlos sein Glas hin.

«Also … wenn fünfzig Kisten Peanuts sind, kannst du auch die Hütte in Kleinhüningen kaufen.»

«Und einen Sack Flöhe dazu.»

«Die Kids sind in Ordnung. Du schlägst zwei Fliegen auf einen Streich. Du erweiterst dein Imperium und tust erst noch etwas Gutes.»

«Die barmherzige Olivia. Klingt nicht schlecht. Schauen wir uns den Kasten doch gleich mal an.»

«Jetzt?»

«Was passt dir denn daran wieder nicht?»

«Heute ist Samstag.»

«Und morgen Sonntag und dann kommt der Montag. Wir treffen uns in einer halben Stunde vor Ort. Gibst du mir nochmals die Adresse, Nadine?»

Der Kommissär sass grübelnd im Porsche. Mir ist übel und ich bin wütend. Auf mich selbst. Was bringt ein Diätplan, wenn ich mich nicht daranhalte? Eben, absolut gar nichts. Gestern Abend hätte man mich ins Bett rollen können. Es gab mein Lieblingsgericht, inklusive Dessert, dazu einen sensationellen Rotwein von Yvo und schon wars um mich geschehen. Und jetzt verdrückte ich vier Croissants, eines mit Schokolade. Das macht unter dem Strich tausend Kalorien, vielleicht sogar tausendzweihundert mit der Schokolade. Den Rest des Tages halte ich mich total zurück.

«Du brauchst gar nicht so zu lachen!»

Anscheinend platzten sie genau in eine morgendliche Krisensitzung hinein.

«Der will uns hinauswerfen!» Philipp drückte Nadine ein Schreiben in die Hand. «Ende Jahr müssen wir raus.»

«Von einer Immobilienfirma, die neu die Verwaltung des Hauses übernimmt. Fein, fein. Der Eigentümer macht sich die Hände nicht schmutzig.»

«Freiwillig gehen wir aber nicht!», polterte Röbi, was mit einem Zustimmungsgeschrei quittiert wurde. «Wir werden das Haus besetzen.»

Genau in diesem Moment fuhr Olivia mit ihrem Lamborghini vor.

«Wow! Was für ein Schlitten. Schaut euch den an, ein Lamborghini … Hey! Die kommt zu uns. Wer ist das?»

Bevor Ferrari antworten konnte, setzte sich Olivia an den Tisch.

«Krisensitzung?»

Nadine reichte ihr das Schreiben.

«Immolehner. Die kenne ich.»

«Möchten Sie auch einen Kaffee?», fragte Julia.

«Ja, sehr gern. Bist du Julia?»

«Ja, kennen Sie mich?»

«Freut mich, ich bin Olivia. Nadine hat mir von dir erzählt. Gehts dir besser?»

«Ich bin froh, dass ich wieder bei meinen Freunden bin. Aber ich muss mir bald einen Job suchen, das wird nicht einfach.»

«Zeigst du mir das Haus?»

«Wenn Sie möchten.»

Philipp und seine Kollegen sahen Ferrari fragend an.

«Das ist Olivia Vischer.»

«Die Vischer? Die habe ich mir ganz anders vorgestellt. Der gehört doch die halbe Stadt.»

«Das kann man so sagen.»

Nach ein paar Minuten kehrten die beiden zurück und Olivia setzte sich mitten unter die jungen Menschen, wollte wissen, wie das Ganze organisiert sei und was jeder für eine Aufgabe habe. Nadine und Ferrari hörten fasziniert zu. Eine ganz andere Olivia. Feinfühlig und ganz und gar nicht mehr die oberflächliche Milliardärin, die sie gerne zur Schau stellte. Als Julia die Musik leiser drehen wollte, winkte Olivia nur ab.

«Lass es so. Emilie Sandé ist eine meiner Lieblingssängerinnen.»

Gegen Mittag erhob sich Olivia und steckte den Brief der Verwaltung ein.

«Was sollen wir unternehmen, Frau Vischer?»

«Einfach so weitermachen wie bisher und vor allem Ruhe bewahren. Ihr habt noch Zeit, es sind ja über drei Monate bis Ende Jahr.»

«Können Sie etwas für uns tun?»

«Ich werde mich mit dem Besitzer unterhalten.»

«Das ist Zeitverschwendung.»

«Etwas mehr Geduld ist angesagt. Ich kümmere mich darum.»

Julia und die vier Ältesten der Wohngemeinschaft begleiteten sie nach draussen.

«Hier, Philipp», Olivia drückte ihm ihre Visitenkarte in die Hand. «Falls sich jemand von der Verwaltung meldet, verweist ihn an mich. Julia, komm am Montag zu mir aufs Bruderholz. Ich möchte mich mit dir unterhalten.» Olivia küsste den Kommissär zum Abschied auf beide Wangen. «Ich muss mich korrigieren, Francesco. Das ist etwas für mich. Ciao, Nadine.»

«Meinen Sie, dass sie etwas bewirken kann? Und warum soll ich am Montag zu ihr gehen?»

«Vermutlich, weil sie dir einen Job besorgen wird.»

«Echt? Im Ernst?»

«Ich glaube schon, oder Nadine?»

«Da bin ich mir ganz sicher.»

«Die hilft uns bestimmt nicht», meldete sich Johnny zu Wort.

Philipp wischte die Bemerkung mit einer Handbewegung weg.

«Ich vertraue ihr.»

«Das könnt ihr auch. Olivia macht keine halben Sachen. Ein guter Rat: Haltet euch zurück. Erledigt einfach eure Jobs und du, Julia, bist am Montag pünktlich bei Olivia.»

«Ich war noch nie auf dem Bruderholz.»

«Ich fahr dich mit dem Motorrad hin. Am Montag habe ich die Mittelschicht», bot sich Philipp an.

«Besitzt keiner von euch einen Wagen?»

«Johnny hat einen alten Ford. Wieso?»

«Der Rücksitz eines Motorrads ist nicht gerade das Richtige in deinem Gesundheitszustand.»

«Ich packe mich einfach gut ein, wie gestern.»

«Hast du sie im Spital abgeholt?», wandte sich Nadine an Philipp.

«Klaro und der Alten in der Dalbe die privaten Sachen ausgerissen. Ging sogar ohne Stress.»

«Sie war auf dem Sprung mit dem Typen, von dem ich euch erzählt habe. Philipp kennt ihn.»

«Bei dem war Murat in der Lehre.»

Nadines Handy jodelte und liess den Kommissär zusammenzuckten.

«Herrgott noch mal! Kannst du keinen normalen Klingelton verwenden? Das nervt.»

«Mir gefällts. Nimmst du bitte den Anruf entgegen?»

«Ja? … Nein, Georg. Sie fährt. Du musst mit mir vorlieb nehmen … Gut, wir sind auf dem Weg. Ciao … Stolz ist aufgetaucht. Er wartet auf uns im Kommissariat.»

Markus Stolz sass vor einem Becher Kaffee im Verhörraum. Ferrari bat ihn zu sich ins Büro, da würde es sich angenehmer reden lassen.

«Am Mittag von uniformierten Beamten abgeholt zu werden, ist genau das, was ich brauchen kann. Ist bestimmt gut fürs Geschäft.»

«Wir konnten Sie weder zu Hause noch im Restaurant erreichen.»

«Ich besuchte meine Mutter im Adullam. Das ist doch wohl noch erlaubt, oder?»

«Keine Frage.»

«Was wollen Sie von mir?»

«Hören, weshalb Sie uns belügen?»

Er sah den Kommissär irritiert an.

«Ich meine, das Märchen von Leonardo von Tomai, der aus dem Haus von Roman Minder kam.»

«Das ist die Wahrheit. Ich schwörs.»

«Hier, schauen Sie sich unsere Recherchen an.» Ferrari breitete die verschiedenen Meldungen der schottischen Polizei vor ihm aus.

«Vor allem die Einzahlung der Busse sollten Sie sich genau ansehen. Die erfolgte am Dienstag in Inverness, zeitgleich mit Ihrer angeblichen Begegnung.»

Stolz sass nachdenklich vor den Notizen.

«Welches Märchen kommt jetzt?»

«Ich … ich bleibe dabei. Es war Leonardo.»

«Das bringt doch nichts, Herr Stolz. So kommen wir nicht weiter. Die Fakten sind eindeutig.»

«Ich bin nicht gaga, Frau Kupfer. Es war Leonardo oder sein Doppelgänger.»

«Gut. Lassen wir das. Was verbindet Sie und Lucie Gerster?»

«Spionieren Sie mir nach?»

«Nein, keine Sorge. Wir erfuhren durch Zufall davon.»

«Ich holte sie gestern zu einer Sitzung des Gewerbevereins ab. Wir kennen uns schon lange.»

«Sie trafen Sie aber nicht nur gestern.»

«Kompliment, Sie verfügen über einen ausgezeichneten Spionagedienst. Wir gehen ab und zu aus. Nicht mehr und nicht weniger.»

«Unterhielten Sie sich dabei auch über die Lehrlinge und über Minder?»

«Klar. Ist das ein Verbrechen? Sie hatte mit ihrer Lehrtochter, dieser kleinen Schnepfe, den gleichen Ärger wie wir mit Murat.»

«Und Lucie Gerster war Minder genauso lästig wie Ihnen.»

«Ich weiss, worauf Sie hinauswollen. Das wird nichts. Ich lasse mir keinen Mord anhängen und auch keine Komplizenschaft mit Lucie. Sie sind vollkommen auf dem Holzweg. Sperren Sie mich nur ein, darauf kommt es nicht mehr an. Mit Ihrer Aktion heute versetzen Sie uns den Todesstoss. Ich sehe die Schlagzeilen morgen in den Sonntagszeitungen schon vor mir: ‹Stolz vom Weissen Schwan verhaftet›. Wie sich alles innerhalb einer Woche verändern kann … Verdammte Scheisse.»

«Wie meinen Sie das?»

«Ich war ganz nah dran, meine finanziellen Probleme zu lösen.»

«Und wie? Über einen Kredit?»

«Jetzt kommts sowieso nicht mehr darauf an … Ich hatte zwei heisse Eisen im Feuer. Eines war Lucie, sie wollte bei mir einsteigen.»

«Und wie wollte sie das Geld auftreiben?»

«Exakt die gleiche Frage stellte ich ihr auch. Das solle ich schön ihr überlassen, meinte sie leicht eingeschnappt. Sie habe noch den einen oder anderen Franken auf der hohen Kante liegen. Aber sie wollte partout die Mehrheit und das kommt für mich nicht infrage.»

«Von welchen Summen ist die Rede?»

«Ich brauche rund eine Million, um aus dem Schlamassel zu kommen.»

«Ein schönes Sümmchen.»

«Und das zweite heisse Eisen?»

«Alexander von Hohenstein, der Partner von Leonardo. Wir waren uns einig, doch letzte Woche zog er sich plötzlich zurück.»

«Auch eine Million?»

«Da gings um mehr. Er wollte ganz gross einsteigen, mit Tom und mir in mehreren Städten weitere Restaurants eröffnen. Das wäre unser Durchbruch gewesen.»

«Das kostet eine Menge Geld.»

«Allerdings. Er wollte acht bis zehn Millionen investieren.»

«Warum stieg er aus?»

«Keine Ahnung. Am besten, Sie fragen ihn selbst.»

«Wann genau zog er sich zurück?»

«Nach der Beerding von Irina. Was ist jetzt? Bin ich verhaftet?»

Nadine blickte fragend zum Kommissär.

«Sie können gehen.»

Der Kommissär liess die eben geführte Unterhaltung Revue passieren.

«Das ergibt alles keinen Sinn, Nadine. Weshalb verharrt er auf seinem Standpunkt? Hier liegen die Fakten auf dem Tisch und trotzdem behauptet er, Leonardo gesehen zu haben.»

«Weil ihm nichts Besseres einfällt. Immerhin können wir jetzt Julia glauben, die Gerster ist nicht arm. Ich verstehe bloss nicht, warum von Hohenstein zuerst investieren will und dann plötzlich nicht mehr.»

«Weil Irina unerwartet stirbt. Vermutlich besitzt er einige Millionen und nach ihrem Tod will er abwarten, wie sich die Machtverhältnisse entwickeln, oder vielleicht sogar die Firma übernehmen.»

«Möglich. Brauchst du mich noch?»

«Morgen ist auch noch ein Tag. Hast du ein Date?»

«Date und anschliessend kommt die Nacht der Nächte!»

Ferrari schlenderte durch die Steinenvorstadt zum Barfi und wartete beim McDonald's auf den Dreier. Wir stecken in einer Sackgasse. Es gibt zwar mehrere Personen, die mit Minder im Clinch lagen, doch keiner hat ein wirkliches Mordmotiv. Stellt sich die Frage, was ein wirkliches Mordmotiv ist. Hm. Nach wie vor zählen Markus Stolz, Tom Bauer und Lucie Gerster zu den Verdächtigen. Stolz hat kein und Bauer ein zweifelhaftes Alibi: Ersterer war auf dem Münsterplatz und der Sternekoch im Restaurant, was die Angestellten bestätigten. Woher hat Lucie Gerster die Million? Sie ist eine berechnende Frau und würde bestimmt nicht ihre gesamten Ersparnisse in ein wackliges Unternehmen stecken. Gerster, Bauer und Stolz als mörderisches Trio? Möglich. Aber wie sollen wir ihnen das beweisen? Und vor allem, warum beharrt Stolz darauf, Leonardo gesehen zu haben? Ein absoluter Schwachsinn. Welche Rolle spielt Alexander von Hohenstein? Sein Name taucht komischerweise immer wieder auf. Er engagierte Roman Minder für die Abdankung und er wollte bei Stolz investieren. Fehlt nur noch eine Verbindung zu Lucie Gerster. Irgendetwas verbirgt er. Audrey wäre gut beraten, ihn abzuservieren, aber das wird sie mit Olivia als Beraterin garantiert tun. Der Dreier fuhr langsam den Kohlenberg hinunter. Seit der Einführung der durchgängigen niederflurigen Tramzüge hatte sich Ferrari zusehends von seinem Lieblingssitz, im hintersten Wagen vorne rechts, verabschieden müssen. Tja, es hat eben alles seine Vor- und Nachteile. In Gedanken versunken setzte sich der Kommissär ganz vorne hin. Wir sind auf dem richtigen Weg. Es besteht eine Verbindung zwischen den Dreien. Nur welche? Kommt Zeit, kommt Rat. Manchmal muss man kurz innehalten, bevor es weitergehen kann. Hoffentlich bahnt sich zwischen Yvo und Nadine keine Katastrophe an, sollte die Nacht der Nächte zum Flop des Jahrhunderts mutieren. Was zum Teufel ist mit meinem Freund los? Nein, ich bleibe dabei, ich werde nicht mit ihm reden. Der Dreier fuhr am Hammering Man vorbei Richtung Birsfelden. Das muss Nadine allein hinkriegen. Sie ist sehr attraktiv und wäre ich nicht mit Monika zusammen, würde ich mein Glück bei Nadine versuchen. Ferrari betrachtete sich im Fenster. Ich muss dringend einige Kilo abspecken, ich sehe aus wie eine prall gefüllte Wurst, die bald in kein Hemd mehr passt. Wo ein Wille ist, ist auch ein Weg. Tolles Sprichwort!

Monika sass im Arbeitszimmer und studierte einige Unterlagen.

«Störe ich?»

«Ganz im Gegenteil. Du kommst im richtigen Moment. Ich verstehe einige Abrechnungen nicht … Du bist früh dran?»

«Nadine bereitet sich auf die Nacht der Nächte vor.»

«Hoffentlich wird sie es auch. Soll ich etwas kochen oder gehen wir essen?»

«Mit Nikki?»

«Sie ist bei einer Freundin oder einem Freund.»

«Freund?»

«Deine Tochter ist erwachsen. Damit musst du dich langsam, aber sicher abfinden. Wenns dir auch schwerfällt.»

«Ich lade dich zum Essen ein. Wie wärs mit dem Wiesengarten?»

«Oh! Das kostet dich eine Kleinigkeit.»

«Peanuts würde Olivia sagen.»

Sie hatten Glück, ein Tisch war gerade nach einer Absage frei geworden. Die Lage in der Nähe der Fondation Beyeler und am Fuss des Tüllinger Hügels ist einfach schön. Mit dem Tram muss man zwar ein paar Schritte gehen, dafür kann man ein Glas Wein trinken. Oder auch mehr.

«Ich bin sehr gern hier im Wiesengarten.»

«Ich auch. Dieser Blick über die Felder ist einfach herrlich.»

«Wie gehts mit eurem Fall voran?»

«Er ist ins Stocken geraten. Es gibt zu viele Ungereimtheiten. Stolz bleibt dabei, Leonardo am Tatort gesehen zu haben. Das ist aber unmöglich, weil er von mehreren Personen in Schottland gesehen wurde und zwei Stunden vor dem Mord in Inverness eine Busse einbezahlt hat.»

«Eine ähnliche Person?»

«Das ist mir zu einfach.»

«Möglich wärs. Von jeder Person soll es sieben Doppelgänger auf der Welt geben.»

«An einen solchen Zufall glaube ich nicht. Stolz hat sich verrannt und wills nicht zugeben. Wir gehen morgen nochmals alles durch, irgendetwas übersehen wir.»

«Bitte denk daran, dass du morgen Nachmittag mit Sinia einen Spaziergang unternehmen willst.»

«Das vergesse ich nicht. Wir treffen uns in der Stadt, von Spazieren war nicht die Rede.»

«Auch gut. Was ist, wenn aus der Nacht des Jahrhunderts bei Nadine nichts wird?»

«Dann wird sie Yvo wohl den Schuh des Manitu geben.»

«Schade. Die beiden passen zusammen. Kannst du dich noch an unsere erste Nacht erinnern?»

«Lieber nicht. Die habe ich verdrängt. Nehmen wir noch eine Flasche?»

«Können wir uns das leisten?»

«Heute hauen wir mein ganzes Erspartes auf den Putz.»

6. Kapitel

Monika sass mit Nadine am Küchentisch, als Ferrari verschlafen die Treppe hinunterschwankte.

«Was machst du denn hier?», gähnte der Kommissär.

«Ich hole dich ab.»

Oh, oh! Das klingt nach Katastrophe. Die Nacht der Nächte ging in die Hose.

«Das siehst du zu schwarz, Nadine», tröstete Monika, während sich Ferrari einen Kaffee machte.

«Lässt du mir noch einen Cosi heraus?»

«Welche Farbe ist das?»

«Der Braune.»

Cosi, für das zarte Befinden der abgewiesenen Frau, und Lungo würde zum impotenten Kavalier passen.

«Es ist also nichts gelaufen», stellte der Kommissär sachlich fest. «Was schaut ihr mich so an?»

«Dein morgendliches Einfühlungsvermögen ist wieder einmal grossartig. Siehst du nicht, dass Nadine am Ende ist?»

«Was kann ich denn dafür, dass Yvo nicht will … oder nicht kann. Und überhaupt, es ist Sonntag und ich möchte nur in Ruhe meinen Kaffee trinken. Das ist doch nicht zu viel verlangt, oder?»

«Vielleicht solltest du deinen Kaffee im Wintergarten trinken.»

«Gut, ganz wie ihr wollt.»

«Schon gut, Monika. Er hat ja recht. Entweder stimmt mit Yvo etwas nicht oder mit mir.»

«Mit Yvo. Wenn er dich nicht vernaschen will, ist er entweder schwul, impotent oder pädophil», brummte Ferrari schlürfend und kassierte prompt einen Fusstritt von Monika ans Schienbein. «Autsch!»

«Dabei fing der Abend so gut an. Wir fuhren mit dem Taxi in den Schlüssel nach Oberwil, da müsst ihr auch einmal hin.»

«Wir waren gestern im Wiesengarten.»

«Oh, auch schön. Wir tranken einen guten Wein und lachten viel. Plötzlich fing er wieder mit der Heirat an. Er verstehe es, wenn jemand nicht heiraten möchte. Er liebe mich mit oder ohne Trauschein. Nach dem Dessert, eine fantastische Crème brûlée, fuhren wir zu ihm. Und das wars dann.»

«Wie, das wars dann?», echote der Kommissär.

«Er ist einfach neben mir eingeschlafen.»

«So ein Depp!»

«Das erinnert mich an unsere erste Nacht», schmunzelte Monika.

«Hör bloss auf.»

«Wir trafen uns in den Langen Erlen, spazierten durch den Wald und assen eine Kleinigkeit. Es war total romantisch. Er kann nämlich romantisch sein. Sehr sogar.»

«Echt? Das versteckt er ziemlich gut.»

«Wir tranken ein wenig zu viel und landeten in seiner Junggesellenbude in der Reinacherstrasse. Eine total vergammelte Zweizimmerwohnung»

«Also bitte.»

«Du hättest die Bude sehen sollen. Überall lagen Kleider herum. In der Küche herrschte das totale Chaos. Ich musste zuerst abwaschen, um überhaupt aus einer einigermassen sauberen Tasse Kaffee trinken zu können.»

«Champagner.»

«Eine Flasche Mumm, unser Lieblingschampagner. Das war nach dem Kaffee … Wo war ich stehen geblieben? … Ja, genau. Wir küssten uns und …»

«Das gehört jetzt aber wirklich nicht hierher.»

Monika wischte Ferraris Bemerkung mit einer Handbewegung zur Seite.

«Ich dachte, nun geht so richtig die Post ab. Im Bad machte ich mich kurz frisch und als ich zurückkam, schnarchte mein Lover. Ich bekam ihn nicht einmal mehr wach.»

«Zu viel Alkohol legt den stärksten Stier flach.»

«Männer!»

«Bier, Wein, Champagner und das lange Warten. Du warst eine gefühlte Ewigkeit im Bad. Ich starrte die ganze Zeit auf ein Gebäude gegenüber, wo ein Licht an und aus ging. Das war die reinste Hypnose, und da bin halt eingeschlafen … Warum musst du das gerade jetzt erzählen?»

«Damit Nadine sieht, dass auch nach einer verpatzten ersten Nacht die Beziehung eine Chance hat. Meine Freundinnen lachten sich halb tot.»

«Du hast es deinem Hexenbasar erzählt?», die Stimme des Kommissärs überschlug sich.

«Klar. Wir Frauen haben keine Geheimnisse voreinander. Aber du musst das positiv sehen, seither lieben sie dich. Sie fanden das total süss. Natürlich erzählte ich ihnen dann auch von unserer ersten wirklichen Nacht, bei der die Wände wackelten und der Seismograf ein Erdbeben der Stärke zehn anzeigte.»

«Hm!»

«Wenns nur eine Nacht wäre, würde ich überhaupt nichts sagen. Doch bei uns läuft es die ganze Zeit so. Leider.»

«Immerhin bist du schon bis in sein Bett gekommen.»

«Danke, Francesco. Vielen herzlichen Dank für deine aufmunternden Worte.»

«Vielleicht ist es jetzt wirklich besser, wenn du uns allein lässt. Du willst bestimmt noch duschen, oder?»

«Ein guter Vorschlag. In der Zwischenzeit könnt ihr noch ein wenig über die Männer im Allgemeinen und über Yvo und mich im Besonderen ablästern. Ich wünsche viel Vergnügen. Wenn das so weitergeht, muss ich mit Yvo ein Gespräch unter Männern führen.»

«Untersteh dich!», kam es im Duett zurück.

Zwanzig Minuten später fuhren Nadine und der Kommissär schweigend in Richtung Stadtzentrum. Jeder hing seinen Gedanken nach. So wird das nichts mit Nadine und Yvo. Ich werde den Kerl heimlich in die Mangel nehmen. Das ewige Warum-nimmt-er-mich-nicht-Gejammer und die Bin-ich-denn-nicht-attraktiv-Fragerei gehen mir langsam, aber sicher auf die Nerven.

«Dein Handy summt», riss ihn Nadine aus dem Grübeln.

«Wie? … Ach so … Wer ruft denn am Sonntagmorgen um diese Zeit an? … Es ist Olivia … Ja? … Guten Morgen … Aha … Gut … Bis später.»

«Wir sollen zum Kaffee kommen.»

«Oje. Dein Diätplan muss warten.»

«Ich halte mich zurück. Versprochen.»

«Bei anderen Dingen gefälligst auch.»

«Nein. Das sage ich jetzt deutsch und deutlich: Wenn das so weitergeht, rede ich mit Yvo.»

«Ich bin selber gross und komme allein klar … Was ist? Idiot! Weshalb hupt der?»

«Es ist grün.»

Nadine raste im zweiten Gang mit achtzig km/h die Brüglingerstrasse hinauf. Na toll. Meine Kollegin ist frustriert und ich darfs ausbaden. Vermutlich war sie in ihrem früheren Leben eine Rennfahrerin. Leider sind in der Schweiz Formel-1-Rennen seit dem schweren Unfall in Le Mans 1955 verboten. Heutzutage geht es natürlich nicht mehr um Sicherheit, sondern vielmehr um umwelt- und verkehrspolitische Überlegungen. Verständlich.

«Vorsicht!», Ferrari hielt sich am Armaturenbrett fest.

Nur knapp schrammten sie an einem Tram vorbei. Weit und breit kein Verkehr und wir stossen beinahe mit dem gelben Tram zusammen. Nur weiter so, dann entfällt die Diskussion mit Yvo oder wir führen sie aus dem Jenseits.

Am Gartentisch neben Olivia und Audrey sass ein jüngerer Mann, der genüsslich ein Croissant nach dem anderen verspeiste.

«Nachschub kommt sofort, Francesco. Jens steht dir im Verdrücken von Croissants nicht nach.»

«Entschuldige, Olivia …»

«War ein Scherz. Darf ich vorstellen, Nadine Kupfer und Francesco Ferrari, die Stars der Basler Polizei.»

«Freut mich. Jens Wahl, nur Treuhänder, sonst nichts.»

«Mit grossem Appetit.»

«Eine meiner Schwächen, Frau Kupfer.»

«Wollen wir uns nicht duzen? Ich bin Nadine.»

«Sehr gern, Jens. Ich bin ein Wochenendesser ohne Mass. Es ist entsetzlich. Am Montag bereue ich meine Esssucht und trainiere die Kilos wieder ab. Am Freitag schwöre ich Besserung, doch es bleibt meist bei den guten Vorsätzen. Gestern Abend sowieso.»

«Wir waren essen», erklärte Olivia.

«Und wo?»

«Ganz bescheiden in der Brasserie Les Trois Rois, mein Schatz.»

«Och, wie bescheiden.»

Gilbert brachte nochmals Croissants, auf die sich Jens und Ferrari freudig stürzten.

«Da haben sich zwei gefunden. Wie war dein Abend, Nadine?»

«Gut. Naja, ziemlich gut.»

«Probleme mit dem Stararchitekten?»

«Er will mich heiraten, aber ich bin auch so glücklich.»

«Männer wollen immer heiraten, um dich dann zu betrügen und um an dein Geld zu kommen.»

«Tja, ich bin nicht reich», gestand Nadine.

«Manche Männer wollen ihre Frauen auch einfach nur an sich ketten. Am Anfang ist alles gut und schön. Sie legen dir die Hände unter die Füsse, nach einiger Zeit verlieren sie die Freude an dir und hüpfen mit einer Jüngeren ins Bett.»

«Oder mehreren Jüngeren», brummte der Kommissär.

«Vorsichtig, Francesco. Ich weiss, worauf du hinauswillst.»

«Daran dachte ich gar nicht.»

«Dann ists ja gut. Wenn ihr satt seid, möchten wir euch etwas Spannendes erzählen.»

Ferrari wischte sich mit der Hand über den Mund, Audrey reichte ihm lächelnd eine Serviette.

«Jens ist Chef der Treuhandfirma, die den Verkauf von Manser über die Bühne bringen sollte.»

«Schön wärs, Audrey. Ich bin nur die Arbeitsbiene im Hintergrund.»

«In welcher Kanzlei arbeiten Sie?»

«Burckhardt & Partner.»

«Da kenne ich Alois.»

«Den Seniorpartner. Sein Sohn übernimmt Ende Jahr seine Anteile.»

«Und du?», fragte Nadine.

«Ich steige aus. Bei Burckhardt konnte ich viel profitieren, aber jetzt ist es an der Zeit, etwas Eigenes aufzubauen. Leicht wirds wohl nicht. Die Positionen sind in Basel ziemlich besetzt.»

«Bei Audrey und Olivia sind Sie in guten Händen. Noch ein Croissant?», der Kommissär hielt ihm den Teller hin.

«Ja, gern. Ich möchte meinen Job nicht auf einem Beziehungsnetz aufbauen, sonst weisst du nie, ob du wirklich gut bist oder nur geduldet.»

«Noch so ein Weltverbesserer. Der passt zu dir, Francesco.»

«Es gibt eben noch Leute, die man nicht kaufen kann.»

«Soso. Und es gibt Leute, die sehr gerne die Annehmlichkeiten geniessen, die ein Beziehungsnetz bietet.»

«Könnt ihr eure Neckereien auf später verschieben?»

«Sie fing damit an, Nadine. Und nur, weil ich sechs FCB-Jahreskarten mit Lounge im A4 habe.»

«Du kannst sie mir ja zurückgeben.»

«Den Teufel werde ich. Die Plätze sind einmalig und die Lounge geniesse ich jedes Mal aufs Neue.»

«Vater sagt, dass der Typ neben dir Ende Jahr eine Filiale in Schanghai übernimmt. Somit werden bald zwei weitere Tickets frei.»

«Die übernimmt sicher der interne Nachfolger.»

«Wenn du willst, besorge ich sie dir.»

«Hm. Das wären dann acht und ich könnte weitere Freunde mitnehmen. Ich … Vielleicht …»

«Du musst es mir nur lieb sagen», säuselte Olivia.

«Nun… ich meine, vielleicht hat ja Nikki einmal einen Freund … oder Nadine will mit Yvo mitkommen …»

«Lass mich gefälligst aus dem Spiel.»

«Also, was ist? Willst du sie oder nicht?»

«Ich nehme sie.»

«Wie? Ich verstehe dich nicht.»

«Wenn die Familie Vischer die Plätze nicht braucht, nehme ich sie sehr gerne.»

«Kein Problem, mein Schatz. Du kriegst sie selbstverständlich.»

«Das zu den Themen Korruption, Bestechung und Vorteilsannahme im Dienst.»

«Also bitte, Nadine. Du übertreibst masslos.»

«Schon gut. Das war soeben ein Lehrstück in Sachen Basler Filz, Jens. Du solltest es dir echt überlegen, ob du ganz von unten anfangen willst. Beziehungen sind der Schlüssel zum Erfolg. Der Sonntag hat sich zumindest für Francesco gelohnt. Was war konkret deine Aufgabe bei der Übernahme von Manser?», kam Nadine aufs eigentliche Thema zurück.

«Von Tomai ist ein langjähriger Kunde von Burckhardt & Partner. Wir prüfen die Bücher und sind für das Testat verantwortlich. Es lag somit auf der Hand, dass wir das Ganze übernehmen.»

«Jens sollte für meine Mutter den Deal einfädeln.»

«Zuerst hiess es, von Tomai wolle Manser schlucken. Doch … », Jens kratzte sich am Hals. «Mir war nicht ganz klar, wie die Transaktion finanziert werden sollte.»

Ferrari sah ihn erstaunt an.

«Bei unserer ersten Sitzung waren Leonardo und Alexander von Hohenstein anwesend. Von Hohenstein wollte Manser übernehmen, Leonardo hielt sich zuerst zurück. Da ich seit fünf Jahren die Abschlüsse der Firma kenne, stellte ich die Kernfrage nach der Finanzierung.»

«Geht es von Tomai nicht gut?»

«Auf den Punkt gebracht, Nadine. Seit Leonardo in der Geschäftsführung ist, sorry Audrey, aber ich muss es sagen, gehts bergab. Damit wir gegenüber den Banken noch einigermassen gut dastehen, sind wir bis an die Grenze des Möglichen gegangen.»

«Was heisst das?»

«Wir rechneten alles schön. Die Beteiligungen im Ausland sind längst nicht das Wert, was in der Bilanz steht.»

«Bilanzfälschung?»

«Ein hartes Wort. Tatsache ist, der ausgewiesene alljährliche Gewinn existiert nur auf dem Papier. Die Banken provozieren das förmlich. Wenn du ehrlich bist und einen Abschluss mit einer Million minus vorlegst, kürzen sie dir sofort die Kredite. Verschönert man …»

«Sie meinen wohl eher frisieren.»

«… im Rahmen der Legalität gewisse Positionen, Herr Kommissär, dann sind sie zufrieden. Irgendwann geht es wieder aufwärts oder es kommt zum Kollaps.»

«Und welche Prognose stellen Sie dem Fitnesskonzern?»

«Ende des nächsten Jahres wäre es zum Super-GAU gekommen. Es tut mir sehr leid, Audrey.»

«Du musst mich nicht schonen. Ich kann mit der Wahrheit leben.»

«Warum wollte dann von Hohenstein überhaupt mit Manser verhandeln?»

«Eine gute Frage. Nach mehreren Sitzungen wurde mir klar, dass von Hohenstein gar nicht wusste, wie es wirklich um die Firma steht. Leonardo führte sie. Offenbar winkte der alte Mann die Abschlüsse einfach durch, genau wie seine Verwaltungsratskollegen. Er glaubte an den Gewinn und verhielt sich entsprechend.»

«Aber Leonardo kannte die Tatsachen?»

«Ja, bis ins Detail. Er war auch jedes Mal für die Bewertungen der Beteiligungen verantwortlich.»

«Was ist der Konzern denn jetzt überhaupt noch Wert?»

«Nichts, Olivia. Wenn ich Audrey einen objektiven Rat geben müsste, dann hiesse der: Verkauf die Firma für einen Franken an Manser. Die Schulden sind so hoch, dass Manser es sich sowieso zehn Mal überlegen wird. Für den Kauf sprechen nur noch der gute Name und die interessanten Standorte.»

«Ich verstehe nur nicht, was Leonardos Motivation war. Er weiss um die Schulden und will trotzdem Manser übernehmen?»

«Ich glaube nicht, dass er das wollte.»

«Sondern?»

«Mir sassen zwei Parteien im Haus von Tomai gegenüber. Auf der einen Seite von Hohenstein, der an die Finanzkraft von Irinas Konzern glaubte und mit der Übernahme von Manser eine Chance sah, Irina und sich ein Denkmal zu setzen. Auf der anderen Leonardo, dem es nur darum ging, einigermassen ohne Schaden aus dem Schlamassel herauszukommen. Er wollte die Firma an Manser verschachern, das war mir nach dem zweiten Gespräch klar, aber nicht dem alten Mann. Nach der dritten Verhandlungsrunde ist mir der Kragen geplatzt. Ich legte die Fakten auf den Tisch. Für von Hohenstein brach eine Welt zusammen. Er nannte mich einen Betrüger, einen Scharlatan, von Manser bestochen. Ich bat den Seniorchef dazu, die beiden sind grausam aneinandergeraten. Burckhardt warf ihn aus der Kanzlei. Zwei Wochen später bat von Hohenstein um einen Termin. Er entschuldigte sich bei Burckhardt und mir und flehte uns an, ihn zu unterstützen. Das Lebenswerk von Irina dürfe nicht untergehen. Das würde sie nicht überleben.»

«Und was meinte Leonardo dazu?»

«Irina entfernte ihn aus der Direktion.»

«Das wusste ich nicht», gestand Audrey.

«Äusserste Diskretion war angesagt. Nach aussen blieb Leonardo weiterhin in der Geschäftsführung, allerdings entzog ihm Irina die Einzelunterschrift. Faktisch wurde er entmachtet.»

«Wann war das?»

«Vor einem Monat, Herr Ferrari.»

«Deshalb ist mein Bruder nach Schottland verschwunden. Ich fragte ihn noch, warum er ausgerechnet in der Abschlussphase wegfährt. Es seien nur noch Details mit Manser zu klären, meinte er. Die Verträge lägen unterschriftsbereit vor und würden nach seiner Rückkehr unterzeichnet.»

«Wie ging es weiter?»

«Von Hohenstein wollte wissen, wie es wirklich um den Konzern steht. Unseren Berechnungen zur Folge fehlen rund achtzig Millionen.»

«Wow! Olivia würde jetzt Peanuts sagen, ich kriege Gänsehaut, wenn ich eine solche Summe höre.»

«Du könntest mich ja heiraten, mein Schatz. Dann kannst du aus dem Vollen schöpfen.»

«Danke. Ich eigne mich nicht als Haussklave.»

«Schade.»

«Was schlugen Sie von Hohenstein vor?»

«Dasselbe, was ich vorhin auch Audrey geraten habe: Die Fakten auf den Tisch legen und den Konzern an Manser verkaufen. Doch das wollte der alte Mann nicht. Ich solle ihm einen Finanzierungsplan ausarbeiten.»

«Und wie sah dieser aus?»

«Eigentlich ein hoffnungsloses Unterfangen … Ich teilte ihm und Irina mit, dass ich keinen Plan erstellen konnte, weil sie überschuldet seien. Das war eine Woche vor ihrem Ableben … Ich …»

Audrey legte ihm ihre Hand auf den Unterarm.

«Es stimmt nicht, Jens. Ganz bestimmt nicht.»

«Ich … Nach dem Gespräch hatte ich ein sehr ungutes Gefühl. Ich mache mir grosse Vorwürfe. Vielleicht gab es den Ausschlag für Irinas Tod.»

«Niemand wirft dir das vor.»

«Es war ein einziges Desaster. Die beiden sassen wie versteinert da, Hände haltend, um sich gegenseitig Kraft zu geben. Diesen Anblick werde ich mein ganzes Leben nicht vergessen.»

«Sie versuchten, ihr Lebenswerk zu retten im Wissen, dass es hoffnungslos ist.»

«Etwa so, Nadine. Von Hohenstein war bereit, sein privates Vermögen einzuschiessen. Da sprechen wir von fünf oder sechs Millionen. Er fragte mich auch nach einem guten Immobilienhändler, der seine und Irinas Villa verkaufen sollte. Insgesamt standen den fehlenden achtzig Millionen rund fünfzehn gegenüber. Ich riet ihnen, mit Manser zu sprechen, ihm den Konzern zum Nulltarif zu übergeben und das Privatvermögen zu behalten. Die Chancen, von Tomai zu retten, waren und sind gering. Von Hohenstein lehnte ab. Entweder sie hätten Erfolg oder sie würden gemeinsam untergehen.»

«Alex war schon immer in Mutter verliebt. Das wusste sie, aber sie empfand nur tiefe Freundschaft für ihn. Nach dem Tod von Vater dachte ich immer, dass sie zusammenfinden. Offenbar war es zu spät, sie hatten sich arrangiert.»

«Was geschah dann?»

«Sie beauftragten mich, mit den Banken zu sprechen, um Zeit zu gewinnen, und baten mich, die Geschäftsführung zu übernehmen. Aber das kann ich nicht. Ich bin Controller und kein CEO. Ich lehnte ab, versprach jedoch, mich bei den Banken für sie einzusetzen.»

«Und die Verhandlungen mit Manser?»

«Die brach ich ab, was auf ziemliches Unverständnis stiess. Manser will nämlich aus zwei Gründen verkaufen. Zum einen, weil er immer nur die Nummer zwei war und natürlich nicht weiss, wie es um von Tomai steht. Zum anderen kommt in fünf Jahren ein Nachfolgerproblem auf ihn zu. Seine drei Söhne können sich nicht ausstehen. Kürt er einen von ihnen zum Nachfolger, wollen die anderen beiden ihr Erbe ausbezahlt bekommen. Aus diesem Grund wäre es ihm sicher lieber gewesen, die Firma zu verkaufen.»

«Das spricht aber auch gegen die Übernahme eines weiteren Fitnesskonzerns.»

«Da bin ich mir nicht sicher. Manser ist ehrgeizig. Die Nummer eins zu werden, würde ihn reizen, um dann in fünf Jahren gross abzusahnen.»

«Wie ist der jetzige Stand?»

«Es liegt alles in den Händen von Audrey. Sie verfügt über die Mehrheit.»

«Ein schönes Erbe», bemerkte Olivia. «Die Mehrheit von achtzig Millionen Schulden ist nicht viel.»

«Ich… ich weiss nicht, was ich sagen soll. Du hast schon recht, Jens. Das Beste ist, wir verhandeln mit Manser. Obwohl… das überlebt Alexander nicht.»

«Den schätzte ich falsch ein», gestand Olivia. «Er wollte nur wissen, wie die Anteile verteilt werden, um Leonardo draussen zu halten. Ich werde mich bei ihm entschuldigen.»

«Oh! Ganz neue Töne.»

«Das kannst du gar nicht glauben, mein Schatz», sie zwickte den Kommissär ins Ohr.

«Lass das. Das hasse ich.»

«Mir gefällts. So bin ich halt. Wer austeilt, muss auch einstecken können. Ich lade Alex zum Essen ein.»

«Sehr schön, nur löst das Audreys Problem nicht.»

«Ich brauche Bedenkzeit. Vielleicht finden Jens und ich eine Lösung. Uns wird schon etwas einfallen.»

Jens Wahl sah auf die Uhr.

«Oh, ich bin spät dran. Meine Mutter feiert heute Geburtstag.»

«Ich fahre dich, wenn du willst.»

«Das wäre super, Audrey. Es ist ein kleines Fest im Familienkreis. Ich würde mich freuen, wenn du bleibst.»

Olivia, Nadine und der Kommissär blickten den beiden nach.

«Da bahnt sich etwas an», sprach Olivia aus, was alle dachten.

«Allerdings. Ich würde mich für die zwei freuen.»

«Ja, Jens scheint ein feiner Kerl zu sein. Nur leider zeigen viele Männer oft erst später ihr wahres Gesicht. Meist, wenn sie dich rumgekriegt haben.»

«Stimmt. Es soll aber auch Typen geben, die lieber von einer Frau verführt werden.»

«Da sitzt genau so einer», Olivia lachte. «Ein wenig fett und trotzdem noch attraktiv.»

Ferrari schenkte sich noch eine Tasse Kaffee ein.

«Und schwerhörig.»

«Was meint ihr?»

«Gar nichts.»

«Zwischen den beiden könnte sich etwas entwickeln.»

«Meinst du?»

«Bestimmt. Sie himmeln sich an. Manchmal seid ihr schon komisch. Das sieht man doch.»

«Tja, du hast eben ein geschultes Auge. Was suchst du?»

«Nichts.»

«Soll Gilbert noch Croissants bringen?»

«Ja, gern. Eines geht noch. Audrey tut mir leid. Zuerst verliert sie ihre Mutter, dann ihren Bruder und jetzt erfährt sie, dass der Konzern vor dem Konkurs steht.»

«Das Leben ist manchmal echt brutal. Und ich befürchte, von Hohenstein wird diese Schande nicht überleben. Ich verstehe das nicht, die Marke ist doch super.»

«Nur leider von Leonardo ausgeblutet.»

«Du könntest ja bei Audrey einsteigen.»

«Ach guck, der barmherzige Samariter will mein Geld investieren. Wenns nach dir ginge, müsste ich die ganze Welt retten.»

«Nur diejenigen, die dir nahestehen.»

«So, wie die Teens in Kleinhüningen, die ich bis gestern gar nicht kannte.»

«Das ist eine Ausnahme.»

«Merkst du eigentlich, dass du bei jedem Besuch mein Geld ausgibst?»

«So habe ich es noch gar nicht betrachtet. Aber das sind ja Peanuts für dich.»

«Was ist, wenn ich die Hütte nicht kaufen kann? Oder die Lust verliere?»

«Dann frage ich deine Schwestern.»

«Die ihrem Francescolein nichts abschlagen können. Francesco hier, Francesco da. Bei jedem Essen, bei jeder Einladung heisst es: Ist Francesco auch eingeladen? Wir möchten neben ihm sitzen, aus seinem Tellerchen essen, aus seinem Becherchen trinken und in seinem Bettchen schlafen. Du hast sie ganz schon eingelullt.»

«Blödsinn. Du übertreibst.»

«Das geht noch weiter. Sobald irgendein Problem auftaucht, fragen sie dich um Rat. Und das Schlimmste daran ist, es ist generationenüberschreitend.»

«Was heisst das nun wieder?»

«Christian, der Sohn meiner Schwester Sabrina verfällt auch schon in dieselbe Leier. Mein alter Herr und ich sind wohl die Einzigen, die noch klar denken können und nicht an Francescos Tropf hängen.»

«Wir mögen uns eben. Freunde verbringen gern Zeit zusammen, helfen und beraten sich.»

«Und Freund Francesco möchte nun also, dass die liebe Olivia achtzig Kisten in den Fitnesskonzern investiert?»

«Das muss ja nicht sein. Jens Wahl macht einen kompetenten Eindruck. Wenn er von Tomai als hoffnungslos einschätzt, soll Audrey die Firma verkaufen. Sieht er aber mit einem neuen Management langfristig eine Chance, könntest du einsteigen.»

«Achtzig Millionen sind auch für mich kein Pappenstiel.»

«Du könntest für von Tomai bürgen, so wäre die Firma wieder kreditwürdig.»

«Manchmal überraschst du mich.»

«Lass das! Dieses Ohrzupfen macht mich aggressiv.»

«Jens könnte ja die Übernahmeverhandlung mit Manser wieder aktivieren. Manser ist gesund. Wenn wir die beiden Firmen fusionieren, sind wir die Nummer eins.»

«Das kostet dich aber weitere dreissig oder vierzig Millionen.»

«Wenn du mein Geld schon zum Fenster hinauswirfst, dann bitte mit vollen Händen.»

«Hm.»

Ferrari sass im Porsche und strahlte. Das war ein guter Vormittag. Ein sehr guter sogar.

«Noch ist nichts erreicht. Ich bin mir nicht sicher, ob Olivia wirklich einsteigt.»

«Wie?... Das muss sie sich halt überlegen. Olivia ist eine sehr gute Geschäftsfrau und wird das Pro und Kontra abwägen. Gut möglich, dass der Konzern nicht mehr zu retten ist.»

«Über was freust du dich denn wie ein Schneekönig?»

«Ich kriege zwei weitere FCB-Jahreskarten, im A4 mit Lounge. Weisst du, was das kostet?»

«Nein, aber du wirst es mir sicher gleich sagen.»

«Siebentausend Franken.»

«Wow. Eine Menge Geld für etwas Fussball. Das macht knapp tausend pro Karte.»

«Es sind siebentausend pro Jahreskarte.»

«Was!?! Das ist ein Witz?»

«Absolut nicht. Die gelten dann auch für die Cupspiele.»

«Und die internationalen Begegnungen.»

«Nein, die musst du extra bezahlen.»

«Du gehst doch an jedes Europa-League- oder Champions-League-Heimspiel.»

«Ja, korrekt.»

«Was kostet so ein Ticket?»

«Ohne Lounge so um die zweihundert Franken.»

«Und wer bezahlt die?»

«Es … Gut, wenn dus unbedingt wissen willst. Ich darf sie einfach bestellen. Sie kosten zwischen dreihundertfünfzig und vierhundertfünfzig mit Lounge.»

«Olivia gibt dir das Geld?»

«Ich bestelle, erhalte die Karten und die Rechnung geht an die Familie Vischer.»

«Nicht schlecht. Das könnte man durchaus als Bestechung auslegen.»

«Es ist ein grosszügiges Geschenk unter Freunden. Ich wische ja keinen Fall unter den Tisch wie Borer. Alles ist im grünen Bereich.»

«Acht Mal siebentausendfünfhundert plus acht Mal etwa vierhundert für zirka sechs internationale Spiele, das gibt … Ich fass es nicht. Olivia hält sich einen Kommissär für rund achtzigtausend Franken pro Jahr.»

«Von mir aus auch hunderttausend. Das ist mir vollkommen egal. Ich lasse mir von dir den FCB und meine Jahreskarten nicht mies machen.»

«Jetzt kann Olivia immerhin ein wenig sparen.»

«Wieso?»

«Weil deine Lieblinge nur in der Europa League spielen. Da kosten die Plätze sicher bedeutend weniger.»

«Nächstes Jahr sind wir wieder in der Champions League.»

«Ohne Marco!»

«Ja, leider. Wir werden schon noch realisieren, wie sehr uns Marco fehlt. Immerhin sind wir mit den Spielern, die er eingekauft hat, so weit gekommen. Die Hürden, um die Champions League zu erreichen, werden für die kleinen Nationen immer höher. Wir sollen uns mit der Europa League begnügen, während die Grossen die Königsdisziplin unter sich ausmachen. Sie füllen die grossen Stadien und sorgen für gigantische TV-Einnahmen.»

«Stimmt. Namen wie Trabzonspor AS, Getafe CF und FC Krasnodar sind keine Kassenschlager.»

«Hm. Wir müssen halt … Du brauchst gar nicht so zu lachen. Wieso rede ich mit dir überhaupt über Fussball?! Davon verstehst du nichts. Absolut gar nichts. He! Wohin fahren wir eigentlich?»

«Ins Paulusquartier zu Alexander von Hohenstein. Wir machen einen Überraschungsbesuch.»

Der Minderheitsaktionär des Konzerns bewohnte eine alte Villa aus dem 18. Jahrhundert. Das ideale Haus für eine Familie mit Kindern, mit vielen Kindern, sinnierte der Kommissär. Und dann dieser Garten mitten in der Stadt. Einmalig. Keine zwei Minuten bis zum Schützenmattpark und der Old-Boys-Matte. In Basel gibt es noch viele Herrschaftshäuser wie dieses. Etwa die beiden ehemaligen Schlösschen im Gundeli, die man leider gar nicht mehr als solche wahrnimmt, weil links und rechts Wohnblöcke angebaut wurden. Das Paulusquartier ist wirklich schön. Ruhig und trotzdem ideal mit Tram und Bus an die Innenstadt angeschlossen. Es wundert mich auch nicht, dass er Markus Stolz kennt. Zum Restaurant Weisser Schwan ist es zu Fuss höchstens eine Viertelstunde. Alexander von Hohenstein führte sie durch das Haus. Jedes Zimmer war mit Stukkaturen verziert und im Esssaal, der Raum war riesig, stand ein wunderschöner Kachelofen aus vergangenen Tagen.

«Wohnen Sie hier allein?»

«Geplant war es so nicht. Aber Pläne werden ab und zu obsolet, Frau Kupfer.»

«Haben Sie Kinder?»

«Es war uns leider nicht vergönnt, Kinder zu kriegen. Mein Kind war immer die Firma.»

«Und Irina.»

Von Hohenstein schmunzelte.

«Eine aussergewöhnliche Frau. Es mag unfair klingen, vermutlich ist es das auch, doch ich heiratete damals mehr aus Trotz als aus Liebe.»

«Weil Irina nicht Sie, sondern einen anderen Mann wählte.»

«Exakt. Einen Gymnastiklehrer. Heute würde man Aerobic-Trainer sagen. Bei aller Wut auf Herbert, er liebte Irina und sie ihn. Leider.»

«Ist er schon lange tot?»

«Er stürzte auf einer Trekkingtour im Himalaja kurz nach der Geburt von Leonardo ab. Man hat ihn bis heute nicht gefunden. Irina ist nie darüber hinweggekommen. Möchten Sie etwas trinken?»

«Nein, danke. Wir kommen gerade von einem Gespräch mit Olivia Vischer.»

«Oje. Was heckt sie jetzt schon wieder aus? Bin ich womöglich der Mörder von Roman?»

«Sind Sie es?»

«Er gab mir nie Anlass dazu. Wir lagen uns wegen seinem übermässigen Einsatz für die Jugendlichen ab und zu in den Haaren, aber die Diskussionen liefen immer äusserst fair ab. Im Gegensatz zu jenen mit Olivia.»

«Sie ist eine impulsive Frau.»

«Die nur ihre eigene Meinung gelten lässt, Herr Kommissär. Von Ihnen hält sie sehr viel. Wahrscheinlich sind Sie einer der wenigen, die ungestraft ihre Ansichten äussern dürfen.»

«Nicht immer.»

«Olivia Vischer und diese Ines Weller, das ist ein gefährliches Gespann. Sie wissen ihre Macht sehr wohl einzusetzen. Im Gegensatz zu Olivias Schwestern, die sind harmlos.»

«Jens Wahl war auch dort.»

«Dachte ich mir, Frau Kupfer. Sie gingen nach der Testamentseröffnung zusammen essen. Ohne mich, versteht sich.»

«Es steht nicht gut um den Konzern von Tomai.»

Alexander von Hohenstein setzte sich an einen Tisch im Garten.

«Hier ziehe ich mich immer zum Nachdenken zurück. Bitte nehmen Sie Platz. Leonardo … dieser … dieser Mensch brachte Schande über uns.»

«Sie wussten nichts von den finanziellen Problemen?»

«Nein. Ich vertraute ihm … Wir vertrauten ihm. Die Bilanzen waren zwar nicht grossartig, aber immerhin gut. Ich konnte beim besten Willen nicht wissen, dass alles frisiert war.»

«Als Verwaltungsrat hätten Sie nachfragen müssen. Sie sind die oberste Instanz der Firma.»

«In Tat und Wahrheit war Irina nur noch das Aushängeschild und ich hatte die Übersicht verloren. Wir glaubten, Leonardo sei ein grossartiger Geschäftsführer. Leider erfuhren wir viel zu spät, wie es wirklich um uns steht.»

«Wie kann eine Firma überhaupt so ins Schleudern geraten?»

«Ganz einfach, Herr Kommissär. Indem sich der wichtige Geschäftsführer nur für seine privaten Aktivitäten interessiert und auch keinen fähigen Stellvertreter eingestellt hat. Führungsschwäche gepaart mit Betrugspotenzial.» Von Hohenstein schlug mit der Faust auf den Tisch. «Leonardo hat die Firma ausgehöhlt und das Geld verplempert. Tragischerweise bin ich der Hauptschuldige. Ich hätte seine Unfähigkeit realisieren und dem Ganzen ein Ende bereiten müssen. Ich dachte immer, Irina finanziert ihn mit ihrem Privatvermögen. Jetzt weiss ich es besser. Er blutete die Firma aus, und seine engsten Berater kamen auch nicht zu kurz.»

«Gehörte da nicht auch Jens Wahl dazu?», fragte Ferrari.

«In gewissem Sinne schon. Ich vermute, Leonardo schlug seine Warnungen in den Wind.»

«Stoppten Sie deshalb Ihr Engagement bei Markus Stolz?»

«Sie wissen davon? … Seit ich weiss, dass wir kurz vor dem Konkurs stehen, versuche ich, mein Vermögen zusammenzuhalten. Gesagt habe ich es Markus nach der Beerdigung von Irina. Ich werde auch diese Villa verkaufen, aber nicht an Olivia oder Ines.»

«Jens meint, dass von Tomai rund achtzig Millionen benötigt, um zu überleben. Und selbst dann sei die Zukunft nicht gesichert.»

«Die Zahl stimmt. Eine ungeheure Summe. Trotzdem bin ich sicher, dass wir überleben können.»

«In unserem letzten Gespräch lehnten Sie ab, die Firma zu übernehmen, weil Sie zu alt seien. Doch nach der Testamentseröffnung boten Sie Audrey exakt dies an. Haben Sie Ihre Meinung geändert?»

«Ich war hin und her gerissen, Frau Kupfer. Irinas Tod versetzte mir einen Riesenschock. Ich wollte nur noch eins, endlich loslassen und meinen Frieden finden. Aber ich kann nicht. Ich will und muss weiterkämpfen.»

«Wie stellen Sie sich das vor?»

«Unsere Fitnessstudios sind auf dem neusten Stand. Wenigstens ein positiver Aspekt von Leonardos Geltungsdrang. Immer nur das Modernste, das Feinste war gut genug, sowohl privat wie auch im Geschäft. Von daher müssen wir in den nächsten Jahren nicht viel investieren. Auch unsere Trainer gehören mit zu den Besten in jedem Land und der Name Irina von Tomai hat einen hohen Stellenwert. Wenn die Banken jedoch erfahren, dass wir sie über Jahre getäuscht haben, steigen sie aus. Deshalb muss Jens Wahl ein gutes Wort für uns einlegen und Zeit gewinnen. Und diese Zeit müssen wir nutzen, um einen Investor zu finden. Es ist ein steiniger Weg. Leonardo, dieser Schnösel...», von Hohenstein fuhr sich mit zittriger Hand durch die Haare.

«Sie vergessen dabei Audrey.»

«Wie? Ja, Audrey ist eine gute Frau. Es wäre damals besser gewesen, sie als CEO einzusetzen. Das wollten leider weder Irina noch Audrey selbst. Ich kann ihr nicht mehr in die Augen sehen. Sie steht vor einem Scherbenhaufen, den ich zu verantworten habe.»

«Nicht nur Sie.»

«Wir waren blind, dabei gab es genügend Anzeichen. Jetzt ist es zu spät und das Lamentieren hilft rein gar nichts.»

«Was sagte Leonardo, als er aufflog?»

«Er trat die Flucht nach vorne an. Man müsse sofort handeln und Manser den Konzern unterjubeln. Mit den Bilanzen der letzten Jahre und etwas Geschick würden wir die Due Diligence locker überstehen. Er schlug vor, unseren Konzern zu einem Schnäppchenpreis anzubieten und zu erzählen, dass Irina und ich halt alt seien, Audrey die Firma nicht leiten könne und er selbst nicht mehr wolle.»

«Ein schönes Früchtchen.»

«Keine Spur von Reue. Nur darauf aus, nochmals abzukassieren. Ich lehnte ab und auch Irina, die das alles gar nicht glauben konnte, weigerte sich, auf einen solchen Handel einzugehen. Daraufhin stellte er uns Plan B vor, nämlich in Konkurs zu gehen. Auch diesen absurden Vorschlag lehnten wir ab. Als er begriff, dass wir seine Machenschaften nicht mitmachen, sondern mit den Banken reden und unser gesamtes Privatvermögen als Sicherheit hinterlegen wollen, raste er vor Wut. Ohne ein Wort stand er auf und ging. Weder Irina noch ich sahen ihn wieder. Ich … Das nutzt alles nichts. Die Banken werden den Konzern zerlegen und die Filetstücke verkaufen, um höhere Erträge zu erzielen. Es endet, wie es nie hätte enden dürfen.» Alexander von Hohenstein atmete tief durch, seine Stimme zitterte. «Seit dem Tod von Irina denke ich über Suizid nach, ich ertrage diese Schande kaum. Doch … Das ist keine Lösung. Ich werde nicht weglaufen. Nein, ganz im Gegenteil. Ich werde alles versuchen, damit nichts an Irina hängenbleibt. Das bin ich ihr schuldig. Entschuldigen Sie mich bitte einen Augenblick, ich bin gleich zurück.»

Tieftraurig stand der alte Mann auf und ging ins Haus.

«Meine Wut auf Leonardo wächst von Minute zu Minute. Ein absolut verzogenes Muttersöhnchen.»

«Allerdings. Sollen wir ihm sagen, dass Olivia sich bei ihm meldet?»

«Besser nicht. Olivia soll das selbst mit ihm aushandeln.»

«Er kommt zurück.»

«Entschuldigen Sie bitte. Es geht mir nicht sonderlich gut. Ich kann nicht mehr schlafen. Sobald ich mich hinlege, kreisen meine Gedanken nur noch um die Rettung der Firma. Wenn ich dann endlich einschlafe, plagen mich Albträume. Nacht für Nacht. Irina fehlt mir so sehr.»

Jetzt war es endgültig um seine Beherrschung geschehen. Alexander von Hohenstein begann zu weinen. «Es tut mir leid. Ich … ich weiss nicht mehr, was ich tun soll und was ich überhaupt noch tun kann.»

Nadine reichte ihm ein Papiertaschentuch.

«Danke. … Das haben wir nicht verdient, Frau Kupfer … Diese Schande, diese Schmach … Wie nimmt es Audrey auf?»

«Ziemlich gefasst.»

«Sie muss mich hassen.»

«Bestimmt nicht. Geben Sie ihr etwas Zeit. Ich bin überzeugt, dass sie um den Konzern kämpfen wird.»

«Wirklich?» Von Hohenstein hielt Nadines Arm fest. «Glauben Sie tatsächlich, dass Audrey die Firma retten will?»

«Ich denke ja. Gemeinsam mit Jens Wahl und Ihnen könnte es sogar gelingen.»

«An mir … Ich rufe sie noch heute an. Sie soll mit den Banken sprechen. Jens Wahl ist ein grossartiger Fachmann. Er ist ehrlich und wirkt überzeugend. Ich verkaufe alles und ziehe in eine Einzimmerwohnung. Audrey soll das Geld zur Rückzahlung der dringendsten Kredite verwenden und auch ihr Erbe einsetzen … Aber … Es wird trotz allem nicht reichen.»

«Dann muss Olivia für sie bürgen.»

«Olivia Vischer! Der Fluch des grossen Geldes. Immer zynisch und sarkastisch unterwegs. Ich würde sie sogar kniend anflehen, Audrey zu helfen. Nur leider ist das sinnlos. Olivia hasst mich und würde mich auslachen, Herr Kommissär.»

«Warten Sies ab. Etwas anderes, kennen Sie Lucie Gerster?»

«Die Dame mit dem Blumenladen? Ja, natürlich. Einmal im Monat kaufte ich für Irina einen Blumenstrauss in ihrem Geschäft.»

«Aber näher kennen Sie sie nicht oder?»

«Nein, bedaure. Ich weiss nur, dass Markus Stolz in Kontakt mit ihr steht. Sie dachte ebenfalls daran, bei ihm einzusteigen, was ich als höchst sonderbar empfand. Sie erweckt nicht den Eindruck einer vermögenden Frau.»

«Können Sie uns noch ein wenig über Ihr Verhältnis zu Roman Minder erzählen?»

«Wir kennen uns eine halbe Ewigkeit. Meine Frau brachte ihn sozusagen mit in unsere Ehe. Ihr ist es auch zu verdanken, dass wir gemeinsam den Verein Erwachsene gegen die Jugendarbeitslosigkeit gründeten. Das war meiner Frau und auch mir ein grosses Anliegen. Ich habe Ihnen ja schon erzählt, dass Roman und ich nicht immer der gleichen Meinung waren. Sein System Zuckerbrot und Peitsche kam nicht bei allen gut an.»

«Verständlich. Wusste er, wie es um von Tomai stand?»

«Ja. Sie fragten mich nach meinem Verhältnis zu Roman: Er war mein Beichtvater. Ich hatte keine Geheimnisse vor ihm. Nach der alles entscheidenden Sitzung bei Jens Wahl, bei der ich mich mit Burckhardt überwarf, musste ich mit jemandem sprechen. Ich fuhr zu ihm nach Hause und schüttete mein Herz aus.»

«Er wusste also auch, dass Sie Leonardo die Schuld geben?»

«Ich gebe ihm nicht die Schuld, Herr Kommissär, er ist schuldig. Ich erzählte Roman, wie ich mich fühle, wie sehr ich unter der Situation leide und dass für Irina und mich das Leben sinnlos geworden ist … Noch vor zehn Jahren hätten wir darüber gelacht, uns bei der Hand genommen und wären nochmals durchgestartet. Heute sieht das leider anders aus.»

Alexander von Hohenstein seufzte.

«Wie reagierte Minder darauf?»

«Er tröstete mich. Auf seinen Wunsch hin gab ich ihm die Handynummer von Leonardo. Er wollte ihm ins Gewissen reden. Bloss welches Gewissen? Dieser egoistische Materialist, dem das Ansehen seiner Mutter vollkommen egal war, hatte zeitlebens keinen Funken Anstand. Zum Glück ist er tot!»

«Denkst du, was ich denke?»

«Minder hatte Kontakt mit Leonardo. Es gab also doch eine Verbindung zwischen den beiden.»

«Wir müssen sofort die Anrufe auf Leonardos Handy überprüfen. Dann wissen wir, wann das war.»

«Vielleicht hat Minder versucht, Leonardo zu erpressen.»

«Möglich, aber womit?»

«Das weiss ich nicht. Noch nicht. Ich gehe noch einen Schritt weiter: Leonardo flog heimlich nach Basel und tötete Minder.»

«Dem widerspricht die Tatsache, dass er in Schottland gesehen wurde.»

«Aber nur bis zum Wochenende.»

«Am Dienstag auch noch. Da bezahlte er die Busse.»

«Richtig. Es sei denn, jemand zahlte sie für ihn ein.»

«Wir müssen mit unseren schottischen Kollegen sprechen und alle Flüge nach Basel beziehungsweise in die Nähe von Basel checken.»

«Big Georg soll uns unterstützen. Leonardo könnte irgendwann geflogen sein, sogar der Dienstag kommt infrage. Paris, Frankfurt, München aber auch Zürich sind mögliche Destinationen. Stellt sich die Frage …»

«Ob Leonardo wirklich Selbstmord beging.»

«Exakt. So langsam glaube ich das nicht mehr. Leonardo liebte sein Leben. Ein Lebemann wie er springt nicht von der Dachterrasse. Da half jemand nach.»

«Ich weiss auch wer.»

«Alexander von Hohenstein!»

Noldi, der Computerspezialist der Polizei, wirkte leicht verärgert, als ihn Ferrari bat, Leonardos Handy zu checken.

«Die Anrufliste liegt längst auf deinem Tisch. Alle eingehenden und alle abgehenden Anrufe.»

«Ist auch die von Pfarrer Minder dabei?»

«Nein. Ich hätte mir denken können, dass du die Liste nicht beachtest. Aber ich wollte nicht ins Büro von Nadine.»

«Ja, ja. Schon gut.»

Genervt verliess der Kommissär die Katakomben. Immer die gleiche Leier. Wann endlich kommt er darüber hinweg, dass er es bei Nadine verbockt hat. Und zwar gründlich und definitiv.

«Wie bitte? Sind Sie verrückt, Ferrari? Um mir einen solchen Blödsinn zu unterbreiten, holen Sie mich aus meinem geliebten Garten?», polterte Jakob Borer.

«Es ist unser Ernst.»

«Nicht nur, dass Sie Alexander von Hohenstein des Mordes beschuldigen, ganz nebenbei bemerkt an einem Selbstmörder, nein, Sie unterstellen dem toten Leonardo von Tomai auch noch den Mord an Pfarrer Minder. Das ist unglaublich! Sie schauen sich eindeutig zu viele Fernsehkrimis an. Der Erste Staatsanwalt würde mich in Stücke reissen, wenn ich damit zu ihm käme.»

«Aber es spricht alles dafür.»

«Wirklich? Dann erklären Sie mir bitte, welches Druckmittel Roman Minder gegen Leonardo in der Hand hatte.»

«Das … Das müssen wir noch herausfinden.»

«Soso … Herrschaften, es reicht. Kommen Sie wieder, wenn neue Erkenntnisse vorliegen. Und wagen Sie es kein zweites Mal, mich an einem Sonntag wegen irgendwelchem Stuss zu belästigen.»

«Hm. Dann kontaktieren wir jetzt die schottischen Kollegen.»

«Dagegen ist nichts einzuwenden. Ihre Theorie wird wie ein Kartenhaus zusammenbrechen. Ich habe schon viel Unsinn von Ihnen beiden gehört, aber das hier schlägt alles.»

«Warten wir es ab.»

«Sie sind und bleiben ein weltfremder Spinner, Ferrari. Aber, dass Sie ihn nicht bremsen, enttäuscht mich. Normalerweise stehen Sie doch mit beiden Beinen auf dem Boden und halten diesen Traumtänzer gekonnt in Schach.»

«Es gibt eine Verbindung zwischen dem Mord an Minder und Leonardo. Markus Stolz schwört jeden Eid, dass er Leonardo am Mordnachmittag aus dem Haus von Pfarrer Minder kommen sah.»

«Der lügt, um seine eigene Haut zu retten. An diesem Punkt müssen Sie ansetzen, Herrschaften. Stolz, Bauer und diese Gerster gehören zu den Verdächtigen, nicht Leonardo. Mein Gott, und das ist mein bestes Team!»

Die schottischen Kollegen teilten mit, dass sich am Sonntag nicht nachverfolgen liesse, wer die Einzahlung getätigt hatte. Zudem sei die Erfolgschance sowieso unter null. Sie versprachen aber, morgen mit Hochdruck der Sache nachzugehen und ihre Schweizer Kollegen auch bezüglich des allfälligen früheren Fluges zu unterstützen. Der Kommissär blickte zum Fenster hinaus. Angenommen, Leonardo tötete den Pfarrer, was war sein Motiv? Als Beichtvater von Alexander von Hohenstein wusste Minder über die Veruntreuung der Firmengelder Bescheid. Drohte er Leonardo mit diesem Wissen? Möglich. Nur, genügte das, um einen Mord zu begehen? Ich weiss nicht.

«Wir bewegen uns mit unserer Theorie auf dünnem Eis», fasste Ferrari seine Gedanken zusammen. «Ich frage mich, ob ein Mensch wirklich mordet, weil er befürchtet, mit seinen gefälschten Abschlüssen aufzufliegen.»

«Wenn du deine Felle davonschwimmen siehst, allemal. Leonardo nutzte die Zeit in Schottland, um sich einen neuen Schlachtplan auszudenken. Er musste Irina irgendwie davon überzeugen, dass der Verkauf des Konzerns das Beste für alle Beteiligten sei.»

«Doch das Schicksal macht ihm einen Strich durch die Rechnung. Irina stirbt und das Blatt wendet sich. Minder ruft Leonardo an und droht, die Presse über seine Machenschaften zu informieren. Leonardo gerät in Panik, fliegt zurück und ermordet den Pfarrer.»

«Nur findet sich auf Leonardos Handy kein Anruf von Minder und umgekehrt auch nicht. Zudem muss er wieder nach Glasgow geflogen sein, denn der Rückflug am Donnerstag mit Easyjet ist bestätigt.»

«Hm. Borer hat recht. Wir brauchen stichhaltige Beweise, sonst wird das nichts.»

«Im Augenblick kommen wir nicht weiter. Wir müssen auf die Ergebnisse unserer schottischen Kollegen warten.»

«Ich muss sowieso weg. Ich habe versprochen, mit einer Freundin von Nikki zu reden. Irgendetwas belastet sie.»

«Monika erzählte mir davon. Viel Glück.»

«Und was liegt bei dir an?»

«Ich treffe Yvo.»

«Das klingt seltsam, beinahe wie ein Abschied.»

«Wird es wohl auch werden. Leider.»

«Also bitte …»

«Ich will nicht darüber diskutieren, Francesco. Dann bleiben Yvo und ich eben gute Freunde, wie es so schön heisst. Wir sehen uns morgen. Tschüss.»

Ferrari blickte in den blauen Himmel. Soll ich Yvo anrufen? Weiss er, was heute Abend auf dem Spiel steht? Er griff zum Handy und suchte Yvos Nummer heraus. Darf ich das? Oder muss ich dem Schicksal seinen freien Lauf lassen? Hm. Angenommen ich rufe an, was soll ich ihm sagen? Dass Nadine seit Tagen mit mir darüber spricht, dass sie nicht zusammen schlafen? Und dass er sie verliert, wenn er nicht endlich den ersten Schritt unternimmt? Ich weiss nicht. Solche Dinge liegen mir einfach nicht. Monika! Sie soll ihn anrufen. Nein, das ist auch nicht gut. Wir dürfen uns nicht einmischen, Nadine und Yvo müssen das allein klären. Ich kann nur inständig hoffen, dass der Volltrottel endlich zur Vernunft kommt. Und das mit den guten Freunden klappt nie, weil es schlicht und einfach nicht genügt. Nicht nach einer solch engen Beziehung. Ferrari schielte zu seinem Handy. Soll ich doch? Einen kurzen Augenblick zögerte er. Nein. Das Schicksal mischt die Karten, und wir spielen. Sollte Nadine dieses Spiel verlieren, lernt mich mein Schulfreund von einer ganz anderen Seite kennen. Dann Gnade ihm Gott.

Sinia Mettler wartete beim Wasserturm. Ihre braunen langen Haare waren zu einem Zopf geflochten. Sie wirkte zierlich und irgendwie zerbrechlich. Schon seltsam, ich habe sie mir anders vorgestellt, dachte der Kommissär und begrüsste die junge Frau.

«Hallo Sinia. Wie geht es dir?»

Was für ein dummer Beginn!

«Gut und Ihnen?»

«Nicht so gut. Eher schlecht, um ehrlich zu sein.»

Sie sah ihn erstaunt an.

«Wir arbeiten an einem verzwickten Mordfall und kommen nicht weiter. Ich glaube, wir sind in einer Sackgasse gelandet.»

«Geht es um den Mord an Pfarrer Minder?»

«Genau.»

«Ich habe alles darüber gelesen, leider erhält man aus der Presse zu wenige Informationen.»

Der Kommissär brachte die junge Frau auf den neusten Stand. Ab und zu stellte sie eine Zwischenfrage.

«Dürfen Sie das überhaupt?»

«Was?»

«Mir alles erzählen?»

«Ich vertraue dir, Sinia. Und ich bin sicher, dass es unter uns bleibt. Aber nein, eigentlich darf ich das nicht. Ich möchte dir gern noch eine andere Geschichte erzählen. Sie hängt mit dem Wasserturm zusammen. Möchtest du sie hören?»

Sie nickte nur.

«Ganz zu Beginn meiner Karriere wurde ich einem Detektiv zugeteilt. Wir arbeiteten gut zusammen, doch Michael, so hiess mein Kollege, war starken Stimmungsschwankungen unterworfen. Er nahm sich alles zu Herzen, und das ist in unserem Beruf schwierig. Eines Tages verliebte er sich in eine Hauptverdächtige. Um sie zu schützen, liess er wichtige Akten verschwinden.»

«Was Sie natürlich bemerkten.»

«Zuerst dachte ich, dass sie beim Kommissär liegen, mit dem wir zusammenarbeiteten. Doch dem war nicht so.»

«Das war aber mega dumm von Ihrem Kollegen.»

«Sehr dumm. Ich stellte ihn. Michael gab es sofort zu und brach zusammen. Er liebe die Frau und könne ohne sie nicht leben. Obwohl ich Verständnis für seine Situation hatte, beharrte ich darauf, dass er die Akten zurückbringt, was er auch tat.»

«Zeigten Sie ihn an?»

«Nein, natürlich nicht. Michael hatte seine Lektion gelernt. Die Frau wurde dann wegen Mordes verurteilt.»

«Und was hat das mit dem Wasserturm zu tun?»

«Ein Tag nach der Verurteilung erschoss er sich beim Wasserturm mit seiner Dienstwaffe.»

«Wie schrecklich.»

«Ich mache mir noch heute grosse Vorwürfe. Ich hätte es verhindern können. Wenn ich nur auf seine leisen Hilfeschreie eingegangen wäre, aber ich war taub und blind. Eines habe ich gelernt: Wir Menschen müssen mehr miteinander reden und wir müssen lernen, dem Gegenüber zuzuhören. Nur so können wir uns helfen und Leid verhindern.»

Sinia spielte mit einer Blume, die sie während des Spaziergangs ausgerissen hatte.

«Ich … Ich bin schwanger!»

«Schwanger?» Ferrari hatte mit allem gerechnet, aber nicht mit einer Schwangerschaft. «Ich … Ich weiss nicht, was ich sagen soll, Sinia. Du hast mich mit deinem Geständnis total verwirrt.»

Sie lächelte.

«So sehen Sie auch aus. Puh! Jetzt ist es draussen.»

«Was … Ich meine, was ist dabei so schlimm?»

«Der Zeitpunkt. Ich möchte mein Studium abschliessen und dann will ich zur Polizei. Kommissärin ist mein Traumberuf. Ich will genau so werden wie Sie.»

«Hoffentlich besser als ich.»

«Sie sind ein grosser, ein ganz grosser Kriminalist. Sie lösen die schwierigsten Fälle, ihre Erfolgsrate ist extrem hoch.»

«Danke für die Blumen. Ohne meine Kollegin Nadine wäre das nicht möglich. Und ehrlich gesagt, der Zufall spielt oft auch eine grosse Rolle.»

«Ich bin total neidisch auf Frau Kupfer. Sie darf an Ihrer Seite die grössten Fälle bearbeiten und irgendwann wird sie die Nummer eins.»

«Ich weiss nicht, ob das Nadines Wunsch ist.»

«Und warum nicht?»

«Vielleicht will sie eine Familie gründen, Kinder …» Ferrari biss sich auf die Lippe.

«Das will sie bestimmt nicht.»

«Im wie vielten Monat bist du?»

«Im dritten.»

«Ich … Wer …»

«Ein Assistent an der Uni ist der Vater.»

«Lebt er hier in Basel?»

«Nein, in Schweden.»

«Weiss er von deiner Schwangerschaft?»

«Ja.»

«Und?»

«Er legte einfach auf … Herr Ferrari, ich bin so verzweifelt.»

Der Kommissär nahm Sinia in den Arm.

«Na, na. Es wird alles gut. Wir finden eine Lösung.»

«Wenn das meine Mutter erfährt, dreht sie durch. Sie arbeitet wie verrückt und opfert so viel, damit ich studieren kann … Ich bin eine einzige Enttäuschung.» Sie trocknete ihre Tränen und atmete tief durch. «Jetzt sagen Sie schon was.»

«Ich überlege. Möchtest du das Kind?»

«Ja, aber ich will auch studieren.»

«Gut. Siehst du eine Möglichkeit, dass Kind und Studium miteinander vereinbar sind?»

«Eben nicht. Am besten, ich springe vom Wasserturm.»

«Das ist keine gute Lösung.»

«Dann treibe ich das Kind ab.»

«Hm. Diese Variante ist radikal und muss sehr gut überlegt sein.»

«Aber Sie wären damit einverstanden oder?»

«Es ist deine Entscheidung. Du musst hundertprozentig von der Richtigkeit überzeugt sein. Bist du das?»

«Nein … Ich spreche mit meiner Mutter.»

«Mach das. Ihr werdet gemeinsam eine Lösung finden. Da bin ich ganz sicher.»

«Es wird eine harte Zeit für uns. Meine Mutter muss ihr ganzes Leben auf den Kopf stellen … Das kann ich ihr nicht zumuten.»

«Diese Entscheidung solltest du deiner Mutter überlassen. Was ist mit dir? Stehst du die Doppelbelastung durch?»

«Es wird sicher nicht leicht, aber ich packe das. Können wir heute noch mit meiner Mutter reden?»

«Wir?»

«Ich getraue mich nicht allein.»

Das Gespräch fand unter acht Augen statt, Ferrari nahm zur Unterstützung Monika mit. Nach anfänglichem Schock beruhigte sich Kirstin Mettler von Minute zu Minute.

«Ich verlange sehr viel von dir. Das weiss ich. Wenn du nicht kannst, bin ich dir nicht böse. Seit ich auf der Welt bin, unterstützt du mich in allem, was ich tue. Mir fehlte und fehlt es an nichts. Du hast mir immer alles ermöglicht und deshalb auf vieles verzichtet. Dafür bin ich dir sehr sehr dankbar. Es ist absolut dein Recht, endlich wieder ein eigenes Leben zu führen.»

«Ach, Kleines. Ich will dir auch jetzt helfen und so ein kleiner Enkel bringt wahnsinnig viel Freude. Ich weiss nur im Moment nicht, wie wir es schaffen sollen. Mein Lohn reicht ja kaum für uns zwei und leider zahlt dein Vater nur sehr unregelmässig die Alimente. Ohne mein Einkommen können wir nicht leben… Vielleicht finde ich eine andere Arbeit, die besser bezahlt ist und die ich am Abend machen kann.»

«In einer meiner Apotheken suchen wir eine Aushilfe. Wir sind da zeitlich sehr flexibel.»

«Das kann ich doch nicht», gab Kirstin zu bedenken.

«Wir suchen eine Person, die den Wareneingang kontrolliert, die Medikamente einsortiert und den Überblick über die Bestellungen hat.»

«Das übernehme ich. Zusammen schaffen wir das.»

Kirstin umarmte ihre Tochter.

«Ja, du hast recht. Wir nehmen dein Angebot dankend an, Monika. Wer von uns beiden deine neue Mitarbeiterin wird, diskutieren wir noch.»

«Da wäre noch ein wichtiger Punkt», gab Ferrari zu Bedenken. «Der werdende Vater darf sich nicht einfach so aus der Verantwortung schleichen.»

«Ich will nichts mehr von ihm hören.»

«Das musst du auch nicht. Ich kenne da einen guten Anwalt, der dafür sorgen wird, dass er euch finanziell unterstützt.»

«Ich weiss nicht.»

«Auf euch kommen in den nächsten Jahren viele Ausgaben zu. Ein Kind ist teuer, das weiss deine Mutter nur zu gut. Mein Bekannter wird nichts ohne dein Einverständnis unternehmen.»

«Okay, dann bin ich einverstanden.»

«Und das Gleiche gilt für dich, Kirstin. Deine Anständigkeit in Ehren, doch Paul darf ruhig auch seinen Teil beitragen. Wenn du mir Pauls Adresse gibst, könnte der Anwalt auch ihm einen netten Brief schreiben.»

«Danke. Ich überlege es mir.»

«Gut, dann wollen mir mal.»

Ferrari und Monika erhoben sich, dankbar umarmte Sinia den Kommissär.

«Tausend Dank, Herr Ferrari. Das vergesse ich nie.»

Zu Hause angekommen setzten sie sich mit einem Glas Rotwein auf die Hollywoodschaukel.

«Was sagen wir Nikki?»

«Die Wahrheit. Es ist ja ab jetzt kein Geheimnis mehr.»

«Sinia hätte sich mir doch anvertrauen können. Von Frau zu Frau. Wie hast du es nur geschafft, dass sie dir von ihrer Schwangerschaft erzählte?»

«Ich weihte sie in unseren aktuellen Fall ein.»

Monika sah den Kommissär ungläubig an.

«Wirklich, ich schwörs. Sie stellte interessante Rückfragen.»

«So hast du Vertrauen geschaffen. Gut gemacht.»

«Danke. Und übrigens, sie ist auf Nadine eifersüchtig.»

«Dann sind wir schon zwei. Wo habt ihr euch getroffen?»

«Beim Wasserturm.»

«Du hast ihr aber nicht …»

«Doch.»

Monika kuschelte sich an Ferrari.

«Manchmal überraschst du mich. Mein Brummbär kann sehr feinfühlig sein, wenngleich auf eine ganz eigene Art und Weise. Du bist wahrscheinlich der erste Psychiater, der seine Patientin heilt, indem er mit ihr über einen Mordfall diskutiert und ihr vom tragischen Schicksal eines Kollegen erzählt.»

7. Kapitel

Kopfschüttelnd trug Ferrari Kalorienangaben in seine Excel-Datei ein. Das wird nichts. Ich bin jeden Tag weit über dem Limit. So nehme ich nie und nimmer ab. Wie auch, wenn die lieben Frauen mich vollstopfen oder abfüllen. Meine einzige Chance ist ein Fitnessabonnement. Aber, was das kostet! Hm. Ich könnte Audrey fragen, vielleicht bekomme ich einen Rabatt oder sogar ein Gratisabo. Es muss ja nicht für ein Jahr sein, zwei oder drei Monate genügen. Einfach bis ich fünf, sechs Kilo runter hab. Je älter ich werde, desto schwieriger ist es, Gewicht zu verlieren. Gemäss meiner Liste müsste ich vier Tage hungern, um wieder auf Kurs zu kommen. Na prima. Und je mehr ich übers Abnehmen nachdenke, desto grösser ist mein Appetit. Ich muss dringend auf andere Gedanken kommen. Der Kommissär gab das Stichwort «Berghaus Forensiker» in der Suchmaschine ein und fand jede Menge Berichte darüber. Es stimmt also, was Peter erzählt hat. Die Studie über Suizid und Unfall stammt zwar aus dem Jahr 1979, scheint aber noch heute aktuell zu sein. Unter anderem wurde die Sturzbahn untersucht und dabei Differenzen zwischen Suizid und Unfall festgestellt. Interessant.

«Einen guten Morgen wünsche ich.»

«Guten Tag, Herr Staatsanwalt.»

«Sind Sie zur Vernunft gekommen?»

«Sicher. Wir ermitteln gegen Stolz weiter.»

«Das höre ich gern, nur fehlt mir der Glaube. Erfahrungsgemäss ziehen Sie unbeirrt Ihr Ding durch. Ihnen ist es doch egal, ob am Ende die ganze Polizei bis auf die Knochen blamiert ist. Ich warne Sie, dieses Mal stelle ich mich nicht schützend vor Sie.»

«Alles klar. Wir warten die Ergebnisse aus Schottland ab. Danach besprechen wir das weitere Vorgehen.»

«Wusste ich es doch. Sie halten an Ihrer abstrusen Theorie fest. Aber glauben Sie ja nicht, dass ich Ihnen einen Haftbefehl für von Hohenstein ausstelle. Nie und nimmer!»

«Ausser wir liefern Ihnen handfeste Beweise.»

«Ha! So handfest wie bei all den anderen Fällen. Da lachen ja die Hühner. Sie brauchen mindestens drei Haftbefehle, bis Sie den richtigen aus der Trommel ziehen. Ein Sechser im Lotto ist wahrscheinlicher, als dass Sie auf Anhieb einen Mörder erwischen.»

«Es ist uns noch keiner entwischt.»

«Reiner Zufall und jede Menge Glück.»

«Hm … Ah, du kommst genau richtig, Peter. Was sagst du zu unserem Verdacht?»

«Ihr habt nicht mehr alle Tassen im Schrank», antwortete der Polizeiarzt. «Es gibt keine Spuren von Gewalt.»

«Wo genau lag Leonardo?»

«Äh… Also…», Strub klappte seinen Laptop auf und betrachtete die Fotos.

«Lag der Tote mehr als ein bis zwei Meter von der Senkrechten der Absturzstelle entfernt?»

«Das ist schwierig zu sagen.»

«Du bist mir eine schöne Hilfe.»

«Was soll das? Nur, weil du wieder so einen idiotischen Verdacht hast, musst du mich hier vor dem Staatsanwalt nicht dumm anmachen.»

«Ich teile die Meinung von Doktor Strub. Ihr Verdacht ist absurd.»

«Wundert mich nicht. Zwei Kleingeister, die nicht über den Rand ihres Tellers hinaussehen.»

«Das ist doch… ich lasse mich von dir nicht länger beleidigen.»

«Mässigen Sie sich, Ferrari! Sie verrennen sich und realisieren langsam, dass Ihnen die Felle davonschwimmen. Wo ist eigentlich Ihre Kollegin?»

«Keine Ahnung.»

«Und schon bin ich hier, pünktlich aufs Stichwort. Guten Morgen zusammen… Oh… Was starrt ihr mich so an?»

«Was soll an diesem Morgen gut sein, wenn er mit zwei fantasielosen Trampeln beginnt.»

«Das nehmen Sie sofort zurück, Ferrari.»

«Ich wüsste noch ganz andere Bezeichnungen.»

«Gehen wir, Doktor Strub. Der Mann ist durchgeknallt. Wir überlassen Frau Kupfer das Feld. Viel Spass.»

Der Kommissär spielte mit seinem Kugelschreiber.

«Nun, willst du mich nicht fragen, wie es mir geht?»

«Wie gehts dir?»

«Super, super, super sensationell. Gestern Nacht war ein einziges Feuerwerk. Was heisst Feuerwerk, das war eine Supernova.»

«Freut mich für dich.»

«Wo bleibt da die Begeisterung, Francesco?»

«Ich bin nicht in Stimmung für Bettgeschichten.»

«Was heisst hier Bett? Es fing bereits im Taxi an. Der Taxifahrer schaute immer wieder in den Rückspiegel, beinahe wäre er in ein Auto vor uns geknallt. Ich musste Yvo richtig bremsen.»

«Im Ernst?»

«Und dann ists passiert, im Garten unter dem Sternenhimmel. Es war total romantisch und …»

«Bitte erspar mir die Details.»

«Ich sage nur so viel: Der Garten war erst das Amuse-Bouche. Wenn du verstehst, was ich meine. Und heute morgen bin ich ihm nur mit Mühe und Not entkommen», kicherte Nadine total glücklich.

Dann liegt er jetzt mit Sicherheit unter einem Sauerstoffzelt, sofern er überhaupt noch lebt. Kann mann an einer Überdosis Viagra sterben?

«Das war so megatoll. Francesco. Es übertraf meine kühnsten Erwartungen. Jetzt weiss ich endlich, dass er mich liebt und dass wir perfekt zusammenpassen. Nun sag doch endlich was.»

«Ich freue mich für euch.»

«Das klingt eher wie eine Kondolenz. Yvo ist ganz anders als du. Er ist enthusiastisch, einfühlsam, humorvoll, charmant, ein Kavalier der alten Schule und ein feuriger Liebhaber. Genug geschwärmt, ich check mal kurz meine Mails. Vielleicht sind schon erste Resultate reingekommen», schwebte sie auf Wolke sieben aus dem Büro.

Hm. Das war jetzt kein Kompliment. Was solls, der Tag kann nur noch besser werden. Zehn Minuten später stand Nadine mit einer Liste vor dem Kommissär.

«War Noldi hier?»

«Ja, mit der Auswertung von Leonardos Handy», wohlweislich verschwieg Ferrari, dass die Liste bereits eine Weile auf seinem Tisch geschlummert hatte.

«Okay. Keine ein- und auch keine ausgehenden Anrufe, aber mehrere SMS von Audrey, von Alexander von Hohenstein und von einem Richi. Das wird Richard Stein sein, der Hausarzt der Familie von Tomai. Leonardo antwortete keinem. Die Überprüfung von Minders Festanschluss und von seinem Handy ergab ebenfalls keinen Treffer. Leonardo hat ihn nicht angerufen, auch nicht von einem anderen Anschluss in England aus. Die beim Pfarrer eingegangenen Anrufe stammen von den Jungs, von Alexander von Hohenstein und einer ist von Richard Stein.»

Ferrari schaute Nadine fragend an.

«Was wollte der von Minder?»

«Ich vermute, es ging um die Todesursache von Irina.»

«Gibt es Neuigkeiten aus Schottland?»

«Die checken alle Flüge durch. Der Inspektor meint, dass sie bis Mittag Resultate liefern können. Anina informiert uns sofort.»

«Gut. Dann hören wir uns inzwischen an, warum Stein mit Minder telefoniert hat.»

Der Hausarzt praktizierte an der Birsstrasse. An Arbeit schien es ihm nicht zu mangeln, das Wartezimmer war voller älterer Menschen. Die Sprechstundenhilfe vertröstete Nadine und Ferrari auf zehn Uhr. Dann habe der Herr Doktor ein kleines Zeitfenster, sofern er nicht zu einem Notfall gerufen werde.

«Setzen wir uns in der Zwischenzeit an die Birs», schlug Nadine vor. «Dann kannst du mir in Ruhe erzählen, wie das Gespräch mit Sinia verlief.»

«Es ist schön hier. Seit der Renaturierung vor rund fünfzehn Jahren kommt es zu weniger Überschwemmungen und sogar der Biber ist zurückgekehrt.»

«Schön und gut, erzähl mir jetzt lieber von Sinia.»

«Sie ist schwanger.»

«Von wem?»

«Einem Uni-Assistenten, der nach Schweden abgehauen ist.»

«Ich will alle Details wissen.»

Der Kommissär erzählte die ganze Geschichte.

«Gratuliere. Eine starke Leistung.»

«Danke für das Kompliment. Hoffentlich bringt sie Kind und Studium unter einen Hut.»

«So wie du sie schilderst, packt sie das … Oh, es ist Zeit. Stein erwartet uns.»

Der Arzt gönnte sich einen Kaffee.

«Möchten Sie auch einen?»

«Nein, danke. Wir wollen Sie nicht lange stören.»

«Am Morgen ist immer viel los, dafür wirds am Nachmittag ruhiger.»

«Wie lange sind Sie schon Hausarzt?»

«Seit genau achtunddreissig Jahren, Frau Kupfer. Ein Auslaufmodell. Damit meine ich nicht mich, sondern das Hausarztmodell. Die jungen Ärzte wollen keine Hausbesuche bis tief in die Nacht machen, eine Spezialisierung ist ihnen lieber. Die Universität fördert deshalb spezifisch die Ausbildung von Hausärzten.»

«Gibt es einen Ärztemangel in der Schweiz?»

«Allerdings. Die Spitäler kompensierten den Mangel in den letzten Jahren durch ausländische Fachkräfte. Nun will der Bund hundert Millionen Franken investieren, damit mehr Ärzte in der Schweiz ausgebildet werden. Die Studienplätze sollen bis ins Jahr 2025 von acht- bis neunhundert auf eintausenddreihundert aufgestockt werden.»

«Führen Sie die Praxis allein?»

«Ich arbeite gerade eine junge, fähige Kollegin ein. Leider läuft es nicht ganz so reibungslos, wie ich es mir wünsche.»

«Weshalb?»

«Kommen Sie am Mittwoch vorbei, dann sehen Sie das Problem … Am Mittwoch herrscht hier gähnende Leere. Meine alten Patienten sind immer krank, nur nie mittwochs», lachte er. «Es ist zum Verzweifeln. Dabei ist sie wirklich gut. Aber das zählt nicht, sie wollen mich und sonst niemanden.»

«Was für Sie spricht.»

«Ich bin nicht mehr der Jüngste und möchte reduzieren. Ab nächstem Montag versuche ich eine neue Taktik. Meine Kollegin wird mir zunächst assistieren und ganz langsam übernehmen. Sozusagen in homöopathischen Dosen … Bitte entschuldigen Sie, ich quatsche Sie mit meinen Problemen voll. Sie wollten mit mir bestimmt nicht über meine Nachfolgeregelung sprechen.»

«Wir sind wegen Pfarrer Minder da.»

«Ich gebs zu. Ich bin der Mörder, Herr Kommissär.»

«Ärzte haben einen seltsamen Humor. Selbstverständlich können wir Ihren Wunsch auf eine Nacht in einer einfachen Zelle erfüllen.»

«Das wäre mal etwas anderes. Nun, wenn Sie mir mein Geständnis nicht abnehmen, aus welchem Grund sind Sie hier?»

«Wir überprüfen die Telefongespräche von Pfarrer Minder, das ist reine Routinearbeit, und stellten dabei fest, dass Sie wenige Tage vor seinem Tod miteinander telefonierten. Um was ging es bei diesem Gespräch?»

«Stimmt. Ich rief ihn am Freitag oder Samstag nach dem Tod von Irina an, um herauszufinden, was er über Irinas Gesundheit wusste und was er in seiner Rede sagen würde.»

«Und warum?»

«Weil ich Alexander misstraue, er ist eine Plaudertasche. Und dieser Minder war mir irgendwie suspekt. Ein Leichenfledderer, wie es im Buche steht. Gierig auf Neuigkeiten und an jedem Skandal interessiert.»

«Das heisst, Sie wollten einen Skandal verhindern.»

«Korrekt. Irina war kokainabhängig. Alexander konnte damit überhaupt nicht umgehen und ich befürchtete, dass er seinem Pfarrer alles gebeichtet hatte. Zum Glück täuschte ich mich in Alexander, Minder wusste nichts von ihrer Sucht.»

«Wer stellte den Totenschein von Irina aus?»

«Ich. Sie ist friedlich eingeschlafen und nicht mehr aufgewacht. Herzversagen.»

«Sie schrieben Leonardo mehrere SMS.»

«Das war meine Pflicht. Die erste SMS schickte ich kurz nach dem Ableben von Irina und dann praktisch jeden Tag eine. Ich bat ihn, mich sofort anzurufen. Doch er reagierte nicht. Audrey erging es genauso. Sie tut mir sehr leid. Zuerst der Verlust ihrer Mutter, dann begeht ihr Bruder Selbstmord und nun droht ihrer Firma der Konkurs, wie mir Alexander gestern Abend erzählte. Ich musste ihm ein Beruhigungsmittel geben.»

«Manchmal kommt alles auf einmal.»

«Wie schätzen Sie die Chancen ein, dass es weitergeht, Frau Kupfer?»

«Das hängt von den Banken ab. Ich würde sagen, fifty-fifty.»

«Ich überlege mir nämlich, Aktien zu kaufen … Was schauen Sie mich so komisch an?»

«Das ist pietätlos.»

«Wieso denn? Das Leben geht weiter. Die Aktien von Audreys Firma werden an Wert verlieren. Wenn ich jetzt für eine oder zwei Millionen investiere, kann ich in einem oder zwei Jahren einen schönen Gewinn erzielen.»

«Oder alles verlieren.»

«Auch möglich. Ich bin single, muss auf niemanden Rücksicht nehmen und pokere leidenschaftlich gern. Sie wissen ja, das letzte Hemd hat keine Taschen.»

«Das stimmt. Vielen Dank für Ihre Hilfe.»

«Ein Spieler.»

«Hoffentlich nicht bei den Diagnosen seiner Patienten. Was überlegst du, Francesco?»

«Nichts.»

«Raus mit der Sprache.»

«Ich dachte … Also wenn Olivia einsteigt, werden die Aktienkurse in die Höhe schiessen.»

«Ich glaub, ich spinn. Du bist genauso ein Gambler wie Richard Stein.»

«Entschuldige, ich wäre nie auf die Idee gekommen.»

«Ich seh die Dollarzeichen in deinen Augen. Wie willst du einsteigen? Mit einer oder zwei Aktien?»

«Zuerst muss ich wissen, was sie kosten. Sobald bekannt ist, dass von Tomai vor dem Aus steht, rasselt der Kurs in den Keller. Dann steige ich ein. Wenn Olivia die Firma rettet, explodiert der Kurs und ich verkaufe sofort.»

«Da gibt es nur einen Haken: Olivia.»

«Hm … Stimmt, guter Einwand. Ich muss herausfinden, ob sie von Tomai rettet oder nicht.»

«Das wäre dann ein Insidergeschäft.»

«Unsinn. Du willst mir den Deal nur vermiesen. Aber das gelingt dir nicht, da bleibe ich dran.»

«Einmal Spieler, immer Spieler. Lotto, Aktien … Wer weiss, was du noch so alles treibst.»

Die schottischen Kollegen waren wirklich auf Trab. Kurz vor zwölf informierte Inspektor Dunn, dass die Busse von einem Hotelier in Inverness einbezahlt worden war. Auf Wunsch von Leonardo. Damit stand fest, dass Audreys Bruder durchaus am Dienstag in Basel gewesen sein konnte. Hingegen ergab die Suche nach einem Flug von Glasgow oder von einem anderen schottischen Flughafen nach Europa, wie er ausdrücklich betonte, keinen Treffer. Offensichtlich war Inspektor Dunn kein Fan eines geeinten Europas. Er schlug vor, bei den Kollegen in Irland und vor allem in England nachzufragen. Vielleicht sei Leonardo von Schottland mit dem Zug nach London gefahren und habe dort einen Flug gebucht.

«Die bemühen sich echt.»

«Anina auch. London ist eine gute Idee, sie soll gleich nachfragen.»

«Nach Auskunft von Dunn hat Leonardo die Busse am Samstag dem Hotelier gegeben. Demnach hätte er problemlos am Samstag oder Sonntag zurückfliegen können.»

«Soweit scheint mir alles logisch. Wenn wir nur wüssten, was Leonardo und Minder verband? Stolz sagt die Wahrheit. Er sah am Dienstag tatsächlich Leonardo aus Minders Haus kommen, der danach auf irgendeinem Weg nach Schottland zurückkehrte.»

«Ich verstehe das nicht. Warum nahm er nicht an der Abdankungsfeier teil? Was hatte er zu verbergen? Warum meldete er sich bei niemandem?»

Der Kommissär blickte auf.

«Vielleicht hat er sich doch bei einer Person gemeldet.»

«Bei wem?»

«Bei Alexander von Hohenstein.»

Von Hohenstein war bei Olivia auf dem Bruderholz, um, wie er sagte, Frieden zu schliessen. Ein Charakterzug, den Ferrari an ihr sehr schätzte. Wenn sie sich verrannte, und das geschah öfters, zeigte sie Grösse und entschuldigte sich. Gemeinsam mit Audrey sassen die beiden bei Kaffee und Kuchen im Gartenpavillon. Ein Bild, das den Kommissär unweigerlich an den Schlager «In der kleinen Konditorei» von Fred Raymond aus dem Jahr 1928 erinnerte. Wie auch immer, dieses Mal trinke ich nur einen Kaffee und esse nichts. Absolut gar nichts. Es ist an der Zeit, zu beweisen, dass ein Francesco Ferrari konsequent bleiben kann.

«Auch ein Stück?»

«Nur einen Kaffee, bitte. Ich bin auf Diät und muss unbedingt einige Kilos abspecken.»

«Wie du willst. Er ist von der Bäckerei Jetzer.»

«Die verkaufen auch Kuchen?»

«Super Kuchen würde ich sagen.»

«Ich nehme ein Stück.»

«Freut mich, Nadine. Du willst wirklich nichts?»

«Nein, nur Kaffee.»

«Verstehe. Komm mir aber nicht, wenn alles weg ist.»

Und das wird bald der Fall sein. Vor allem, wenn Nadine so unverschämt zuschlägt.

«Habt ihr Bauer und Stolz verhaftet?»

«Die warens nicht.»

«Sondern?»

«Wir vermuten Leonardo.»

«Was?!? Das ist ein schlechter Scherz.»

«Leider nein, Audrey. Wir haben Grund zur Annahme, dass Leonardo seit dem letzten Samstag oder Sonntag in Basel war. Wir wissen zwar noch nicht, wann genau und wie er von Schottland in die Schweiz kam und dann wieder zurück, doch mithilfe unserer britischen Kollegen werden wir das noch klären. Vermutlich ist er von London aus nach Frankfurt oder einem anderen Ort geflogen.»

«Und weshalb?»

«Um das zu klären, sind wir hier. Hatten Sie nach dem Tod von Irina Kontakt mit Leonardo, Herr von Hohenstein?»

Der alte Mann sah den Kommissär lächelnd an.

«Ich schrieb ihm mehrere SMS mit der Bitte um einen Rückruf, erhielt aber keine Antwort und keinen Rückruf. Verstehe ich Sie richtig, Sie glauben, dass Leonardo der Mörder von Pfarrer Minder ist und ich sein Komplize?»

«Nicht ganz. Es könnte aber sein, dass Sie ihm auf irgendeine Weise eine Information über Pfarrer Minder zukommen liessen.»

«Etwas, das ihn in Panik versetzte, und er daraufhin beschloss, Minder aufzusuchen. Ob es sich um eine vorsätzliche Tötung handelt, lassen wir einmal offen.»

«Dein Haus bringt mir kein Glück, Olivia. Nachdem wir unseren Streit beigelegt haben, tun sich jetzt neue Irritationen auf. Ich bedaure sehr, dass ich Ihnen nicht behilflich sein kann, Herr Kommissär. Noch einmal fürs Protokoll: Ich hatte nur per SMS Kontakt zu Leonardo und leider erhielt ich keine Antwort von ihm. Sie dürfen meine Anrufe gern nachverfolgen. Bei allem Respekt für Ihre kriminalistischen Fähigkeiten, Sie sind auf dem Holzweg. Leonardo war in Schottland. Und solange Sie mir keine glaubwürdigen Beweise vorlegen können, die mich vom Gegenteil überzeugen, möchte ich mit Ihnen nicht weiter darüber diskutieren. Ich war kein Freund von Leonardo, das wissen Sie. Aber Leonardo als Mörder abzustempeln, betrachte ich als eine Ungeheuerlichkeit, als eine bodenlose Frechheit! Entschuldige bitte mein heftiges Auftreten in deinem Haus, Olivia. Sie sollten sich schämen, Herr Kommissär», von Hohenstein erhob sich. «Falls Sie mich wegen Mittäterschaft verhaften wollen, wissen Sie ja, wo Sie mich finden. Olivia, Audrey, ich wünsche euch einen schönen Tag.»

«Das war wohl nix, Francescolein.»

«Ich nehme jetzt ein Stück Kuchen. Ein grosses.»

«Eure Theorie ist etwas weit hergeholt.»

«Leonardo war in Basel, Olivia.»

«Bist du sicher, Nadine.»

«Ziemlich. Markus Stolz sah ihn am Dienstag aus dem Haus von Pfarrer Minder kommen. Wir warten stündlich darauf, dass wir aus England die Flugbestätigung erhalten.»

«Das heisst also, er war schon am Wochenende in Basel.»

«Auch Montag oder sogar erst Dienstag kommen infrage.»

«Stolz ist kein besonders glaubhafter Zeuge.»

«Leonardo lebte noch, als Stolz es uns erzählte», schmatzte Ferrari.

«Noch das letzte Stück Kuchen?»

«Ja, gern, wenn niemand mehr will. Schmeckt wirklich hervorragend.»

«Und warum kam er dann nicht an die Beerdigung seiner Mutter?»

«Darauf können wir uns auch keinen Reim machen.»

Audrey sass stumm und in sich zusammengesunken am Tisch. Der Verlust von Mutter und Bruder wog schwer, doch die Vorstellung, der eigene Bruder könnte ein Mörder sein, war definitiv zu viel.

«Die wollen mir das Haus in Kleinhüningen nicht verkaufen», wechselte Olivia geschickt das Thema.

«Warum nicht?»

«Wahrscheinlich versuchen sie mit dieser Taktik, den Preis hochzutreiben.»

«Dann müssen die Jugendlichen Ende Jahr raus?», fragte Nadine.

«Scheint so. Es ist noch nicht aller Tage Abend. Sprich, ich habe einen Plan B.»

«Und der wäre?»

«Agnes besitzt ein Haus in der Nähe des Claraspitals, das seit einem Jahr leer steht. Sie hat absolut keinen Plan damit, obwohl sie ja die geborene Managerin ist. Typisch Agnes. Mehr Schein als Sein. Kurz, ich rief sie an und redete mir den Mund fusselig. Stellt euch vor, meine liebe Schwester hat sogar noch die beiden Nachbarshäuser dazugekauft. Tja, leider stellt sie auf stur und will die Häuser nicht verkaufen.»

«Echt schade. Vielleicht kannst du sie doch noch überzeugen?»

«Hab ich schon mit meinem Trumpf Ass, das ich aus dem Ärmel zog.»

Der Kommissär schob das letzte Kuchenkrümelchen in den Mund. Mmh. Der war wirklich fein. Ich werde bei Jetzer einen kaufen und Monika damit überraschen.

«Mit dem da!»

«Lass das. Ich hasse es, wenn du auf meinen Bauch klopfst.»

«Francesco?»

«Was ist mit mir?»

«Vor lauter Gier nach Kuchen bekommst du gar nicht mit, worüber wir sprechen.»

«Aber sicher.»

«Also, was ist das Thema?»

«Die jungen Leute in Kleinhüningen.»

«Du hast die Kurve gerade noch gekriegt. Olivia kann das Haus leider nicht kaufen.»

«Dann müssen sie jetzt ausziehen?»

«Mann, manchmal bist du so etwas von nervig. Wenn du zugehört hättest, wüsstest du, dass Olivia eine Alternative vorschlägt – die drei Liegenschaften von Agnes.»

«Die sie nicht rausrücken will.»

«Und was habe ich damit zu tun?»

«Ich sagte meiner lieben Schwester, dass du darüber sehr traurig sein wirst, weil du den jungen Menschen eine Heimat geben möchtest.»

«Das war unfair.»

«Aber clever. Nachdem sie zehn Minuten, ohne Luft zu holen, über den barmherzigen Samariter Francesco referierte und in den Hörer schluchzte, was du doch ach für ein guter Mensch seist, will sie sogar die Häuser von einem Architekten umbauen lassen. Artgerecht.»

«Was heisst das nun wieder?»

«Nur nicht so garstig, der Herr. Du wolltest schliesslich, dass ich mich darum kümmere. Das heisst, jeder und jede bekommt ein eigenes Zimmer, es wird genügend sanitäre Einrichtungen geben und die Häuser werden miteinander verbunden.»

«Agnes ist eben eine hilfsbereite Person.»

«Im Vergleich zu mir, meinst du. Das Ganze kriegst du aber nicht umsonst.»

«Nicht?»

«Sie gründet dafür eigens eine Stiftung und du wirst Stiftungsrat.»

«Wenns nur das ist, ich bin dabei.»

«Und alles, damit meine bekloppten Schwestern viermal im Jahr ihren Francesco sehen.»

«Ich weiss nicht, was du gegen sie hast.»

«Gleich und gleich verträgt sich.»

«Wie meinst du das?»

«Noch zwei oder drei Kilo mehr und du siehst wie meine Schwestern aus. Du wirst der fetteste Stiftungsrat der Schweiz.»

«Audrey, sag doch auch mal etwas.»

«Ich …Entschuldigt, ich war in Gedanken. Ich finde es super, wenn die jungen Leute ein neues Zuhause bekommen … Entschuldigt mich, ich fühle mich nicht wohl.»

«Daran bist du schuld.»

«Immer ich. Jetzt habe ich dann genug von euren Vorwürfen.»

«Wie würdest du reagieren, wenn du in kürzester Zeit Mutter und Bruder verlierst und dann kommt frischfröhlich ein Kommissär daher, der behauptet, der Bruder sei ein Mörder gewesen.»

«Ich … Ja, Mist … Das war nicht besonders klug.»

«Auch nicht besonders einfühlsam.»

«Hm. Leonardo ist in den Mordfall verwickelt, in diesem Punkt täuscht mich mein Bauchgefühl nicht.»

«Das könnte ich mir gut vorstellen. Vielleicht hatte Minder tatsächlich etwas gegen Leonardo in der Hand. Da von Tomai vor dem Aus stand und noch immer steht und mit der Firma auch Leonardo, wäre die einzige Chance ein Verkauf gewesen. Vielleicht wären da noch einige Millionen rausgesprungen.»

«Steigst du jetzt eigentlich bei von Tomai ein?»

«Warum will er das wissen?», wandte sich Olivia an Nadine, die nur den Kopf schüttelte.

«Er überlegt sich, seine acht Franken fünfzig in Aktien zu investieren.»

«Aber nur, wenn er sicher ist, dass ich von Tomai rette.»

«Etwa so.»

«Du bist ja ein ganz raffiniertes Schlitzohr!»

«Lass das. Ich hasse dieses Betätscheln.»

«Ich muss dich leider enttäuschen, ich steige nicht ein. Das kostet mich zu viel.»

«Aha! Schade. Audrey wird enttäuscht sein.»

«Vielleicht steige ich ja doch ein.»

«Ja, was nun? Übernimmst du von Tomai oder nicht?»

«Noch bin ich am Sondieren. Und was unternimmt jetzt unser Aktienspezialist?»

«Ich kaufe Aktien, weil du Audrey auf keinen Fall hängen lässt.»

«Gut kombiniert. Wer brachte ihn auf den Gedanken, Nadine? Das ist doch nicht auf seinem Mist gewachsen.»

«Richard Stein.»

«Ach, guck mal an, Richard. Lange nicht mehr gesehen. Das war früher ein echter Draufgänger.»

«Frauengeschichten?»

«Immer am Abgrund. Im wahrsten Sinn des Wortes, aber nicht wegen Frauen. Einer, der die Grenzerfahrung sucht, kein Einsatz war ihm hoch genug.»

«Ein Spieler?»

«Wie? Nein, ein Extremsportler, der den Kick braucht. Er ging immer weit übers Limit hinaus.»

«So sieht er gar nicht aus.»

«Ein wahnsinniger Typ. Motorradrennen, Autorennen, Gleitflug, Extrembergsteigen, weiss der Teufel, was noch alles.»

«Fliegt er auch?», fragte Nadine einem Geistesblitz folgend.

«Klar. Er war sogar einmal Präsident des Aeroclub Basel.»

Die Praxis von Richard Stein war bereist geschlossen. Und das an einem heiligen Montag um halb vier. Arzt sollte man sein. Nadine telefonierte mit dem Sicherheitschef des EuroAirport Basel, um herauszufinden, ob Stein in den letzten Wochen geflogen war. Gleichzeitig überprüfte Anina in einer Blitzaktion alle Privatflugzeuge, die letzte Woche in die Schweiz geflogen und von der Schweiz aus gestartet waren. Eine Stunde später wurden sie fündig. In Dublin waren mehrere Starts und Landungen einer Irischen Staatsbürgerin mit Wohnsitz in Basel registriert. Ein sofortiges Nachfassen beim Aeroclub bestätigte, dass Ireen McCloud ein eingetragenes Mitglied war und am Burgweg in Basel wohnte.

Eine Viertelstunde später standen sie auf dem Gelände des ehemaligen Kinderspitals, wo seit fünf Jahren vier kompakte, zueinander versetzte Solitäre standen. Obwohl die Wohnlage einmalig war, ging der Verkauf der Wohnungen nur zögerlich vonstatten. Kein Wunder, wenn man bedenkt, dass die Stadt einen Baurechtzins auf fünfzig Jahre festlegte. Deutlich besser verlief die Vermietung der einundsechzig Mietwohnungen.

Ireen McCloud, eine sportliche Frau um die fünfzig, war über den Überfall, wie sie es nannte, sehr erstaunt. Erst als sie die beiden Polizeiausweise ausgiebig geprüft hatte, öffnete sie die Tür.

«Entschuldigen Sie die Störung. Wir benötigen in einem Fall dringend einige Informationen von Ihnen.»

Zum Glück beherrscht Nadine die englische Sprache. Ich könnte mich nicht wirklich verständlich ausdrücken.

Ireen bat sie auf den Balkon. Fasziniert blickte der Kommissär auf den Rhein. Wow, diese Aussicht war fantastisch. Hier würde ich auch gern wohnen. Nur leider fehlt mir das nötige Kleingeld.

«Sie sind in den letzten Wochen mehrmals nach Dublin geflogen. Gibt es einen bestimmten Grund dafür?»

«Meine Mutter war leider schwer krank und ich konnte keinen Urlaub machen. Wir schliessen demnächst eine wichtige Testreihe ab.»

«Sie arbeiten in der Hoffmann-La Roche?»

«Ja, ich forsche auf dem Gebiet der Virologie. Wir entwickeln ein neues Medikament. Sie werden verstehen, dass ich keine Details verraten darf.»

«Selbstverständlich. Wann waren Sie das letzte Mal bei Ihrer Mutter?»

«Vor drei Tagen. Es war ein Abschied für immer, meine Mutter ist gestern verstorben.»

«Das tut mir leid. Unser herzlichstes Beileid.»

«Vielen Dank. Es ist gut so, sie litt an Krebs im Endstadium. Ein Freund vom Aeroclub erlaubte mir in den letzten Wochen, sein Privatflugzeug zu benutzen. Dafür bin ich ihm sehr zu Dank verpflichtet.»

«Fliegen Sie selbst?»

«Oh ja. Ich bin eine leidenschaftliche Fliegerin. Ich war sogar vor einigen Jahren Commonwealth-Meisterin im Kunstflug.»

«Wow! Die Fliegerei hat mich immer fasziniert. Flogen Sie allein oder waren Sie in Begleitung auf Ihren Flügen nach Dublin?»

«Ich hatte immer Gäste an Bord.»

«War einer dieser Gäste Leonardo von Tomai?»

«Exakt. Er flog mit mir zweimal hin und zurück. Leonardo ist… war ein faszinierender Mann. Sind Sie wegen ihm hier? Ich habe von seinem tragischen Selbstmord gehört. Schrecklich.»

«War Leonardo auch Mitglied im Aeroclub?»

«Richard Stein, das ist ein Arzt…»

«Wir kennen ihn.»

«Durch ihn lernte ich Leonardo kennen. Richard bat mich, ihn aufzupicken, wie er es nannte.»

«Wann war das?»

«Lassen Sie mich nachschauen… Das erste Mal vor etwas mehr als drei Wochen, ich war bei meiner Mutter.»

«Von Dublin nach Basel?»

«Genau. Ich wollte eigentlich bei meiner Mutter bleiben, musste aber kurzfristig für einen Tag zurück. Leonardo kam es sehr gelegen, denn er musste ebenfalls an eine Sondersitzung. Wir flogen am Freitag nach Basel und am Samstag zurück nach Dublin. Ich war froh um seine Gesellschaft.»

«Und das zweite Mal?»

«Wieder von Dublin nach Basel…» Sie prüfte erneut ihre digitale Agenda. «Das war am Sonntag vor einer Woche und zurück flog er am letzten Dienstag. Eigentlich wollte ich an diesem Tag gar nicht fliegen, sondern erst am Mittwoch.»

«Warum änderten Sie Ihre Meinung?»

«Leonardo bat mich darum. Offenbar musste er sehr dringend nach Dublin. Manchmal ist es mit der Presse schon ein Elend.»

«Was meinen Sie damit?»

«Seine vorzeitige Rückkehr hing bestimmt mit dem Tod seiner Mutter zusammen. Das verband uns zwei auch. Er hatte bereits hinter sich, was mir noch bevorstand. Aber ich schweife ab. Ich las in der Zeitung, dass Leonardo nicht an der Beerdigung war, doch genau deswegen flog er ja am Wochenende mit mir nach Basel.»

«Die Medien informieren die Öffentlichkeit nicht immer richtig.»

«Besonders in solchen Angelegenheiten stört mich das empfindlich. Der Artikel erweckte den Eindruck, Leonardo sei mit seiner Mutter im Streit gelegen. Das Gegenteil ist der Fall. Auf dem Rückflug nach Dublin war er sehr deprimiert und auch wütend. Ich fragte ihn, ob ich ihn am Mittwoch wieder mit zurücknehmen könne. Doch er wollte einen alten Familienfreund in Glasgow besuchen und bedankte sich sehr für meine Unterstützung. Darf ich wissen, weshalb Sie mich das alles fragen?»

«Es sind nur Routinefragen.»

«Seien Sie mir nicht böse, aber wenn es nur Routinefragen wären, würden Sie nicht überfallartig bei mir auftauchen.»

«Stimmt. Wir ermitteln in einem Mordfall. Leider darf auch ich keine Details preisgeben.»

«Ja, natürlich … Ein Mord?» Ireen McCloud dachte einige Zeit darüber nach. «Geht es dabei um einen Herrn Hohenheim?»

«Meinen Sie Alexander von Hohenstein?»

«Richtig. Der Name fiel mir nicht ein. Leonardo war sehr wütend auf ihn und bezichtigte ihn des Betrugs. Er verschleudere sein Erbe. Ist der Mann tot?»

«Nein, er lebt. Wir ermitteln im Mordfall Roman Minder.»

«Tut mir leid. Diesen Namen erwähnte Leonardo nie, nur diesen von Hohenstein und seine Mutter. Wissen Sie, er konnte sich nicht mehr würdig von ihr verabschieden. Das hat ihn sehr aufgewühlt. Die letzten Augenblicke am Sterbebett eines lieben Menschen sind so wichtig, leider spreche ich aus Erfahrung. Ich verstehe einfach nicht, wie das passieren konnte. Leonardo pflegte doch einen intensiven Kontakt zu Richard, der zweifellos ein sehr guter Arzt ist. Warum hat er Leonardo nicht informiert, dass es seiner Mutter schlecht geht? Aber eigentlich geht mich das überhaupt nichts an … Oh, ich muss los. Ich treffe Freunde in der Stadt.»

Nadine und Ferrari setzten sich auf eine Bank am Rheinufer.

«Super, wie gut du englisch sprichst.»

«Hast du alles verstanden?»

«Nicht immer bis ins Detail. Ihr Dialekt ist etwas schwer zu verstehen, vor allem für jemanden, der nicht gerade ein Sprachgenie ist.»

«Du könntest ja mal einen Englischkurs belegen.»

«Das bringt nicht viel. Erstens bin ich kein Sprachentalent und zweitens musst du die Sprache, die du lernst, auch anwenden.»

«Das stimmt. Ich rede mit zwei meiner Freundinnen, beide Amerikanerinnen, nur Englisch. So bleibe ich in Übung.»

Nadines Handy klatschte.

«Ah, die Jubelphase!»

«Zu Recht, wenn ich an Yvo denke.»

«Vergiss deinen Yvo und nimm ab.»

«Ja? … Okay … Danke, Georg. … Richard Stein ist zu Hause.»

«Wo wohnt er?»

«Zwei Minuten zu Fuss, in der Alemannengasse.»

«Wart noch einen Augenblick, Nadine. Stein ist ein Pokerer. Es ist besser, wenn wir strategisch vorgehen. Was genau wollen wir ihn fragen?»

«Wir wissen nun mit Sicherheit, dass Leonardo in Basel war. Und das wusste Stein auch. Markus Stolz sieht Leonardo aus dem Haus von Minder kommen und bringt damit den Stein ins Rollen.»

«Gutes Wortspiel. Hm. Folgendes Szenario wäre logisch gewesen: Leonardo erfährt vom Tod seiner Mutter. Stein bittet Ireen, Leonardo mitzunehmen. Er nimmt an der Beerdigung teil und fliegt wieder zurück oder bleibt gleich hier, was einleuchtender wäre, und wartet die Testamentseröffnung ab. Tatsache ist aber, Leonardo fliegt heimlich nach Basel, versteckt sich und sucht Minder auf. Sehr wahrscheinlich bringt er ihn um. Dann fliegt er am Dienstag zurück nach Dublin und kommt am Donnerstag mit Easyjet wieder nach Basel. Warum? Was übersehen wir?»

«Wissen wir, wann genau Irina gestorben ist?»

«Äh … Nein, nicht wirklich. Es muss vor ungefähr drei Wochen gewesen sein. Du meinst …»

«Als Leonardo das erste Mal heimlich mit Ireen nach Basel flog, lebte Irina von Tomai noch!»

«Mein Gott!»

Richard Stein empfing sie mit einem Lächeln.

«Vermutlich wollen Sie sich nicht mit mir über das Wetter unterhalten. Bitte, nehmen Sie Platz.»

«Wir kommen von Ireen McCloud.»

«Gratuliere. Dann wissen Sie, dass Leonardo mit ihr zweimal von Dublin nach Basel und wieder zurückgeflogen ist. Möchten Sie etwas trinken?»

«Nein, danke.»

«Diesen französischen Rotwein kann ich sehr empfehlen. Ein Jahrhundertjahrgang. Möchten Sie ein Glas?»

«Gern … Ausgezeichnet», Ferrari schaute sich die Etikette an. «Wirklich ganz ausgezeichnet.»

«Es freut mich, dass Sie meinen Wein geniessen. Man weiss ja nie, wann es der letzte ist.»

«Vielleicht nicht der allerletzte, aber doch für einige Zeit.»

«Für wie lange denken Sie?»

«Das hängt etwas von Ihrem Kooperationswillen ab.»

«Das Leben ist viel zu kurz, um auch nur einen einzigen Tag zu verschwenden.»

«Leider sind Ihre Aussichten nicht so rosig.»

«Zum Wohl. Auf die Gesundheit und auf ein Leben in Freiheit. Sie verpassen einen einmaligen Tropfen, Frau Kupfer.»

«Sie können mir mit einem Geständnis eine ebenso grosse Freude bereiten.»

«Geständnis? Ja … Das ist vielleicht zu viel erwartet. Was wissen Sie?»

«Dass Leonardo ein Doppelmörder ist.»

Stein nickte.

«Können Sie das beweisen?»

«Indizien. Es sollte kein Problem sein, Sie der Beihilfe zu überführen.»

«Vermutlich finden Sie auch einen Richter, der Ihnen dies abnimmt. Da Leonardo und Minder tot sind, trifft es den letzten Mohikaner. Und der bin ich. Eine Kooperation wäre wohl sinnvoll.»

Er stiess erneut mit Ferrari an.

«Wirklich hervorragend. Darauf möchte ich keinen einzigen Tag verzichten… Leonardo bat mich, den ersten Flug zu organisieren. Das kam mir komisch vor, zumal er einfach mit Easyjet hätte fliegen können. Darauf angesprochen, druckste er herum und meinte, er möchte einfach nicht gesehen werden.»

«Wo erreichte er Sie?»

«In der Praxis, Frau Kupfer. Vom Aeroclub wusste ich, dass sich Ireen um ihre Mutter kümmert und oft nach Dublin fliegt. Also bat ich sie, Leonardo mitzunehmen. Aber ich wollte natürlich schon wissen, was diese Geheimniskrämerei sollte. Er erklärte mir, dass er mit seiner Mutter unter vier Augen ein Gespräch führen wolle. Es stehe um den Konzern schlecht und er möchte sie von einem Verkauf überzeugen. Es läge ein Topangebot vor. Lieber jetzt noch einmal richtig absahnen, als im Ghetto zu enden, das waren seine Worte. So wie ich Irina kannte, hätte sie nie ohne Alexander das Gespräch geführt. Daher schien mir sein Vorhaben plausibel. Anscheinend verlief es nicht so, wie er es sich vorgestellt hatte.»

Er nahm einen Schluck Wein.

«Es kam zum Eklat. Sie wollte nicht verkaufen und drohte ihm sogar mit dem totalen Rauswurf aus der Firma. Ein Wort gab das andere. Leonardo wurde handgreiflich, drückte sie aufs Bett und erstickte sie mit einem Kissen. Ich musste an den Film ‹Einer flog übers Kuckucksnest› denken, wobei Will Sampson im Film Jack Nicholson erlöst.»

«Danach rief er Sie an?»

«Ja. Ich fuhr sofort hin und versuchte, den Schaden zu minimieren.»

«Was heisst das?»

«Wir zogen ihr ein Nachthemd an und legten sie ins Bett. Ich schloss ihre Augen, damit niemand den entsetzten Blick sehen konnte, und stellte den Totenschein aus. Herzversagen. Absolut nachvollziehbar in ihrem Alter.»

«Und weshalb musste Roman Minder sterben?»

«Meine Schuld. Ich hätte ihn nicht anrufen dürfen. Es ging mir dabei um das Kokain. Ich wollte vermeiden, dass ein Makel an Irina hängenbleibt.»

«Wie ehrenvoll.»

«Jeder Mensch hat gute und schlechte Seiten, Frau Kupfer. Ich bewunderte Irina von jeher. Sie hat mit einem wahnsinnigen Elan ihren Konzern aufgebaut und etwas Aussergewöhnliches geschaffen. Leider blieben ihre Ehe und vermutlich auch ihre Kinder auf der Strecke. Wie heisst es so schön: Jeder Erfolg fordert seinen Tribut. Durch meinen Anruf wurde der Pfarrer misstrauisch. Vom Kokain wusste er nichts, aber ich weckte einen schlafenden Hund. Am Samstagabend stand er unangemeldet bei mir auf der Matte. Er fragte mich mehrfach, ob Irina wirklich eines natürlichen Todes gestorben sei. Ein hartnäckiger Geselle. Meine Antworten schienen ihn nicht zu überzeugen, denn er forderte vehement ein Schweigegeld. Da warf ich ihn raus.»

«Und danach informierten Sie Leonardo. Richtig?»

Der Arzt nickte.

«Er wirkte äusserst gelassen. Mit dem Pfaffen werde er schon fertig, aber erst nach der Abdankungsfeier … Das Ganze war ein totales Missverständnis.»

Ferrari stellte sein Glas auf den Tisch.

«Ein Missverständnis?»

«Am Leichenmahl gab mir Minder zu verstehen, dass er mich kurz unter vier Augen sprechen wolle.»

«Sie sind mit ihm in den Garten gegangen, um eine zu rauchen», erinnerte sich Nadine.

«Das war nur ein Vorwand, ich rauche nicht. Ohne Umschweife kam er auf das Schweigegeld zurück. Er drohte mir. Entweder ich zahle oder er würde mich und Alexander hochgehen lassen.»

«Das heisst, er vermutete einen Komplott zwischen Ihnen und Alexander von Hohenstein. Leonardo hatte er gar nicht im Verdacht.»

«Exakt. Deshalb musste ich sofort Leonardo stoppen. Niemand wäre je auf die Idee gekommen, dass Leonardo seine Mutter ermordet hatte. Wie gesagt, ich versuchte ihn mehrmals zu erreichen, aber ohne Erfolg. Das Resultat kennen Sie. Es … Es war eine Verkettung von unglücklichen Umständen.»

«Würden Sie diese Aussage zu Protokoll geben?»

«Wenn Sie mir einen guten Deal anbieten, Herr Kommissär.»

«Versprechen kann ich Ihnen nichts, doch mit etwas Glück kommen Sie ungeschoren davon. Sie sind weder ein Mörder, noch leisteten Sie Beihilfe zum Mord. Ihr einziges Verbrechen ist die Vertuschung. Wahrscheinlich werden Sie zum Fall für die Ärztekammer.»

«Damit kann ich gut leben. Ich will sowieso aufhören. Der Deal gilt!»

«Nun erwarten Sie sicher, dass ich mich bei Ihnen entschuldige.»

«Es wäre angebracht, Herr Staatsanwalt.»

«Und nur, weil Sie ein einziges Mal den richtigen Riecher hatten. Unglaublich. Natürlich hätte Irina ihre Drohungen wahrgemacht und ihn aus der Firma geworfen, aber tötet man deswegen die eigene Mutter? Was wird jetzt aus dem Konzern?»

«Von Tomai steht kurz vor dem Konkurs.»

«Davon ist aber noch nichts bekannt.»

«Nein. Aber lange lässt sich das nicht mehr verheimlichen.»

«Eine traurige Situation. Ein solcher Konzern darf doch nicht einfach verschwinden.»

«Olivia überlegt sich, einzusteigen.»

«Wirklich?»

«Es sieht ganz danach aus.»

«Kann ich mich darauf verlassen?»

«Francesco meint, dass Olivia ihre Freundin Audrey nicht hängen lässt.»

«Ausgezeichnet … Ich meine natürlich Ihre Arbeit. Ganz ausgezeichnet. Ich gratuliere. Man sieht sich,

Herrschaften. Ich muss dringend etwas erledigen.»

«Grüssen Sie Ihren Börsenberater von uns, Herr Staatsanwalt.»

«Ist mir ein grosses Vergnügen, Frau Kupfer.»

«Komm, Nadine. Wir informieren Audrey. Ich will nicht, dass sie es von jemand anderem erfährt.»

«Gute Idee.»

Sie platzten mitten in eine heftige Diskussion hinein. Olivia beharrte darauf, nur zu investieren, wenn ihr die Mehrheit der Firma überschrieben würde. Eine Minderheit sei für sie keine Option, während Alexander von Hohenstein ihr höchstens neunundvierzig Prozent zugestehen wollte.

«Dann musst du dir einen anderen Investor suchen, Alexander. Entweder ich habe das Sagen oder ich lasse es bleiben.»

«In diesem Fall kannst du gleich hundert Prozent übernehmen.»

«Das ist auch eine Möglichkeit.»

«Ich überlasse dir einundfünfzig Prozent und du hilfst uns, die Firma zu retten», schaltete sich Audrey ein. «Nach dem Tod von Leonardo besitze ich achtzig Prozent, Alexander zwanzig, somit liegt die Entscheidung bei mir.»

«Damit bin ich überhaupt nicht einverstanden.»

«Bitte, Alexander. Das ist mein letztes Wort. Es ist zu viel geschehen in den letzten Tagen, ich mag nicht mehr diskutieren.»

«Da wäre noch eine Bedingung.»

«Was denn noch? Ist es nicht genug, dass du uns die Firma stiehlst?», empörte sich von Hohenstein.

«Ich verlange, dass du als Verwaltungsrat zurücktrittst, Alexander.»

«Ich … Das ist eine absolute Frechheit. Du willst mich aus der Firma werfen?»

«Du kannst durchaus Berater bleiben, aber ich möchte den Verwaltungsrat mit Christian Tanner neu besetzen.»

«Ausgerechnet dieser Tanner.»

«Zudem soll Audrey die Geschäftsleitung übernehmen.»

«Ich weiss nicht, ob ich das kann oder will.»

«Natürlich kannst du das, Audrey. Aber du musst es wollen.»

«Was wäre die Alternative?»

«Wir fragen Jens Wahl. Er scheint ein fähiger Mann zu sein. Und du wirst Verwaltungsratspräsidentin.»

Audrey strahlte.

«Das ist eine gute Lösung. Jens wird CEO und ich Verwaltungsratspräsidentin.»

Alexander von Hohenstein zitterte vor Wut.

«So ist das also. Ihr habt bereits alles hinter meinem Rücken eingefädelt … Gut, ich weiche der Gewalt.»

«Bitte, Alexander, geh nicht im Streit. Ich möchte, dass du als Berater bei uns bleibst. Ich will dich nicht verlieren. Du bist mein väterlicher Freund, den als Einziger keine Schuld an unserem Elend trifft.»

«Dem schliesse ich mich an, Alexander. Wir möchten auf deine wertvolle Erfahrung und auf deinen guten Ruf nicht verzichten. Bitte.»

«Ich … Gut. Ich bin einverstanden. Ich … Olivia …»

«Schon gut, Alexander. Wir werden von Tomai neu aufblühen lassen, und zwar mit dir. Du warst schon immer ein ganz wichtiger Teil der Firma und das soll auch so bleiben. So, das hätten wir.» Olivia wandte sich an Nadine und Ferrari. «Gehen wir zum gemütlichen Teil über. Ich sehe, ihr habt euch schon bedient. Sehr gut.»

«Gemütlich wird es wohl nicht werden.»

«Oje! Habt ihr schlechte Neuigkeiten?»

«Leider ja. Wir müssen euch über eine neue Entwicklung im Fall Minder informieren. Und, so leid es uns tut, Audrey, dein Bruder spielt dabei eine unrühmliche Rolle.»

Audrey nickte und senkte den Kopf. Nadine brachte die Anwesenden in wenigen Sätzen auf den neusten Stand.

«Leonardo ist … war ein Doppelmörder? Unglaublich. Und auch Steins Rolle ist nicht gerade löblich», resümierte Olivia erstaunt.

«Ja, das kannst du laut sagen. Damit ist der Fall abgeschlossen.»

Erneut nickte Audrey.

«Wie ist es passiert, Audrey?», fragte der Kommissär in die Stille hinein.

Nadine und Olivia sehen den Kommissär überrascht an. Was kam jetzt?

«Er … Ich war bei ihm, um zu schauen, wie es ihm geht.» In Audreys Blick lag tiefe Trauer. «Zuerst führten wir ein ganz normales Gespräch, plötzlich machte er mir Vorwürfe. Von wegen ich sei schon immer Mutters Liebling gewesen. Audrey, die supercoole Designerin. Während er nur die zweite Wahl sei. Jetzt erst recht, da unser Konzern vor dem Konkurs stehe … Ich war total überrascht. Bisher glaubte ich, Leonardo führe er ein florierendes Unternehmen. Er packte mich an den Schultern, schüttelte mich und rief: ‹Wir werden an Manser verkaufen, auch wenn Mutter das nicht wollte. Diese sture alte Frau.› Ich solle ihm ja nicht im Weg stehen und den Verkauf durchwinken. Zusammen würden wir über die Mehrheit verfügen. Es sei denn, die Alte, das sagte er wörtlich, hätte in einem Anflug von Wahnsinn Alexander berücksichtigt. Dann müssten wir uns gegen ihn verbünden … Ich war total schockiert. Leonardo wurde lauter und lauter. Niemand ruiniere sein Leben, weder unsere Mutter noch dieser Minder … Purer Wahnsinn lag in seinem Blick. In diesem Moment kam mir ein fürchterlicher Verdacht. Mein Bruder hatte Roman Minder ermordet! Er stritt es gar nicht ab, sondern redete etwas von Erpressung. Mit zitternder Stimme fragte ich ihn, was mit Mutter geschehen sei. Er lachte nur. Dieses höhnische Lachen werde ich nie mehr vergessen. Da wusste ich die ganze schreckliche Wahrheit. Ich war total aufgelöst und schlug auf ihn ein. Er stiess mich zurück, ich rappelte mich auf, rannte auf ihn zu und versetzte ihm einen heftigen Stoss. Er … Er ist hinuntergefallen … Leonardo ermordete unsere Mutter, ich meinen Bruder.»

«Das stimmt nicht, Herr Kommissär. Audrey ist verwirrt. Sie erzählt die Geschichte vollkommen falsch. Ich stiess Leonardo von der Dachterrasse. Audrey war gar nicht dabei. Ich beichtete es ihr später und jetzt will sie sich schützend vor mich stellen. Ich beschwöre Sie, Herr Ferrari, glauben Sie ihr kein Wort.»

Audrey küsste den alten Mann auf die Stirn.

«Danke, Alexander. Du bist der gute Geist unserer Familie und wie ein Vater für mich. Aber dieses Mal kannst du mich nicht beschützen. Es ist Zeit für die Wahrheit. Ich hole noch ein paar Sachen, und dann können wir gehen, Herr Ferrari.»

Nadine und Olivia sahen entsetzt zum Kommissär. Das durfte alles nicht wahr sein.

«Warten Sie, Audrey. Manchmal gibt es im Leben Extremsituationen, in denen alles innerhalb von Sekunden abläuft. Es geht so schnell, dass man gar nicht mehr weiss, was passiert ist und wie es dazu kam. Ich erinnere mich noch gut an einen alten Fall, bei dem Sabrinas Sohn eine entscheidende Rolle spielte.» Ferrari lächelte Audrey aufmunternd zu. «Leonardo war kein guter Mensch. Er ermordete nicht nur Pfarrer Minder, sondern auch seine eigene

Mutter. Was für ein Mensch ist zu so einer Tat fähig? Sie waren vollkommen entsetzt, Sie fürchteten um Ihr Leben. Zu Recht. In Ihrer Not wehrten Sie sich und stiessen ihn zurück. Dabei kam es zum tödlichen Sturz. Es war ein tragischer Unfall.»

«Aber …»

«Ich bin gleicher Meinung wie Francesco», fiel ihr Olivia ins Wort.

«Und du, Nadine?»

«Absolut. In Stresssituationen geschehen oft Dinge, die man später anders interpretiert. Ein total unglücklicher Unfall. Mehr nicht.»

«Dann sind wir uns einig und schliessen den Fall ab. Der Mörder ist gefunden und kann nicht mehr zur Rechenschaft gezogen werden, denn er hat sich selbst gerichtet.»

Der Kommissär erhob sich und umarmte Audrey.

«Bleiben Sie einige Zeit bei Olivia. Und danach kümmern Sie sich um Ihre Firma. Sie schaffen das, Sie sind eine starke Frau.»

«Danke», flüsterte von Hohenstein und umarmte den Kommissär.

Nadine und Ferrari verabschiedeten sich und traten ins Freie. Ferrari atmete tief durch. Wie ruhig es hier war. Richtig friedlich.

«Wie bist du darauf gekommen?», fragte Nadine.

«Eigentlich hat unser Gerichtsmediziner das richtige Stichwort geliefert.»

«Peter?»

«Ja, mit seinem Hinweis auf den Forensiker Berghaus. Der fand heraus, dass bei Suizid die Leiche ein bis zwei Meter von der Senkrechten zur Absturzstelle entfernt liegt. Leonardo lag sehr nahe an der Hauswand, somit war ein Selbstmord unwahrscheinlich. Ausserdem nahm Audrey nicht an unserer Diskussion teil. Sie senkte jedes Mal den Kopf, wenn es um ihren Bruder ging. Sie konnte uns nicht in die Augen schauen. Und letztlich hing Leonardo zu sehr an seinem Leben. Aber ganz sicher war ich erst, als sie zu Alexander sagte, dass er der Einzige sei, der nicht am Elend der Familie schuld sei.»

«Und du hast kein bisschen gepokert?»

«Eigentlich nicht. Ich wusste nur nicht, ob Audrey es zugibt.»

«Danke», strahlend trat Olivia zu den beiden.

Für eine kleine Ewigkeit umarmte sie Nadine und küsste den Kommissär in einem Anflug jugendlichen Übermuts auf den Mund.

«Du hast etwas gut bei mir. Sehr viel sogar.»

«Pass gut auf Audrey auf, damit sie über die Sache hinwegkommt.»

«Versprochen.»

Erschöpft liess sich Ferrari auf den Recarositz fallen. War meine Entscheidung richtig? Darf ich Schicksal spielen und die Gesetzgebung nach meinem Gutdünken auslegen? Wie viel Handlungsspielraum steht mir zu? Bin ich nicht vielmehr verpflichtet, einen Schuldigen zu überführen und so der Gerechtigkeit Genüge zu tun? Was ist gerecht und wo beginnt die Ungerechtigkeit? Als Kommissär muss ich die Verfassung und die Gesetze beachten, ich muss die Pflichten meines Amtes gewissenhaft erfüllen. Ja, das muss ich. Doch in diesem Fall war es besser, einen Schuldigen zu retten, als einen Unschuldigen zu verurteilen. Denn die Freiheit ist eine notwendige Bedingung von Gerechtigkeit.

Krimis von Anne Gold

eBook Die erfolgreiche Anne-Gold-Reihe ist jetzt auch als eBook erhältlich.

Anne Gold **Tod auf der Fähre**

Kommissär Francesco Ferrari liebt Basel, seine Stadt. Sie ist beschaulich und friedlich. Zumindest meistens. Ein Anruf reisst ihn am frühen Morgen aus seinen Gedanken. Am Tatort wird Ferrari den Eindruck nicht los, das Gesicht der Leiche schon einmal gesehen zu haben. Mit Recht, der Tote ist ein berühmter Künstler aus der Basler Schickeria. Und ehe sich der Kommissär versieht, steckt er mitten in einem undurchsichtigen Sumpf von Korruption, Macht und bedingungsloser Liebe.

212 Seiten, gebunden mit Schutzumschlag
ISBN 978-3-7245-1433-6, CHF 29.80
Auch als Taschenbuch erhältlich, 2.Auflage
ISBN 978-3-7245-1691-0, CHF 14.80

Anne Gold **Spiel mit dem Tod**

Nach einer durchzechten Nacht will Kommissär Ferrari die ältere Dame, die überzeugt ist, dass ihr Ehemann einen Selbstmord plant, so rasch wie möglich loswerden: Er verspricht ihr, mit ihrem Gatten zu reden. Wie erwartet, löst sich die Selbstmordtheorie während des Gesprächs unter den Männern in Luft auf. Doch kurze Zeit später springt der Mann vom Dach seines Arbeitsortes. Ferrari ist entsetzt. Gegen den Befehl von Staatsanwalt Borer beginnen er und seine Assistentin Nadine Kupfer mit ersten Ermittlungen. Das schlechte Gewissen weicht bald einem schrecklichen Verdacht.

288 Seiten, gebunden mit Schutzumschlag
ISBN 978-3-7245-1471-8, CHF 29.80
Auch als Taschenbuch erhältlich
ISBN 978-3-7245-1762-7, CHF 14.80

Anne Gold **Requiem für einen Rockstar**

Im St. Jakob-Park wird ein berühmter Basler Rockstar ermordet aufgefunden. Kommissär Francesco Ferrari und seine Assistentin Nadine Kupfer versuchen den Mord aufzuklären und werden dabei mit tiefen menschlichen Abgründen und den harten Bandagen der Rockszene konfrontiert.

280 Seiten, gebunden mit Schutzumschlag
ISBN 978-3-7245-1538-8, CHF 29.80
Auch als Taschenbuch erhältlich
ISBN 978-3-7245-1794-8, CHF 14.80

Anne Gold **Und der Basilisk weinte**

Drei Messermorde innert kurzer Zeit. Das Ungewöhnliche an den Opfern ist, dass es nichts Auffälliges an ihnen gibt – zumindest nicht auf den ersten Blick. Eine Spur führt Kommissär Ferrari und seine Assistentin Nadine Kupfer in die dunkle Vergangenheit. Bald schon beginnt ein spannender Wettlauf mit der Zeit.

316 Seiten, gebunden mit Schutzumschlag
ISBN 978-3-7245-1610-1, CHF 29.80
Auch als Taschenbuch erhältlich
ISBN 978-3-7245-1882-2, CHF 14.80

Anne Gold **Helvetias Traum vom Glück**

Nadine kann es nicht glauben, die Bundesversammlung wählt einen rechtsradikalen Basler in den Bundesrat. Während des Empfangs in Basel wird der neue Bundesrat ermordet. Kommissär Francesco Ferrari und seine Assistentin Nadine Kupfer übernehmen den brisanten Fall und stellen fest, dass sich der Ermordete nicht nur bei seinen politischen Gegnern, sondern auch im Privatleben viele Feinde gemacht hat.

320 Seiten, gebunden mit Schutzumschlag
ISBN 978-3-7245-1680-4, CHF 29.80
Auch als Taschenbuch erhältlich
ISBN 978-3-7245-1994-2, CHF 14.80

Anne Gold **Das Auge des Sehers**

Woche für Woche erzielt Arian Nostramo, der berühmte Hellseher von Basel, mit seiner TV-Sendung am Montagabend Rekordeinschaltquoten. Eines Tages, mitten in der Livesendung, wird Nostramo von einem Anrufer bedroht. Kein Grund zur Sorge denkt Kommissär Francesco Ferrari, der kaum eine Folge auslässt. Doch weit gefehlt. Seine Assistentin Nadine Kupfer beordert ihn nur wenig später nach Riehen, wo Ferrari eines Besseren belehrt wird. Hat der Anrufer seine Drohung wirklich in die Tat umgesetzt? Ist es reiner Zufall oder handelt es sich gar um ein geschicktes Ablenkungsmanöver des Mörders?

368 Seiten, gebunden mit Schutzumschlag
ISBN 978-3-7245-1763-4, CHF 29.80
Auch als Taschenbuch erhältlich
ISBN 978-3-7245-2044-3, CHF 14.80

Anne Gold **Das Schweigen der Tukane**

Im Kommissariat kursiert das Gerücht, dass ein Wachtmeister der Sitte ein Verhältnis mit einer Edelprostituierten hat. Nadine Kupfer bittet ihren Chef, Kommissär Francesco Ferrari, dem Kollegen ins Gewissen zu reden. Doch bevor er sich mit dem Wachtmeister unterhalten kann, wird eine stadtbekannte Persönlichkeit ermordet, und zwar in der Wohnung der Prostituierten. Der Fall scheint klar, die Meinungen sind schnell gemacht und im Kommissariat brodelt es mächtig. Die Fronten verhärten sich zusehends, bis der Konflikt eskaliert und sich eine Katastrophe abzeichnet.

352 Seiten, gebunden mit Schutzumschlag
ISBN 978-3-7245-1850-1, CHF 29.80
Auch als Taschenbuch erhältlich
ISBN 978-3-7245-2106-8, CHF 14.80

Anne Gold **Die Tränen der Justitia**

Der Supergau ist eingetreten, die Enkelin von Staatsanwalt Jakob Borer wurde entführt! Ein Zufall oder verbirgt sich hinter dieser Wahnsinnstat die bittere Rache eines Verurteilten? Kommissär Francesco Ferrari und seine Kollegin Nadine Kupfer sind zum Nichtstun verurteilt. Denn solange es sich um eine Entführung handelt, sind ihnen die Hände gebunden. Und die Vorstellung, dass es zu ihrem Fall werden könnte, wäre eine Tragödie.

320 Seiten, gebunden mit Schutzumschlag
ISBN 978-3-7245-1930-0, CHF/EUR 29.80
Auch als Taschenbuch erhältlich
ISBN 978-3-7245-2213-3, CHF 14.80

Anne Gold
Wenn Marionetten einsam sterben

Olivia Vischer, eine reiche Baslerin, ruft zum Sponsorenlauf und die ganze Stadt nimmt teil, auch der bekannte Anwalt Edgar Hasenböhler. Seit Jahren setzt er sich für die Rechte von Menschen ein, die keine Lobby haben. Kurz bevor Kommissär Francesco Ferrari seine Runden absolvieren kann, wird Hasenböhler tot in seiner Wohnung aufgefunden. Während der Ermittlungen stellen Ferrari und seine Kollegin Nadine Kupfer fest, dass Hasenböhler sich im Laufe der Jahre viele mächtige Feinde geschaffen hat. Feinde, die auch nicht vor einem brutalen Mord zurückschrecken.

320 Seiten, gebunden mit Schutzumschlag
ISBN 978-3-7245-2018-4, CHF 29.80
Auch als Taschenbuch erhältlich
ISBN 978-3-7245-2277-5, CHF 14.80

Anne Gold **Das Lachen des Clowns**

Montag früh um vier, ganz Basel begrüsst mit dem Morgestraich die Fasnacht. Kein Thema für Kommissär Francesco Ferrari, der sich zu Hause die Decke über den Kopf zieht, während seine Assistentin Nadine Kupfer inmitten unzähliger Zuschauer den Beginn der drei schönsten Tage geniesst. Unmittelbar nach dem

Auftakt geschieht das Unfassbare – am Rümelinsplatz begeht ein Kostümierter einen Mord. Und es kommt noch schlimmer, denn die Tote ist die Tochter von Big Georg, dem Chef der Fahndung. Handelt es sich um eine lang geplante Einzeltat oder um den ersten tödlichen Schlag in einer grausamen Mordserie, die Panik auslösen wird?

320 Seiten, gebunden mit Schutzumschlag
ISBN 978-3-7245-2081-8, CHF 29.80

Anne Gold **Unter den Trümmern verborgen**

Kurz nach der Fertigstellung fällt der Neubau des Stararchitekten Yvo Liechti im St. Johann-Quartier wie ein Kartenhaus in sich zusammen. Sein Schulfreund Kommissär Francesco Ferrari und dessen Assistentin Nadine Kupfer, die mit dem Architekten liiert ist, sind entsetzt. Tatenlos müssen sie zuschauen, wie externe Experten mit den Ermittlungen beginnen. Doch es kommt noch schlimmer – kurz darauf wird der zuständige Baukontrolleur ermordet. Steckt der Stararchitekt womöglich hinter dem Mord? Eine heikle Situation, in die Ferrari und seine Kollegin geraten, obwohl sie den Fall aus Befangenheit schon längst hätten abgeben müssen …

320 Seiten, gebunden mit Schutzumschlag
ISBN 978-3-7245-2150-1, CHF 29.80

Anne Gold **Wenn Engel sich rächen**

In Kleinhüningen wird das Gelände des Unternehmers Gerhard Nufener von Alternativen bewohnt. Doch eine Zwangsräumung steht kurz bevor. Während sich die Polizei auf ihren Einsatz vorbereitet, wird Nufeners Tochter tot in den Langen Erlen aufgefunden. Besteht ein Zusammenhang mit der Besetzung? Für den Unternehmer ist der Fall mehr als klar. Das bewährte Duo Kommissär Francesco Ferrari und Nadine Kupfer versucht mit allen Mitteln, eine drohende Eskalation zu verhindern, und gerät immer tiefer in den Strudel menschlicher Abgründe.

320 Seiten, gebunden mit Schutzumschlag
ISBN 978-3-7245-2230-0, CHF 29.80

Anne Gold **Der Gesang des Todes**

Kommissär Francesco Ferrari langweilt sich unsäglich an einer Benefizveranstaltung im Theater Basel. Beim anschliessenden Galadinner in der Kunsthalle läuft er hingegen rasch zur Hochform auf. Doch der feuchtfröhliche Abend nimmt eine abrupte Wendung, als die weltberühmte Sopranistin tot in ihrer Garderobe aufgefunden wird. Wer bringt eine Operndiva um, die nur für ihre Tochter und ihre Musik lebt? Handelt es sich um ein Beziehungsdelikt? Oder geht es einmal mehr um Geld und Macht? Ferrari und seine Kollegin Nadine Kupfer tauchen in eine unbekannte, geheimnisvolle Welt ab. Werden sie auch ihren 13. Fall in bewährter Manier lösen oder steht dieser unter einem schlechten Stern?

296 Seiten, gebunden mit Schutzumschlag
ISBN 978-3-7245-2295-9, CHF 29.80

Die neue Roman-Serie von Anne Gold: Der Christ-Clan

Anne Gold **Eine Münze für Anna**

Nationalrat und Staranwalt Markus Christ kann nur schwer den plötzlichen Tod seiner geliebten Frau verkraften. Anna war die Liebe seines Lebens und das Herz der Familie. Warum nur hat Anna ihre Krankheit verheimlicht? Auch die drei Kinder traf dieser Schicksalsschlag unvorbereitet. Wie geht es nun weiter ohne die gute Seele und treibende Kraft der Familie? Gelingt es Markus, die Familie zusammenzuhalten? Will er überhaupt noch Bundesrat werden? Zum ersten Mal in seinem Leben steht Markus vor einem düsteren Abgrund. Anne Gold legt den ersten Roman ihrer neuen Serie vor – der Christ-Clan.

312 Seiten, gebunden mit Schutzumschlag
ISBN 978-3-7245-2321-5, CHF 29.80